THE POSTMISTRESS

女邮政局长

(美) 莎拉·布莱克 著
陈静抒 译

中信出版社
CHINA CITIC PRESS

图书在版编目（CIP）数据

女邮政局长 /(美)莎拉·布莱克著；陈静抒译．—北京：中信出版社，2011.6
ISBN 978-7-5086-2729-8

Ⅰ.女… Ⅱ.①莎… ②陈… Ⅲ.长篇小说—美国—现代 Ⅳ.I712.45

中国版本图书馆 CIP 数据核字（2011）第 046900 号

女邮政局长

NÜ YOUZHENGJUZHANG

作　　者：【美】莎拉·布莱克
译　　者：陈静抒
策划推广：中信出版社（China CITIC Press）
出版发行：中信出版集团股份有限公司（北京市朝阳区惠新东街甲4号富盛大厦2座8-10层　邮编 100029）
（CITIC Publishing Group）
承 印 者：北京通州皇家印刷厂
开　　本：880mm×1230mm　1/32　　印　　张：10　　字　　数：200 千字
版　　次：2011 年 6 月第 1 版　　印　　次：2011 年 6 月第 1 次印刷
京权图字：01-2010-4099
书　　号：ISBN 978-7-5086-2729-8 / I·200
定　　价：29.00 元

代前言

我从那个小镇回到这里，投入城市繁忙的空虚中已经很多年了，间或还能听到几句关于二战的闲言碎语。

最近有关战争的话题不绝于耳，那些关于动机、战术的分析，听起来头头是道，好像指挥打仗就像指挥乐队那么简单。一些煞有介事的白痴分析让我有一种想要捻熄手中的香烟，宣布晚餐就此结束的念头，可是我抑制住了这种冲动。但是，我实在是受不了了。

“一个女邮政局长不去送信，你们觉得会发生什么事？”我问道。

“别跟我说这个。”餐桌那头的一个女人在摇曳的烛光间笑得花枝乱颤，“我脑子都快不转了。”

我审视着自己提出的问题。邮件，手写的信件，匿而不发，多有趣！

“什么都有可能发生。一桩婚事可能因此被扼杀在襁褓中！”

“一个男人可能由此躲过追债；一个年轻人可能永远收不到他的第一份工作录用通知，被迫另觅出路。”

银色的餐具上映射出跳跃的烛光，增强了恶作剧的氛围，人人都开始踊跃发言。

“那可真叫一个快活。”一个年长的男人戏谑道。

“她会跟别人说吗？”

“哦，她不会的。”我对面的女人迅速地给出答案，“那会毁了这份快乐。”

“哦，那她这么做纯粹是为了找乐子喽？”她的同伴轻轻拍了一下她裸露的肩头。

“不，光是为了找乐也太简单了。”男主人发言了，“她一定有某种奇怪的信仰，或者是为了欣赏体制的混乱崩溃，是存心捣乱的。”接着，他越过烛光对妻子微笑道：“这个故事不错。”

“事实上，”我干巴巴地说，“真的有这么回事。”

人们一下子安静下来。

“等等。”一个男人说，“你是说，这是真的？”

“绝对真实。”

“那就完蛋了。”最先发言的那个女人站了起来，“这如果是真的，那就坏事了，而且……”

“而且还违法。”男主人起身给她斟上酒，“这是什么时候的事？”

“1941 年。”

“真的？”女主人有些震惊。我点点头。这个特殊年份在某种程度上让问题严重了。因为那时候可不比如今，现在人们除了写信还能打电话，还有电子邮件和传真。可那个时候，信件是传递消息最主要的途径。邮政局长这种截留别人家书、情信的行为，实在算得上是一种可耻的行径。

“我从来不知道还有这样一个战争故事。”

“这个故事是不是对大家来说太沉重了?”女主人试图缓和一下气氛。

“的确是太沉重了。”我答道。

玩笑停止了。男主人忽地起身，开了另外一瓶酒，桌子那头的女人盯着我看，似乎仍然不能相信我讲的是事实。作家在别人眼里都是些不值得信任的家伙。

无所谓，我想。我老了，懒得跟年轻人去辩白，而这个世界全都被年轻人充斥了。

以前，我曾相信，只要有机会，人人都会向善，就像趋向光明那么自然；我曾相信新闻报道——用真实大胆的图片和文字揭露真相——可以像火炬一样指引我们惩恶扬善、锄强扶弱；我还曾相信过，舆论的力量能够战胜世态炎凉，只要有正确的导向，天使便会引领大家拥有无穷的力量。

可是，在经历了那么多以后——报道介绍战争的种子是如何播种、繁荣、遍布各地的——我不再相信有天使，或者说，我不再相信世间终有一丝光亮能够照进黑暗。每个关于爱或战争的故事，仿佛都是通往错误的道路。至少在我看来是这样。

这是一个我从未提及的战争故事。它发生在20世纪40年代初，那个时候一切都非常鲜明，我能够看得十分清楚，也能够承担起自己应负的责任。如今，我把那时候所知道的事情和一些我自己想象出来的自以为真实的事情联结在了一起。

我作为曾经的那个女孩——女播音员兼记者弗兰基·巴德——一个我似曾相识的人，活在这些书页间，仅此一次。

——弗兰基·巴德

于美国华盛顿特区

第一章

1940 年　秋

前几个星期艾里斯就想到要做这件事了——那时正是夏天最热的时候，邮局里挤满了乱哄哄的游客油腻的身体——所以如果她设想的事情真的发生了，到时候她应该有所准备。

虽然艾里斯是一个和这个世纪同龄的 40 岁的女人，但哈里仍是她的第一个男人，绝对的第一。她理应，也可以说简直没有理由不向哈里证明。而她是那种觉得白纸黑字远比言语要有力得多的人，所以她才要做这件事。

“好了。”布洛德医生转身去洗手。

艾里斯身下的皮革台子舒适坚实，散发着一股公共图书馆阅览室里的味道。她想：医生背过身去，我应该起身穿好衣服。可是，她并没有先见之明，穿一条短裙来，而是穿了一件连衣裙。布洛德医生洗手洗得再仔细，也用不了多长时间，要是她的裙子还没套到脖子，他就转过身来了，那可怎么办？艾里斯决定就这么躺着。她的目光从天花板移向医生的洗手池，医生正在哗啦啦的水流下搓着双手。他显然洗得很仔细。呃，那肯定是很脏的，是个人都会想要把手洗干净。下一步就该是开证明了，艾里斯不允许这中间有任何差错。

布洛德医生站直了身子，关上水龙头，甩了甩手上的水珠，拿起面前的毛巾把手擦干。“你穿好了吗，詹姆斯小姐？”他对着面前的墙说了一句。

“我还没穿。”

“好吧。”他说，“那我去办公室等你。”

“去开证明？”

走到门边，医生停下来看了她一眼，她报以一个职业化的微笑。通常她站在邮局的柜台后为人提供服务时，露出的就是这种笑容。

“是的。”医生说着，紧紧地握住门把手，往下按了一下，拉开门。直到听见门锁“咔嗒”一声响，她才坐起身子，理了理凌乱的头发。她像早晨刚刚起来时一样，有些迷糊。她没穿胸罩，也没穿束腹，整个身体松松垮垮的。要是在她自己的卧室里，这些都无所谓，可现在，这是9月一个周四的午后，她在波士顿闹市区公共花园前的一栋隐秘的大楼里。屋里很安静，门外传来打字机刻板单调的声音。脚下的地砖冰凉冰凉，她先拿起内衣，倚着台子穿上一只袜子，迅速地系上吊袜带。她的胸罩挂在椅子背上，两个罩杯的样子就像探照灯一般。她笑了，用手勾起胸罩，这是她今天下午第三次想起哈里·瓦勒。

有人敲了一下门说："詹姆斯小姐，布洛德医生在等你。"

"我就来。"她回道。

医生的办公室里散发着一股得意扬扬的味道——高高的窗户，绿色窗帘拉上时掠过厚厚的灰地毯。秘书普伦蒂斯小姐坐在外间的角落里，打着字。一切都很安静，包括艾里斯脱下外套挂在木头衣架上的动作。起先，一切进行得都很顺利，一切都很美好。那医生打开门，伸出温暖的手，一边打着招呼，一边引领着艾里斯进来。他甚至还亲吻了她的手。艾里斯把小手袋放在膝头，和医生聊了一会儿奥索普夫人，她就是从夫人那里打听到布洛德医生的。他们愉快地谈起各自对这位女士的印象，熟络得好像在旅馆大厅巧遇的老友。医生微笑地说着、听着，还问起艾里斯是不是常来波士顿。

可是，当艾里斯提出自己的要求时，气氛开始有些沉闷。医生没有说，可是艾里斯感觉得出来，自己还需要一些理由去说服他。因为虽然这房子足够大，但布洛德医生的想象力却明显跟不上。他靠在椅子上对艾里斯说："我很乐意为你检查，可是开个证明……"

"我觉得每个男人都会想看到这样一个东西。"她试探道。

布洛德医生清了清嗓子。

"至少我是这么认为的。"她大声地说道。

对面的男人扶着椅子，向前探了探身子，似乎要起身了。

"那好吧。"他微笑着，果真站起来结束了这场谈话。

他没有提问，艾里斯也就没有机会好好回答了。从开着的门望去，她能够看到医生很忙。他是从堆积如山的案头抽出身来接待她这个普通诊客的，所以她没有机会再跟他解释什么了。

"你请，"他说。"坐下吧。"

“弄好了？”

“你是纯洁的。”他答道。

“很好。”

他的目光还停在面前的这张纸上，他拿起纸，越过桌子递给她。“这样行吗？”

兹证明，经检查，艾里斯·詹姆斯小姐为处女。

1940 年 9 月 26 日

她是对的，这上面写得清楚明白。布洛德医生用的纸很华丽，像是一块亚麻布。虽然他对这件事的来龙去脉明显没有兴趣，但是他的字迹依然工整漂亮。艾里斯怀疑他上学的时候是不是获得过书法竞赛的奖项。

“非常好。”她对他笑笑，“谢谢你了。”

“很高兴能帮上忙。”他说着，优雅地站起来，从桌子后面朝门边走去。

他帮她从普伦蒂斯小姐那里取来大衣，还告诉了她从这里去南站最便捷的公车路线。他们对话的声音轻柔愉悦，以前他在办公室里通常都会避免使用这么欢愉的语调。

外间的门开了又关上。停了一会儿，普伦蒂斯小姐的打字声又响了起来。布洛德医生走到那扇对着公共花园的窗户前。

他差点儿就要错过她的身影了，她出了大楼后走得很快，已经穿过了马路，走到了花园的转角那里。很快，她就从他的眼皮底下走到远处去了。她走得就像受检阅的士兵，昂首挺胸的。“好奇怪的一个人啊！”他感叹道。他又看着她走了十几米，然后消失在了楼群和人海中。他转身回到桌子边。“我觉得每个男人都会想看到这样一个东西。”他记得她曾这样说过。

炸弹落在考文垂、伦敦，还有肯特。闪亮的金属弹片像一个个铅笔头打在灌木丛和茅草屋顶上。什么是茅草屋？考文垂又在哪里？希特勒的军队正在横扫欧洲，而隔壁，一个声音正在用英语机械地念着爱尔兰诗人叶芝的诗歌《茵纳斯弗利岛》：

“我就要动身走了，
去茵纳斯弗利岛。
搭起一间小屋子，
筑起泥巴房。”

炸弹落在篱笆上，整个英伦充满了云雀和画眉的悲歌。有太多在我们美国没法叫得出名字的东西出现了，这就是战争。战争，意味着什么？翻开漫长的历史画卷，我们看到的是望着猎奇镜头的孩子们。他们站在安全工事里，毫不畏缩地看着。他们张开双臂撑在肮脏的墙上，有两个女孩还穿着短裙。一个面无表情的男孩直直地同我们对视，他的衣领用一枚别针别住了。他们似乎天生注定要生长在战争中。

“那是一些我们的孩子永远不会去的地方。”总统曾经这样允诺过。他这样说了出来，好像他也是千万父母中的一员。当他说我们的孩子不会去别国的战场时，我们相信了他，虽然我们早已听说了那些英国和法国城镇的名字，陷入了那种还没有生病就已经知道要吃什么药的境地。

现在我们谈论的是德国入侵的事。英国能挺住吗？他们的坦克、装甲车、枪支在敦刻尔克大撤退时枉然地留在了英吉利海峡的另一端。当听说英国人从大英博物馆里拖出大炮，开到了泰晤士河上时，我们不禁点了点头。我们现在得知，炸弹已经在夜间轰炸了伦敦 16 次。然而第二天一早，伦敦人仍然鱼贯而出，走到大街上。我们为之喝彩。英国会挺住的。没人知道结局会怎样。

现在，布痕瓦尔德不过是德国一个阳光洒落在树丛间的小镇。奥斯维辛、贝尔森，也不过是一些没有特殊意义的外国名字罢了。这是 1940 年夏天的尾巴，灯还在亮着。

在南站，艾里斯很快就找到了开往秃鹰湾的火车，她看着车厢尾部装卸邮包的忙碌场景打发时间。她很少跟邮车一起出行，而且能坐在第一节车厢也给了她一种极大的快乐。她会尽可能地靠前坐，以便让所有的信件和所有纷乱的字眼都能跟随着她朝着自己的目的地，朝着某个人飞去。

有人等待，所以有人写信，这就是全部的意义，这一切都是如此明晰。因此，不管是谁的信，一样都会在邮局被顺利地装进帆布袋子。许多灰灰的信封挤在一块儿，互相摩来擦去。它们会沿着自己的轨道旅行，一分一秒的流逝中，它们也有自己的思绪——这便是时间。

车站站长宣布了“水牛特快”发车。艾里斯盯着时钟，看着秒针的跳动。再过一分钟她的火车也要出发了，她即将挤在人群里上车，回复成为那个肉身的自己。她又将是艾里斯·詹姆斯了——麻省弗兰克林邮局的局长。

那是哈里所在的地方。在艾里斯心中，那个地方似乎就是因他而存在的。只有当她在街上、在邮局排队的人群中见到他的时候，那个地方才会变得鲜活起来。

一年以前，他还只是哈里·瓦勒，一个小镇机修工。他人很好，和艾里斯还算聊得来。然后忽然有一天，情况就不是这样了，他对她来说有了别的意义。因为那天他走进了艾尔登商店，慢慢地跟在她身后。当时她正一手拿着一桶奶油玉米花，另一只手拿着一桶原味玉米花。她一转头，刚好和他碰个正着。有些不知所措的她似乎只想起来有一件事可以做，那就是将两桶玉米花一起举到他的面前，让他选择。他看了看她，又低头看看玉米花，似乎在仔细地考虑着什么。最后，他伸出宽厚的大手，指了指原味的。她点点头。他抬起头，吻了她一下，这让艾里斯有些猝不及防。艾里斯从来没有想过这种事会发生在自己身上，可这的确发生了——哈里·瓦勒的眼神里有着一些什么东西，而他又是这么坦然地看着她。当时，她顾不上去管尴尬地望向街角的贝思·艾尔登，也顾不上去管玉米花冒出来的热气，整个人都僵住了。

在火车上，艾里斯拍着自己的小手袋。她在想自己正在做的事是不是有点儿古怪。呃，就算古怪又怎样呢？每个男人都希望知道自己是不是所爱女人的第一个男人，她确信这一点。她可以把那张纸给哈里看，让他知道自己就像红地毯那头的白纱一样纯洁。可是，对她来说穿白纱已经不合适了，她怎么都不会去选白色的衣服穿了。

在瑙赛特站，艾里斯下了火车。她走过四个街区，穿过海角上的镇中心，找到了出发去弗兰克林的巴士。富劳尔先生坐在巴士边上的遮阳篷下，看见艾里斯后，他脚下一用力，挪动了身子。火车快要到站的时候，艾里斯重新涂了口红，还梳理了一下头发，所以富劳尔先生见到的她不算狼狈。

“你好啊，詹姆斯小姐，事情办得还算顺利吧？”

“是的，多谢。”她直勾勾地望着他，似乎在期待他问更多的事情。

可是，富劳尔先生只是点点头，冲她指了指打开的巴士门。艾里斯只得悻悻地踏上三级台阶，走上巴士。车上有一对外国夫妇，几个女人零星地坐着，还有一群男人聚集在车厢前部，也就是富劳尔先生的驾驶座旁边。艾里斯朝他们点点头，朝车厢尾部走去。艾里斯路过一个把头埋在一部厚书里的年轻女人，她的头发都散落到前面去了，露出了脖子的曲线。她一动不动，甚至艾里斯经过她，在她后面三排的地方找了个位置坐下，她也连头都没有抬一下。

艾里斯伸手到裙子口袋里去掏香烟，点燃了一支，打量着那个坐在她前面模样有点儿孩子气的女人。“不会是个离家出走的孩子吧？”这位女邮政局长这样想道。虽然她穿着精致的蓝色套装，棕色的头发理得很整齐，可无论怎么看，这个平胸女人都是那种小鸟依人，需要被人照顾的姑娘。她好像随时都会像个婴儿一样俯在男人的胸口上微笑。终于，这个小东西似乎是感觉到了什么，微微转过了身。为了回应艾里斯的凝视，她露出了一个微笑。这纯粹是一种机械的反应，就好像伸出一只手来挡住强烈的阳光一样。艾里斯点点头，友善地吐了一个烟圈出来。“没事，我不会吃人的！”她对着小女人的背影在心里说。富劳尔先生爬上车，跳到座位上。车身颤抖了一下，引擎发动了，艾里斯感觉到了震动。

“沃伦斯基在和安娜做爱。”

艾玛把托尔斯泰的小说《安娜·卡列尼娜》里的这句话又读了一遍，因为她刚刚被身后一个女人的目光分了心。托尔斯泰是想说他们在做爱吗？艾玛想不通。在书上这么写可真够赤裸裸的。在19世纪，做爱可不是一件随便的事情。也许这句话是代指其他更文雅的意思。想到这里，艾玛的脸红了，她觉得有点儿羞愧。因为并不是说发生关系就不文雅了——这件事当然也是文雅的，毕竟人类通过这种方式繁衍后代。虽然她现在和威尔晚上做的那些事情怎么说和生孩子也没多大关系，但他们是自由的。可是安娜和沃伦斯基呢？他们是不自由的，不是吗？也许是翻译有问题。她翻到封面看了看托尔斯泰下面的那个名字——康斯坦斯·加奈特。艾玛觉得一定是这样了。沃伦斯基肯定是对安娜说了一些情话，或者是做了什么安慰她之类的事情，加奈特小姐理解得不够透彻，所以才翻译成了这样，给一切都蒙上了一层暧昧的色彩——桃色。也许这个加奈特是个老姑娘，成天伤春悲秋，就像坐在巴士后面的那个女人一样。

艾玛抻了抻腰，坐得更直了。这位医生的小新娘，穿着一套引人注目的旅行套装，还有一条颜色适宜的围巾搭在肩上。她朝窗外看去，想到自己答应威尔·费切的求婚已经两个星期了。当时她都不敢抬头看他，就连声说：“是的，是的，我愿意！”她乱哄哄的脑子里生出了一种崭新的、坚定而满足的念头，好像哥伦比亚广播公司的著名播音员爱德华·R·莫罗那充满磁性、激昂高亢的声音落到了她的乐谱上。她的乐谱非常清晰，而且写满了决心。

帕梅特、蒂尔沃思，还有德雷克，艾玛闭上眼睛，默念着威尔在信里写到过的那些市镇的名字。心脏病、黏液囊炎，威尔治愈了各种疾病，在德雷克他甚至还接生了一对双胞胎，那简直就是奇迹。对这件事，威尔在信里是这样写的："那个母亲没有时间也没有办法迅速离开海角去别的医院……"

"你家鲍比今年二十几来着，二十一？"艾玛前面的一个声音说道。

"二十一。"

"那就不会被送走。训练训练，再他娘的拉去修点儿路啊桥啊的！总之不会送走的。"

后者没有马上答话，而是看着窗外。艾玛发现自己正在盯着他的鼻子和下巴，像要瞧出个什么究竟来。窗外的树影掠过时，那个人转过来对同伴说："还是会被送走的。"

艾玛往后一靠，对自己偷听别人说话有点儿恼火。她早上就听过这种内容的话了，一直试着忘记，本来已经忘记了，现在一下子又想了起来。国会已经通过议案，所有适龄男子都要一一上报，每个镇子都是，就像采摘雨后那些星星点点的蘑菇。她透过车窗玻璃看到自己膝盖上的手稍稍动了一下。"威尔不会去的，他跟我承诺了很多次。"艾玛在心里这么说着。可是，她马上又纠正道："他不应该去。他是费切家最小的一个孩子，他是那里唯一的医生！而且，他才刚刚跟我结婚！"即使是在焦虑的时候，艾玛的措辞也很谨慎。

艾玛想：无论如何，他不能离开我。每个人的生活都得有个重心。这是支撑其他一切事情的基础。她之前的生活重心就是孑然一身——直到遇见威尔为止。

在远离海边的山上有一栋小房子，艾玛就出生在那里。在1918年的大瘟疫中，艾玛失去了父母兄弟，他们都是在高烧中死去的。

当时镇上到处都是翻飞的旗子，她还记得他们躺在田野中帐篷里的样子，因为医院已经收不下那么多病人了。记忆中，母亲的形象和一个戴着口罩的护士混淆在一起，这个形象在艾玛的小床前弯下腰来，看她是否还活着。这些事已经过去很久，对她来说简直恍如隔世。

现在，新的生活开始了。这个有着一双严肃的眼睛，脖子下方有一粒痣的孤女成了医生的妻子。她有一个丈夫、一个在小镇里的家。和威尔的结合，将她从没有意义的灰暗生活中解救出来，那些在廉价公寓顶楼合住，把袜子晾在椅背横梁上的岁月终于结束了。她现在要回家了。她对着车窗玻璃挤出一个微笑。回家，威尔。

艾玛从自己的帆布包里抽出一本《科德角官方作家计划导读》，翻到弗兰克林这一章：

沾满沙土的鱼饵沉入大西洋足足有五十码，小镇弗兰克林就像这鱼饵一样，顽皮地潜伏在海岸上的腹地。初次来到这里的人都比较容易迷路，因为到处都是黄白色的沙丘和水流，东南西北的概念变得模糊起来。空气中到处都弥漫着鳕鱼油的腥味儿以及破烂的鲸鱼骨桅杆和风帆从海上带来的气息。有两种人最喜欢来这里：一种是清教徒，另一种是葡萄牙捕鲸者。上个世纪末，艺术家也来到这里，把他们的围巾系在海鲂的上面写生。那些从波士顿来的警察的女儿们，就和这些肤色各异的人混在一起玩儿，宣称这样的人生才有意思。他们说："当夏日剧院璀璨的灯光照亮夜空时，那些地中海的渔夫子弟和骄傲的美国佬拥在一起，不是很有意义的一件事吗？"

上帝啊！艾玛合上书，塞回包里。这书就像加奈特翻译的那本一样充满了色情。

富劳尔先生放慢了速度，盯着旁边的车灯。艾玛感觉到路越来越窄，路边的白色木头小房子一栋接一栋地掠过。穿过特拉里森林时，两边扫过的都是矮矮的山毛榉，最后，巴士到了弗兰克林小镇前的一个山顶上。车子顿了一下，开始往下滑行，艾玛坐直了身子，盼望着——不知为何突然这样期盼——盼望她和这小镇之间的沟壑消失。

富劳尔先生第一次在换挡的时候停顿了一下，他们的周围散布着一些沙丘。有那么一瞬间，艾玛以为车子要飞起来了。宽大的玻璃窗外，蓝天急驰而过，她的身子快要和座位平行了，她想象着自己会一直失重下去。车子就这样一路呼啸，道路很快就消失不见了。忽然，车子又换了个挡，继续沿着沙丘中间的柏油马路颠簸着，开进了海边小镇的灰色港口。

车子颤颤巍巍地开过那些连成一排的有着人字形屋顶的茅草屋，开进 9 月的暮色里。看到邮局屋顶上空翻飞着的国旗时，车子驶入狭窄的道路。富劳尔先生在人群和车流中小心地穿梭，车子缓慢地爬行。

车窗外就是这个小镇了，艾玛的手扶着前座的椅子，喉咙里热热的、干干的。她为自己能这么快就记住了那些人的名字而骄傲，可以在威尔面前显摆一番。至于威尔，她想象着，想象着他每天晚上回到她布置的小宫殿里来，高兴地发现他的艾玛已经聪敏地熟悉了他的这个小镇。艾玛想要以这样的方式占据他的心，他会成为最好的医生，因为他有一个灵巧的贤内助。

想象总是美好的，但现实却是另外一回事。现在艾玛已然来到了这里，踏上了这个镇子的土地，她丰富的想象力正不停地冲击着她。这里的一切显得井然有序，街角两个正在聊天的妇人看了一眼正在进站的巴士。艾玛突然觉得这个镇子并没有做好欢迎她的准备，她显得如此多余。车门打开了，一股海腥味儿飘了进来。艾玛在车上坐了一会儿，然后才戴上手套，鼓起勇气去这个陌生的世界里寻找威尔。她觉得威尔肯定就在车子下面耐心地等着她，满脸笑容。

巴士后面坐着的那个女人快速地冲向前去，惹得艾玛多看了两眼。然后，她在车下攒动的人头中找到了威尔，他的个头很高，很容易看到。他透过车窗也看到了艾玛，朝她挥了挥手。她也挥了挥手，挺直了身子。她高兴极了，穿过空荡荡的车厢，快步朝门口走去。

“嗨。”威尔挤到门口，踏上台阶，扶住她，把她拉到自己的怀里。她朝他递上自己的嘴唇，那熟悉的温暖又覆盖了上来，起先很柔软，然后她就融化了。他紧紧地搂住了她，她感觉自己整个人都紧紧地贴住了他。虽然是在众目睽睽之下，她仍闭上了眼睛，沉浸在他甜蜜的亲吻中。她张着嘴，尽情地享受，然后满足地咕哝了一声，推开他，站在夕阳的余晖里。

“嗨。”她屏息，冲他微笑。看着面前的他，艾玛心里生出一股小小的骄傲。她为何竟会如此幸福？她还记得，他们一起去餐厅、坐公车、在栈桥散步。他总是陪伴在她的周围，胳膊环绕着她，护着她走进烟雾缭绕的房间，然后又出来。他们谈天、大笑，有时也会争吵。她对他步子的熟悉感就像与生俱来的一样。后来，一个夏日的午后，他向她求婚。这听起来有点儿疯狂，可故事都是这样的，不是吗？那天娄温斯坦医生来信儿叫他去诊所工作，他把电报塞进口袋里，然后就在后湾邮局里单膝跪了下来。她低头看着他，好像还没等他开口就点了头。他们像孩子一样许下誓言，然后手牵着手，闭上眼睛跳跃，跳得喘不过气来。

威尔低头看了一眼她包里的书。这时她的围巾滑落下来，露出一块像夏天的草地一样明亮的皮肤。“喜欢这书吗?”他问。

“在19世纪可以做爱吗?”她眼睛看向别处，问出了这个最不重要，又长久萦绕在心头的问题。

“要是不能，哪儿来我们这些20世纪的人呢?”

“不是，你看这里。”她还站在巴士的台阶上就打开了书，翻找那一页。她敏锐地感觉到他的目光落在自己的肩头和胳膊上。他们接过吻，他们隔着衣服亲热过。虽然隔着丝的、羊毛的衣服，隔着夹克和裤子，上衣和裙子，但艾玛还是觉得他的目光仿佛有魔力一般使自己感觉到浑身发热。

他站到她身旁的台阶上，夹克敞开着。“这里。”她指着书说。他低头看去，口中念道：“沃伦斯基和安娜做……”

“这样也太直接了。就这样写出来。”她说着，脸红了。

他靠近她问：“哪样写出来?”

“就这样写出来，不怕吓到读者吗？反正我被吓到了。”

“你肯定没有。”他低语道。

“吓到了。”她咯咯笑着，靠在他怀里，“真的，我还是个现代的读者呢，都被吓到了。”

“其实这话的意思显而易见。”

“你是说性?”

“交媾。”他答道。微笑拉近了他们之间的距离。

“来吧。”他拉住她的胳膊肘，把她带了下来，“我们回家吧。”

这时，开着的车门里飞出来一只行李箱，在空中转了一圈，“砰”的一声摔在路边，像一只打碎的鸡蛋。

“哦!”艾玛叫道。

威尔停在门边，看到了满地香艳。原来，箱子里散落出来的都是艾玛柔软的丝织内衣，还有一件蓝色闪亮的被揉成一团的脱衣舞服似的艳服。它们全都摊在那里展览，威尔握了握身后艾玛的手。

“没人看见。”他对她说，“我去那里看看富劳尔有什么要帮忙的，你赶紧收拾。”

艾玛点点头，放开他的手。她抑制住了想扑到箱子上用自己的身体盖住那些散落的衣服的冲动，走到人行道上。巴士后面的那个女人此时正靠在人行道旁的栏杆上，望着她。

“我来帮你捡吧。”她说。

让艾玛惊讶的是，自己竟然点了点头。她们两个蹲下身子，不再说话，一起从地上捡起那些袜子、胸罩、柔软的蓝色内裤。那个女人很安静，仔细地收拾着，新娘的喉头却哽咽了。

“没事的，只是些衣服。”那个女人平静地说，“没什么关系。”

“我知道。”艾玛轻轻回答。

“别让他看见你哭，他会觉得你害臊了。”

艾玛的手停在一件睡衣上，红了脸。这个女人怎么知道威尔是怎么想的？她把手中的睡衣塞进箱子里。

“我没什么害臊的。”

艾里斯听出了她声音里的排斥，抬头看着她。“好吧。”她答道。想了一下，她又说，“我叫艾里斯·詹姆斯。”

艾玛看着这女人方方的脸，脸上不怎么高兴的样子，绛红色头发像窗帘一样被拨到一边。“你好。”她答道。

“那么请问您贵姓？”艾里斯问。

艾玛把最后一样东西扔进箱子，合上盖子。“艾玛·却斯克。”她答道。“呃，不过现在姓费切了。”说着她又飞红了脸。

“我真傻。”艾里斯放松戒备，笑了起来，“你是医生的新媳妇。我原先还以为你是什么离家出走的小姑娘。”

这么多天来，艾玛第一次对陌生人这样微笑。她很久都没有忘记，那微笑将她轻盈地带离脚边的地面。她的东西放在那里，詹姆斯小姐的身后是斜斜的树影，夕阳暖暖地照在她们的身上。威尔从巴士那边走过来，伸手拉起艾玛。“这就没事了。”艾玛在心里说。于是，她大笑起来，跌倒在威尔的怀里。

“谢谢，”威尔对艾里斯说，“您真是帮了大忙。”

“没什么，费切医生。”艾里斯回答。

“我们回家吧。”他对艾玛说。

“好的。”艾玛微笑着。威尔一手拎起箱子，另一只手始终牢牢地抓住她。走出几步开外，艾玛从威尔的臂弯里回头看了一眼，看见詹姆斯小姐站在车流面前，正要过马路。

“她是谁？”

“邮政局局长詹姆斯。”威尔说着，加快了脚步。

虽然还在大街上，威尔又想亲艾玛了。“嘿！”艾玛躲过去，笑了。一直在威尔身边幸福着，她一点儿也没有注意观察这个小镇，只闻到空气里浓郁的海腥味儿，听到左边传来海浪的声音。

径直穿过热闹的人群，他们朝古老安静的城区走去，那些尖角屋顶的轮廓在暮色中显得柔和了许多。有人在看着她——应该人人都会看她吧？艾玛知道，这是个小地方，她会成为别人茶余饭后的话题，怎么会不这样呢？她这么年轻漂亮，而他又是这个镇上的医生！另外，是个人都看得出来，他们俩的步伐如此一致，就好像是老夫老妻一般，每个人都会议论这一点的。他们走过的屋子里亮起的灯让艾玛一颤，她好像能听得见屋子里的窃窃私语，不由自主地直了直身子。也许这就是她稍后犹豫的原因。当威尔朝前两步，推开院门，骄傲地往里面走的时候，她迟疑了。她扫了一眼屋子，和其他的屋子没什么不同——尖角屋顶、灰瓦、宽敞的前廊和木瓦一般颜色的光秃秃的门。他们慢慢走近，走上前廊台阶的时候，威尔搀起了艾玛的胳膊。屋子里有人在说话，是一个女人的声音。他们快要走到门前的时候，声音越发热闹起来，好像是屋子自己在说话，吸引着艾玛走进去。“哦，天哪!”威尔拉开门时嘟囔道，“我忘了关收音机。”

艾玛站在厅里，能看见厨房里的一个果酱瓶子，里面插的几支野玫瑰正摇摆着欢迎她。夕阳照得瓶子里的水闪闪发光，花朵也泛着星星点点的粉红。吧台的后面是一块记分板，收音机里的女人在那里说道：“今晚，是英国皇家空军 30，德国空军 20。虽然对英国人来说是个糟糕的夜晚，不过……”她停顿了一下，又接着说：“恐怕对德国来说情况更糟。英国 30，德国 20，现在的情况就是这样。英国现在在战场上的战绩是……”

威尔伸手要去关掉收音机。“别呀。”艾玛拦住他说，“别关呀！这是什么节目？”

“管它是什么节目!”威尔伸手拉过她，让她紧紧贴住自己。她比他记忆中的还要娇小——他甚至能伸出手围住她再碰到自己。他听到她的心在怦怦直跳，她的胸、她的小肚腩都紧紧地贴着他。就是这种感觉，被所有的甜蜜包裹的感觉。在这甜蜜的黑暗里，不能再听那个女人播报战争的来临了，威尔等不及了，他一秒钟都不想再浪费了。收音机里的那个女人正在说：“晚上好，这是伦……”他一下子把它给关上了。

“哦，上帝!”弗兰基·巴德跌坐回播音室的椅子，闭上眼睛说，“我的声音太高了，不是吗?”

莫罗没有说话，弗兰基又睁开眼睛。

“又高又快。”莫罗的话似乎在对弗兰基的话表示赞同，但其实他什么意思都没有。

“你会适应的。”他站起来去拿自己的帽子，“以你的脾气，总是……”

她迅速地朝他望去，看到了他正在咧嘴笑。“我的脾气怎么了?”她问。

莫罗靠在播音室的门边说：“调一杯马蒂尼酒，喝下去老虎都能打死。不是吗?”

“那倒也是。”弗兰基点点头，“不过纽约人可不喜欢这个。”

莫罗猛地拉开门说：“去他的纽约人，你自己快活就行。”

可是纽约人真的绝对不会喜欢这个。他们也是这样为难在挪威的贝蒂·华生的。弗兰基这样想着，听着门在自己身后缓缓地关上。男人的战争不应该由一个女人来告诉美国，因为女人的声音太尖，总是显得过于兴奋。弗兰基一直这么想。她弯腰关掉了麦克风。哥伦比亚广播公司帕累先生的副手甚至连高层秘书都不愿意用女的。医院里的病人、吸毒者、人们的日常生活以及一切街头巷尾的消息都可以由女人播报，唯独战争不行。在伦敦的天空下，男人正在死去。想到这个，弗兰基的心里就会一阵抽痛。她把稿子订成一沓，关掉房间的灯，朝门口走去。女人应该结婚生孩子，而不应该冒着生命危险在德国人的枪林弹雨下为家乡的人们播报消息。

这样想着，她绕过了第三道楼梯，从地下的播音室朝上面走去。她推开广播大厦厚重的后门，走到黑沉沉的街道上。这座城市正在准备迎接夜晚的警报。

9月17日下午茶时分，炸弹降落的时候，没有任何预兆。人们不知道发生了什么，为什么会这样，还会不会再有。战争就这样降临了。闪电袭击发生的头一分钟就死了400个人。那晚有1400个人受伤。现在，17天过去了，谁也不知道下一个死去的会是谁，每天都有新的伤亡人数增加。莫罗曾经对弗兰基说："现在街上已经血流成河了。街上那些以前每天都能碰见并打个招呼的警察，也许早就不在了。"

新月从冒着烟的屋顶后面升了起来。有那么一瞬间，弗兰基还能回忆起没有炸弹、火箭筒和高射炮的天空，也能回忆起威斯敏斯特大教堂那古老的屋顶。

弗兰基轻快地走过一些防空洞，并以一个记者敏锐的眼睛发现了门缝里透出来的微光。现在这个时候，别再相信什么祈祷和机会了，这些人不过是活一天算一天罢了，谁知道明天会发生什么。走过街北的一家大的公共防空洞时，弗兰基听到有个声音在说什么"灵与肉"。这声音使得月光下灰沉沉的街道顿时有了几分生气。弗兰基笑了，打起仗来一直就没个好天气，现在终于有了。

夜晚的袭击已经变得很有规律，不时传来的德国战机的嗡嗡声在夜晚就像丧钟一般按时响起。一两束探照灯的光芒直射进黑暗里，德国飞机像是羽毛球一般，在河面上盘旋，画出一种残酷的轨迹。先是燃烧弹掉下来，照得整个黑暗的城市雪亮雪亮，给后面的轰炸开辟出一条道路来。紧接着，炸弹呼啸而来，最可怕的那一种像是穿过隧道的火车般一路咆哮。还有那些轻飘飘地挂在降落伞上落下来的炸弹，杀人不眨眼。

弗兰基从牛津广场转到威尔默特路，朝家走去。两辆消防车冒着热气穿过空荡荡的街道，它们前面的车灯被遮住了，糊里糊涂地竞相往前开着。虽然还有天堂，但地下有防空洞，眼前这街道上有枪手，也有被枪杀的人——这是现实的世界。在这黑黢黢的伦敦里，万事万物都被战火映照出了万花筒里那种斑斓的色彩。

一个月前，还没有这样频繁的轰炸时，莫罗搞了一个广播节目，那时播音室里成天响着炸弹爆炸的声音。录制节目时，弗兰基就站在他旁边，看着他镇定自若地站在圣马丁教堂的地下避难室入口，彬彬有礼地组织那些伦敦人鱼贯而入。那时，谁也不知道晚上德国人会不会来轰炸，而莫罗却一直专心地听着。每每德国战机飞临时，莫罗都会把话筒举到暗夜中，并激动地大喊："他们来了，我听到他们了!"

弗兰基觉得这一切都有种幻灭感，有时她很想在莫罗旁边喊出自己的声音，希望在电波的那头有人能听到自己。回到家里，弗兰基听到德国的炸弹冲进了一间房子，她忙拉上窗帘隔开爆炸声。这是一个挑战，在向你宣战。她在心中这样想着，朝别处望去。

第二章

人们在朝哪儿看呢？是那里。9 月结束，10 月来了，轰炸更加频繁。伦敦的孩子都被巴士和火车运往别处，还有成千上万的人坐上船穿过了大西洋。晚间新闻中不时传来这样让人心碎的婉转歌谣：

“我和妹妹还记得那一天，
我们离开朋友扬帆远行。
我们想起那些不得不留下的人们——
可是却绝口不提。”

这几天，美国人一直在听莫罗、夏伊勒、塞瓦赖德发回的报道。昨晚，莫罗在开始播报前说：“今夜，在炮火的冲击下——我们已经损失了三间办公室——这里就像是被巨人的打蛋器搅拌过了一样——我只能宣布，现在的轰炸实在是太猛烈了……”

弗兰基微笑着回忆起莫罗的脸，那张脸上总有一种面临危险时奇怪的兴奋若隐若现。不是所有人在战时都能像莫罗那么冷静的。虽然艾瑞克·塞佛瑞德在法国度过了秋天，对战争也不算陌生了，但在闪电战过去后的三个月在美国做夜间广播时，他仍然说："我再也不能忍受了——我再也无法克制自己内心的恐惧，我已经尽了全力。"

"来嘛。"街道前面，弗兰基看到有个人靠在墙上，拉住一个女孩在亲。

那女孩嬉皮笑脸地搂住男人的脖子，贴在男人身上，两个人像是连体婴一样难舍难分。秋天黄昏的路灯亮了起来，薄暮逼近了，夜色即将把她吞噬在黑暗中，空气也凉了下来。街对面，小小的公共花园里，一个小孩在号叫："查理，那是我的!"这些是日常生活中的皮毛——她在街道尽头转了个弯——在和平时期，日常生活就是这样的琐碎。

弗兰基穿过海尔街，朝阿盖尔路走去。现在是一天中明亮的最后一个小时。虽然已经到了寒风乍起的10月，但仍有很多人在外面。"晚安，晚安，希望一切都好。"人们这样相互祝福着，但教堂的钟声再也不会响起。

德国已经轰炸了50个晚上了，不用算也知道他们每晚都要来。人们知道，持续的轰炸和袭击正预示着德军的失败。因为英国人要坚持到底，他们已经为此做好了准备。

街角，芬斯利先生拉着他的拖车，关上橱窗。杂货商已经习惯了这样，没办法不像往常那样打烊，虽然大家都清楚，可能明天早晨这间商店就不在了。虽然在过去的6周，弗兰基听到了太多这样的事情，但生活仍然要继续下去。

站在街角，能看到一排无人居住的房屋。白色的屋檐清晰地被秋天的天空映衬——现在整个英伦都是这样了。转过下一个街角，看到的是火焰和大片的废墟。广场上全是疲惫的女人，她们拎着廉价的纸板箱子，手里抱着孩子，等待难民巴士。闪电战以来，每个晚上战争都像瘟疫般蔓延，一条街一条街地吞噬：从这里，到那里。弗兰基继续走下去，她想知道哪里是尽头，哪里才是终点。

弗兰基的眼珠转了转，觉得终点大概就是她在《纽约论坛》的总编马克斯·普勒斯科特那里毫不犹豫地画出的一条红线。“弗兰基，这是什么啊？”他会这么问，“故事在哪里？这里面有什么故事？要扼住命运的喉咙！上帝啊，不是嘴唇，是喉咙！”“好吧，头儿！”她会这么说。想着想着，她笑了起来。

一个女人朝利物浦街的防空洞走去，抱着孩子。说得更准确点儿，女人抱的是孩子的木摇篮。她一边走，一边回头望了弗兰基一眼。弗兰基稍稍停了一下，很多人都会在这时走进防空洞，在警报响起来之前占一个好位置——一个角落里的位置。这是上星期一个上了年纪的女人跟弗兰基说的。那个抱摇篮的女人看了弗兰基一眼后，在人行道上停住了，站了好一会儿。弗兰基清楚地看到她枯黄的头发用一根黑皮筋扎着，汗衫的领口松松垮垮，这说明她之前比现在胖。

弗兰基知道自己明天早晨还会在这里停留，不为别的，只是想看到这个女人和她的孩子走出来，确认她们安全地度过了一夜，还能继续生活。只是为了确认这一点而已。

到处都是危险，意味着每个人——弗兰基用肩膀撞开了阿盖尔路 8 号的门——都是活一天算一天了。每个人——她一边推着门，一边把头扭向街上——都会是一个心碎的故事。

在她回头时，门关上了，她又重新聚集力量去撞门。住在街尾的男孩走过她身边，停住和她打招呼。弗兰基问他："你好，比利。"

他漫不经心地挪了一下身子，用 6 岁孩子特有的那种神气说："我妈妈说美国人都有巧克力——不过她说这是一个秘密，我们不能问。"

弗兰基点点头说："所以你觉得自己得调查一下究竟是不是这样?"

"对。"比利盯着弗兰基看。

她多希望自己能给他一点儿巧克力啊，可是……"这的确是个秘密。"弗兰基说道，"因为连我都不知道。"

"你的意思是说，你没有巧克力?"比利失望地问。

弗兰基朝他凑过去，神秘地在他耳边说："我会去调查的！我保证一定会查出这个秘密的，好不好?"

"好的。"比利吸了口气，转身跑掉了。

弗兰基又回身撞门。她知道那孩子的父亲自打夏天就去了空军部队，他的妈妈——门开了——最多不超过 23 岁。

"哈莉特!"她关上身后的门喊道。

"在洗澡。"室友答道。

"快出来，我有事要说。"弗兰基把钥匙挂在门边的钩子上，解下围巾塞进帽子里，朝厅里走去。她很高兴哈莉特在家。

哈莉特·麦迪逊也是一名战地记者，1938 年就来到了欧洲，和弗兰基算得上是个聊得来的好伙伴。她比弗兰基大几岁，对这份战地工作满怀激情，是个充满希望、勤勉地探求真相的人。"仅仅待在家里做个好人是不够的。不伤害别人、不说谎，这绝对不够。"弗兰基搬进公寓的那天，她一边敲着玻璃门，一边说道，"这样的生活不可耻，可是——太死气沉沉。”

餐具柜上放着一封弗兰基母亲的来信。她拾起来拆开，沿着狭小的过道走到前厅。哈莉特已经拉上了厚重的窗帘，弗兰基打开了门边的灯，站在那里靠着门框读信。母亲娟秀潦草的字迹絮叨着上一周发生在华盛顿广场旁边他们家那栋小屋子里的事情：

“今天星期二，我早上起来就发现这一天依然如此无聊。我做的唯一一件事就是吃了两个鸡蛋和一块吐司。后来，我去图书馆附近散步，泰勒夫人把她的……”

虽然弗兰基喜欢母亲那亲切的手迹，可是她这些一直描述着吃了什么、想了什么，有什么对话的语句，还是让弗兰基看得头都大了。她不得不承认母亲简直天生就是当记者或编辑的料——实际上也一直都是这样。

“嗨。”哈莉特在她身后出现。

弗兰基转过身来，还在低头看着手上的信。“嗨，你好。”

“你今晚出去还是留在这里？”

“出去。”弗兰基收起信，微笑着将它放回信封里，瞥了哈莉特一眼说，“你猜莫罗交给我什么任务？”

哈莉特眯起眼睛，玩味着弗兰基话语里的兴奋。“牛仔女，告诉我吧。”

“去医院那边的防空射击站做采访报道。”

哈莉特吹了声口哨。

“现在我不只是一个金发花瓶了吧？”弗兰基的确有些兴奋。

哈莉特咯咯地笑起来，因为她第一眼看到弗兰基的时候，说她漂亮得像个金发花瓶。

“炒个鸡蛋吃点儿吐司再去找那些士兵好不好？”哈莉特故作正经地说，但还是忍不住笑起来。她朝小厨房走去，从冰箱里拿出几个鸡蛋，问弗兰基：“你读了斯坦科普夫从华沙发来的通讯吗？”

“没呢。”弗兰基走到厨房门口。

“他们在街上数百个街区都建立了壁垒。”

“什么意思？”

“就是墙。2.5米高，坚固光滑，据说连猫都爬不上去。”

“在犹太区那里？”

哈莉特点点头。

“什么时候的事？”

“刚刚播报的。”

“至少他们还能待在家里。”

“到目前为止是这样。”哈莉特一动不动地说。

弗兰基看着哈莉特这个正在老去的女人倾斜的肩膀出神。

哈莉特像个裁缝一样，收集每条关于犹太人的新闻，然后把它们“缝合”在一起。自一年前纳粹袭击波兰开始她就这样做，直到现在。

伴随着德国对每一座城市的横扫，她写了很多关于去往拉脱维亚和立陶宛逃难却在边境被拒的犹太人的事。华沙的自杀、爆炸，还有大规模的逮捕行动——她听到什么就记下什么，然后发电报给美国。哈莉特是第一个报道希特勒在1939年的国会里提出要在波兰建立犹太集中营的人。在哈莉特串联起来的这些事件中，人们似乎看到纳粹想要驱逐犹太人，或者将其赶尽杀绝的事实。至少他们是想让犹太人在德国消失。

这真的是有组织的行动吗？如果真是这样的话，那也太疯狂了！关于德国在一战期间的行为，有各种各样的流言，但大多数都对把焦点落在犹太人身上采取非常慎重的态度。在今年年初之前，这个问题的答案似乎还不那么明了，直到梵蒂冈确认了纳粹驱逐犹太人的行为后，人们才明白了德国、奥地利、捷克斯洛伐克，还有波兰等地的犹太人的真实处境。可这是为了什么呢？几个星期之前，伦敦的《时代周刊》对此发出了温和却大声的质疑。

哈莉特开始相信，一定有什么原因，因为现实已经不是她从纳粹的各种演说中拼凑出来的故事碎片，而是一个有组织的袭击计划了。

哈莉特有个同乡在波兰，她只能通过他的信是否出现在前厅的餐具柜上去判断他是否还在自己家里，还住在那条街道上，是否暂时还安然无恙。

弗兰基倒了两杯威士忌，把给哈莉特的那杯放在她旁边的窗台上。她不知道报道该怎么写。莫罗说的新闻报道的三要素——发生了什么、这对美国人来说意味着什么、领导人怎么说——在这里都用不上。这条新闻会让每个犹太人坐在家里都会感受到恐惧，太恐怖了。可战争本来就是充满恐怖的地狱，对此我们该怎么办？天知道。

弗兰基碰了碰哈莉特的杯子，然后如实地把报道写出来。她喝完了自己杯子里的酒，一屁股坐在白色的扶手椅上。

史密斯学院，32 班。弗兰基一毕业就回到了纽约。让母亲大为吃惊的是，她第二天早晨就去了《纽约论坛》报社马克斯·普勒斯科特的办公室，毛遂自荐。普勒斯科特看了面前这活泼而又不耐烦的红脸姑娘一眼，叫她出去找点儿什么新闻回来给他看看。

小包背在身后一跳一跳的，她走了出去，也不知道自己要找什么。她沿着西四街走到乱哄哄的百老汇，然后又去了东边，沿着河朝公寓走。她走着走着，突然高兴地发现，自己可以带着一本笔记本去任何地方，而且还有人愿意同她聊天，因为很多人苦于没有倾诉的对象。因此，她搜集了不少素材，写了下来。6个月之后，普勒斯科特给了她两列无署名的宽幅专栏，叫“城市脉搏”。

从真空吸尘器、鲁思维列特太太的大板牙到国家新政，从上流社会到底层生活，弗兰基把这座城市的方方面面写了个遍。母亲替她介绍男友的时候，总是骄傲地说她是“无冕之王”。“幸运之王!”弗兰基每次都会低声地反驳，并沉浸在观察和详尽描述的快乐中。她不是匆匆一瞥，不是浮光掠影，而是忠实有力地记录，记录生存和生活的原貌。直到去年春天的一个晚上，弗兰基走进家里，听到了收音机里传出来的威廉·夏伊勒的声音，这一切才结束了。

弗兰基坐在楼梯上，靠着栏杆，听着这个从柏林传回来的声音。它高而尖细、充满痛苦，截然不同于莫罗沉稳的声音。他就这样一直说着，在他的描述中，那个陌生的世界在弗兰基眼前展开。当时，弗兰基觉得整个世界都在这个声音中了，因为它仿佛包含了现在正在发生的所有事情。听得出，夏伊勒在努力地控制着自己的声音。弗兰基觉得，这声音里包含的内容远胜于任何言语和故事。

两个星期之后，弗兰基只身一人，带着一封普勒斯科特的推荐信、一台打字机和脸上的微笑，走进了位于伦敦的播音部。

她看到的播音室比一个橱子大不了多少，里面有一张破烂的桌子、一把椅子，一盏孤零零的台灯放在桌子中央，照着极为笨重的麦克风，它看上去像一件凶器。这里简陋得几乎惹人发笑，弗兰基觉得这也太荒唐了。

她就这样坐在那里，戴着耳机说："伦敦请解禁。"然后拨一下开关，开始说话。如果天气不错的话，她的声音就会像一个长跑选手那样穿过不列颠的天空，通过电波传到几千公里之外，然后再几经拨弄，在美国又回到天空中。哦，这中途的任何一个环节都有可能出现差错，差错一旦出现，她的声音就会消失不见了。

平时，她会打印好莫罗的手稿，倒一杯水放在麦克风旁边。她找到莫罗想见的那些人，带他们来面谈，然后独自走开，默默地去倾听。

她在伦敦走路从来不带地图，只是在剧院和舞厅灯火通明的街道上，顺着酒吧的声响转弯。希特勒在向巴黎进军；英国从敦刻尔克撤退了；城市民防机构开始给大家发放毒气防护罩；孩子被送到了乡下……在商店和公共汽车站，她依然关注着伦敦人生活中的只言片语。

"今天杂货商会说什么?"那天莫罗这么问她，不等她回答，他又说："呃，他说今晚炸弹要还是这样扔，明天可就没羊肉吃了。"说着，莫罗咯咯地笑了起来。两天之后，她和他一起坐在直播间，"巴德小姐，杂货商今天说了什么?"这几乎成了他们的每日一问。整整两个星期，弗兰基都在记录着：送奶人努力地保护着玻璃瓶子；一间商店炸碎的橱窗里好端端地放着一双男人的鞋子……大家都奇迹般地维持着生活的秩序，英国就像那双鞋一样，始终不倒。

过去的6个月，弗兰基大多数时间都是漫步在街上，搜集这些生活中的碎片。而今晚，她将开始一段崭新的历程。这是一个关于战场上的男人的故事，一个独立的篇章，全都属于她。

晚上 9 点，弗兰基出了门。在朝防空射击站走去之前，她又仔细地看了一眼自家窗户上的隔音窗帘有没有拉好。

战争刚开始时，相关机构认定英国空军可以轻而易举地击败德军战机，这种认识使得整个城市的人陷入了无头苍蝇一般的疯狂中。住在弗兰基家后面的普来森太太这样说过："飞机一飞，我们就躲下去；炸弹来时，我们却上来了。"

战争开始一个月之后，新的命令来了，要求那些地面防空射击站连环射击——每分钟发射 28 次，直射 3600 米的高空。能打中什么？只有老天知道了。白天，人们总是看到那些男人挤在毯子里，举着几把枪分别指向天空不同的方向，等着德军导弹的降临，而且夜间轰炸开始的时候，枪炮声几乎就听不到了，所以大家只知道他们看上去比较怕冷。

弗兰基来到了医院附近金斯顿花园墓地的 165 炮兵连，这里有她要采访的防空射击站。一个指挥官和两个侦察兵正朝扶手椅那边转移，他们手中防空枪的夜视镜瞄准天空。弗兰基连忙跟了上去。

"亲爱的，你不能待在这儿。"其中一个侦察兵眼睛盯着夜视镜，对弗兰基说道。

弗兰基伸手从背包里掏出证件来递给另一个人，这个人放下枪，接了过来。

"这里很危险。"他把证件扔回来说道。

"那你们也很危险。"她反驳道。

他嘟囔了几句，又回头去看天空了。

她转身去看那几名炮手。他们一共有 9 个人，都很年轻，坐在那里待命。

"今晚射中的概率是多少？"她来到其中一个人旁边，问道。

“就像我老婆的腰围那么小。”一个枪手感叹道。

“别老是把你老婆挂在嘴边，行吗?”

弗兰基冲那个人笑笑，问道：“你老婆在哪里呢?”

“肯特。”

肯特是英格兰安全的大后方。在那个地方，伦敦升起的炮火就像是乡间漆黑的夜晚闪烁的繁星一样。

“各就各位!”一个侦察兵喊道。听到喊声，弗兰基周围的这群男人立刻扯下身上的毯子，一一就位。他们有的是瞄准手，有的是管引线的，有的是管炮管位置升降的，有的是管撞锤的，有的是后膛手，还有的负责弹药补给。“已经就位，长官!”肯特来的男人喊道。

当弗兰基周围的男人静静地等在那里时，她打开手电筒看了一下时间，并仔细聆听周围的各种声音——男人的呼吸声，一两声轻微的咳嗽，除此之外便是寂静，万籁俱寂。

很快，从她左肩的方向传来了一阵低沉而熟悉的德军飞机的声音。“混蛋，有本事来打啊!”一个侦察兵小声骂道，他的手放在枪上。“有本事来啊，来一个打一个。”弗兰基把头盔戴好，紧紧地贴着战壕，心里这样说道。

“砰!”第一颗子弹射出了，它呼啸着朝天空中谁也看不清的方向飞去，可能是侦察兵侦查到了那里有飞机出现。顿时，枪炮声接二连三地响起来，周围房屋的窗玻璃都被震碎了，四散在街上。子弹和炮弹接连不断地朝天上飞去，弹片散落在屋顶上，像是奏响了一首用特殊音符谱写的战曲。这时，一个声音在她的脑海里响起来：“这太野蛮太暴力了！除了这句话，我没什么好说的了。”“妈的。”弗兰基后面的士兵嘟囔道，他的脸贴着防空枪，一边射击一边念念有词，没头没脑地朝着空中乱打一气。

弗兰基也想抓起个什么来开火，可事实是，每一次射击都是在暴露自身的位置，引来德军战机更猛烈的轰炸。他们可以在你还没反应过来时就送你上西天，毫不费力。

按照侦查情报的指示，子弹和炮弹呼啸着飞出去。现在虽然已经是寒气逼人的10月，但这些男人却都在流汗。他们挽起袖子，像鼓手一般举着枪。“来啊，来啊，来啊!”枪手们低吼着开火，火光五彩斑斓。“来啊，来啊，狗娘养的!”火药熏哑了他们的嗓子，但并不妨碍他们猛烈地开火。这些绝望而执著的大老粗们不停地开火，直到侦察兵宣布停止。这时，有几个人直接倒在他们刚才端枪站着的地方。结束了，他们被射中了。弗兰基双腿发抖，她觉得这轰炸间隙中突如其来的寂静简直震耳欲聋。

“天哪，你们可真勇敢。”她缓了一口气，说道。

“小姐，我们也是没办法。”黑暗中有个身影苦笑道。

有一个人哼了一声，说：“闭嘴，杰克。”

“不管怎么说，还是很勇敢。”弗兰基此时既想痛哭又想大笑。

一阵夜风吹在她身上，轰炸的声音又出现了，从西边远远地传来。风吹过河面，带来一阵浓浓的、臭臭的炮灰，这时她旁边有几个人困得都睁不开眼睛了。这里就是现场，没有任何屏障的现场，一切就在眼皮子底下发生。战争就在这里发生，没有任何阻拦。

远处，一阵轰炸又开始了。在弗兰基看来，这似乎是德国人唯一要做的事情了。她捡起自己的背包，悄悄走远，仿佛离开一间婴儿室那样轻手轻脚。她的神经此时渐渐放松，思绪已经飘到空中，开始想着自己该在话筒前说些什么。

今夜，那些在走进地下室之前紧紧搂在一起亲吻的恋人之间的空气，和这些在枪炮声中战斗的战士身边的空气是一样的。她的声音也即将穿越这同一种空气，越过海洋，到达坐在椅子上听广播的那些人的家中。报纸是铅字印出来的，字句被组合在一起，印在报纸上，叠好，分发到路边那些喊着“号外”的男孩子手中。故事在报纸上是经过一只只手的传递才流传开的，而在电波里，故事是滑翔在空气中，通过口耳相传来传播的——天空因此四分五裂，世界成为一个巨大的流言之所。此时，弗兰基仿佛在脑海中找到了一个黑暗藏身之处的秘密。

一声巨响在头顶上出现，燃烧弹在空中拖曳出一道明亮的火光。弗兰基停下脚步来数数，就好像以前数雷鸣和闪电之间的间隔时间一般。银色的流弹在城市的上空飞翔，映照出一片火光，五光十色。“砰”的一声，然后是片刻的宁静。一开始她没有意识到自己在数数，等意识到后，就再也无法停止了。她觉得这次轰炸大概在她前面不远处，靠近国会的地方。她朝前走去，眼睛重又适应黑暗。就在她前面，市政民防机构在人行道上画出的方便人们在黑暗中找路的白线突然没有了。她不自觉地向后退，不小心撞上了一个人。

“看着点儿路。”她身后的人说。

“抱歉。”她对着从后面匆匆而过的人说道。

弗兰基花了一个多小时才找到回广播大厦的路。浓浓的烟雾呛得她嗓子眼儿痒痒。她竖起领子遮住耳朵，穿过一片狼藉的街道。路旁有一些车子成排地停着，整齐得就像在散场前的剧院门外候客的出租车。一个女人站在餐厅的吧台前倒茶，黑的、红的、蓝的光同时诡异地闪过一辆汽车的引擎盖，它正在火光的照耀下急驰。

走进播音室，她把大衣挂在莫罗的大衣上面。“你看起来可真糟糕。”莫罗看着她说。

“可真要谢谢你啊，莫罗。”弗兰基讽刺道，一屁股坐在椅子上。

“有什么收获没？”

她朝他咧嘴一笑：“真可怕！那些男人不停地朝天空开火，可是他们什么都看不到。然后过了一会儿，那些声响和射击都停止了。呃——我感觉整个人就像陷入了可怕的深渊，像滑雪时陷入了无边无际的白色中不停坠落，直到放弃。”她停住了，因为莫罗脑袋后面，汤姆伸出五个手指做了第一个手势。

“我们先放点儿片头。”莫罗对她说，“然后你就简单地插进来说几句。就像刚才那样就好——连续说，不要停。弗兰基，加油！”她点点头。

汤姆给了个信号，灯亮了，莫罗看着她，说了几句开场白，她微笑着回应。然后，他的声音淡出了，她像往常一样闭上眼睛，像跟妈妈说话那样——想象着母亲坐在华盛顿广场 14 号房子前厅的乌黑的收音机旁边——讲述关于那些男人的故事；讲述那些寒冷、噪音，以及激昂的斗志如何让人热血沸腾地开火；讲述那是怎样一种完全不同于躲在地下室里的生活。

“请想象一下，想象一下您就置身在那些男人当中。”她缓缓地结尾，“他们谁也不想过那样的生活，可是有一股不由自主的力量驱使他们忘记危险、浴血奋战。想象一下吧，像那样一个由上帝说了算的地方！”说到这里，她微笑起来：“当然，还有那些男人。在那里，你会闭上眼睛，只管去做，去战斗——不管将会发生什么。”

哈里·瓦勒坐在他麻省弗兰克林镇的家中，在椅子上转了一圈，看着收音机。

“这是弗兰基·巴德发自伦敦……”

哈里关上收音机，一动不动地坐在那里。关上这女孩的声音之前，他感到体内产生了一股向着终点迈进的冲动。当你朝着危险的正中迈上一大步时，你所能做的，就是直直地看着它，因为你无力阻拦任何事情发生。哈里好像早已忘记了这种感觉，直到刚才。该死，他听到她竟然在笑。

现在这里是晚上8点，伦敦是凌晨1点。哈里未加思索就站了起来，关上起居室的灯，拿起挂在椅背上的夹克。他就这样站在车库上方这个重新陷入黑暗的房间里，站在那里听着。长点海滩的雾角响了起来，哈里拉上夹克的拉链，朝着昏暗的大厅走去。

哈里穿过小小的卧室，在春天他把这里给了奥都·斯切林住。他看到这个德国人又开着灯、穿戴整齐地睡着了。奥都睡得像个孩子，浅金黄色的头发散落在脸颊旁边的枕头上。那天下午，富劳尔先生的巴士从瑙赛特载来了他。他站在人行道前等车开走，当时很冷，虽然已经是4月了，但春寒料峭得足足能把开了一半的郁金香再逼回去。汽车开走了好久，哈里透过咖啡店的玻璃看到奥都还站在原地，一动不动，就像汽车没油了一样。这男人就这么站在那儿，又累又糊涂，好像在等世界停止运转，至少在哈里看来是这样。

“他有点儿奇怪。”后来富劳尔说，“这个德国人不知道是从哪里钻出来的。”

哈里觉得这个问题无所谓。

“哈里，我是说，他为什么要来这里呢？”

“也许他是个犹太人。”哈里回答。

哈里穿过奥都的房间，关上门，穿过过道下楼，打开门，走进夜色里。

今晚外面一个人都没有，整个镇上一片黑暗，除了镇中心的三个街区上为了行车而设立的三盏路灯。他的右边是绿色的市政厅，市政厅对面是邮局。他的左边，一条路蜿蜒上山，尽头消失在黑暗里。此时镇上的人都在听广播，因为正是睡前时分。哈里从口袋里掏出一支香烟点着，眼睛盯着那头缓缓开过来的一辆汽车的灯。车灯照亮了路旁的木头栅栏，然后，忽然照亮了邮局门口灰白色的旗杆。笔直的旗杆清楚地标志出小镇的中心，好像一根幽灵的手指。在灯光的照耀下，哈里皱起眉头。他觉得自己得和艾里斯说说，把旗杆砍掉一截。他想着，朝车子挥了挥手。他走过去，车子响了一声，车内费切医生的脸被加油站广告牌反射过来的光照亮。车子开过去，尾灯后面又陷入了一片黑暗。车子朝山上驶去。

“艾里斯。”哈里咧开嘴傻笑着。他仿佛都能听到她在说——“瓦勒先生，你想砍我的旗杆?”他在黑暗中微笑着点了点头，这可不是玩笑。

马路对面就是港口的海滩，灰色的沙子后面是黑色的海浪。在这海的对面，8 个月内，希特勒攫取了奥地利、捷克斯洛伐克、波兰、法国，而他会不会穿过海峡，胜利地挺进伦敦多佛路，还是个未知数。

哈里看着远处无垠的黑暗，弹了弹烟灰。他朝着费切医生开过去的那个方向走去，眼前仍是茫茫的一片黑暗。汽车的光亮早就没有了——镇子又陷入了一片漆黑。哈里转过身来看着海的对面，想象着战争正在等着他们。

第三章

邮局的后面，风把雨水带进了有着高高天花板的分拣室。艾里斯在那里工作了几个小时，发现自己都快冻僵了。虽然她是个岛民，已经习惯了风雨的侵袭，但这次横扫过大西洋的寒风还是把一切都冻僵了，包括她。她从信盒子里拿出学校用的地图在桌子上展开，战前一片和谐的世界出现在她眼前。

地图上面有法国和德国，还有奥地利、英格兰、波兰……地图上的字印刷得清清爽爽，就像有些男人的穿戴那么整洁。

征兵是从10月开始的，每个适龄美国男人的号码都被放在征兵办公室的玻璃鱼缸里，记录在案。马路上和铁路上，到处都是被发配往全国各地的年轻人。他们靠在满是书本和地图的绿皮车厢里，离开俄亥俄州、田纳西州、佐治亚州、卡罗来纳州，前往奥马哈等军事重地。

在这个镇上，斯诺家的兄弟俩最先离开，然后是威尔·考克斯，再然后是杜阿尔特，还有马克·博格斯。乔尼·克里普斯和费切医生还不用担心，因为暂时还不会轮到他们。现在轮到的是弗洛伦思·克里普斯——镇上最大的旅店的老板。

虽然战争的味道还没有那么浓，但艾里斯还是订购了一份地图。她来到邮局大厅的门廊里，找了一把椅子，在离窗户不远的地方钉地图。钉好后，她愉快地用手抚摸过自己最想去的地方。这时，克里普斯太太进来了。她是一个穿着上好的丝绸裙子，有一头金黄卷发，长得还不错的大块头女人，看上去像一个没有支架的条纹帐篷。她站到艾里斯身后，全神贯注地看着这一幕。

“艾里斯，你在干吗呢？”

“挂地图。”这位邮政局长回答着，并用锤子狠狠地在一枚钉子上敲了一下。

“可是——艾里斯，”克里普斯太太伸出一根小拇指说，“我们并不需要知道我们在哪里。”

艾里斯从椅子上下来，打开邮局大厅和分拣室之间的橡木门说：“弗洛伦思，如果美国参战了，我们得知道他们把我们的孩子都送到哪里去了。”

“我们的孩子不会去的。”克里普斯太太不喜欢这个女人说“我们的孩子”时的那种口气，好像那些孩子都是她的孩子一样。“总统保证过的。” 克里普斯太太接着说道，“丘吉尔也说了他不需要美国人过去，今年不需要，以后也——以后也不会的。他说过。” 她仿佛在背诵着英国首相那些响亮的口号。

“迟早要去的。” 艾里斯耸耸肩

“谁说的？”

艾里斯把铅笔别在耳朵后面说：“英国人自己抵抗不了的，弗洛伦思。他们向来不中用。你拿着什么呢?”克里普斯太太恨恨地递过手中的一封信。艾里斯接过来，重新走到柜台后，把信扔在秤上。

一年前，当听说有个老处女要来接替斯诺先生的邮政局长之位时，很多人是持怀疑态度的。克里普斯太太记得很清楚，这位新任局长乘车进镇的时候，她正站在厨房的水槽边往窗户外看。她看到车上下来的那个女人身材纤细，惹麻烦的红色头发上戴着一顶黑色贝雷帽。

“得留神了。她一定会搞什么花样的。”强尼·克里普斯出现在母亲旁边。

“我才不关心她要干吗呢，只要她在这里干活儿就行了。”克里普斯太太转过头来说，“不知道政府是怎么想的，非要派一个老处女来当邮政局长。外面还有那么多壮劳力没活儿干呢!”

母子俩看着这女人跟在巴士司机富劳尔先生后面，沿着人行道走到邮局门口的台阶下，放下三只行李箱。富劳尔轻触了一下帽檐，离开了。他们看着这女人摘下贝雷帽，慢慢地塞进大衣口袋里。她站在那里没动，似乎在专心地打量着眼前的这栋建筑。然后，这位新邮政局长转过身来，好好地看了一下这个镇子，最后才推开了邮局大门。

“哇!”克里普斯太太惊叫道，“她在这里一辈子也别想找到对象!”

“她大概连找都不会找的。”

“是个人都会找的。”克里普斯太太带着一点儿小小的诡谲笑容看着儿子，“虽然有时候自己都没察觉。”

就像往水里投进了一颗石子，连日来关于新邮政局长的议论不断。人们都说詹姆斯小姐的相貌不错，虽然说不上来哪里好看。她个子瘦高，穿一件邮局统一的海军蓝羊毛衫，扣子扣到领口，肩膀像景观灯一样高耸。长满雀斑的胳膊活动自如，好像随时等待被听差或者绅士扶起。当然，人们也不会忽略新局长的嘴唇，那鲜红的嘴唇对镇上的已婚妇女来说显得格外刺眼。

后来，人们渐渐体会出了艾里斯·詹姆斯小姐担任局长的好处。不管在什么地方，女人在整洁上起的作用总是很明显。在邮局大厅里，垃圾总是按时清理；空白的支票申请簿整齐地放在墙边的桌子上；白纸黑字的政府告示从来不会被风吹乱，而是四四方方地钉在大的告示板上，挂在局长办公室的窗边。詹姆斯小姐从来没有揉坏过信封，没有撕坏过一封信，更不会把地板上那排带锁箱子下面的目录弄坏，而这些事在其他的港口小镇邮局时有发生。当人们像平时那样走进邮局时，立刻就会发现这里被一种井然有序的气氛笼罩着。

“我建议你更谨慎一点儿。”克里普斯太太哼了一声说，“你知道，哈里那儿有个德国人。有天晚上我回家的时候，看到他屋子里透出的光——连窗帘都没有挂，你明白吗？那光照得外面就像大白天看东西那么清楚。然后他又把灯给灭了，你觉得这是怎么回事？”

“大概他正要上床睡觉吧。”艾里斯把信塞进邮包里。

“就算是吧。” 克里普斯太太俯身过来，“不过，自那以后，我散步就没再走远过。”

艾里斯没有回答。

“艾里斯，这可能预示着什么。他也许是个德国间谍，先遣部队什么的。” 克里普斯太太故意拉长了音调说。

“他在老家有个妻子。”艾里斯平静地说道，“现在在法国的难民营里。”

“这是他说的？”

“是的。”艾里斯迅速地回答。

“我知道那些难民营的事情。” 克里普斯太太哼了一声，“可她是怎么被送到那里去的呢？她一定是干了什么事情——一些不太好的事情。”

“我想大概是她的身份证明有什么问题。”

“这就对了！”克里普斯太太带着点儿得意的神情点了点头，“我要说的就是这个。你得小心点儿，做事要注意。这可不是开玩笑的！唉，法国人的日子也真不好过——犹太人还有其他什么人都因为战争从欧洲各地流窜进去——突然要面对这么多来路不明的人。她也许不是，可其中总有些人是危险的，肯定的……”

“我想这对那个男人来说够艰难的了。”艾里斯突然朝这个妇人喝道。这时，奥都·斯切林像往常一样走了进来，手里拿着一封信，信封上面写着：安娜·斯切林。如果是周四，他就会加寄出一张5美元的汇款单，那是他在哈里的车库工作挣来的钱。

奥都的眼睛是深邃的蓝色，艾里斯每次循例问他问题的时候，他都会迷茫地看着她，而她则会问一些“最近怎么样？上周忙不忙？”之类的话，然后接过他递过来的钱，写一张收据给他。

奥都每天都写信，却从来都没收到过回信。每天下午他都静悄悄地来去，带着那种讨生活的人典型的疲惫以及日复一日的辛劳。

“艾里斯，我们都得当心点儿。”奥都走后，克里普斯太太换了一种比较柔和的口气说，“我的中心意思就是这个。”

“当心什么？”门打开了，玛尼·奈勒思走了进来。“弗洛伦思，我就知道你在这儿。”她满意地喊道。

克里普斯太太朝艾里斯扬了扬眉毛，示意她们的谈话告一段落了，然后转向玛尼。可是，她的注意力很快就被大门外的艾玛·费切吸引了过去——她头上戴着一条不知道从哪里弄来的头巾发带。

“她怎么长得这么小？”克里普斯太太说。

“是呀。”玛尼赞同道。

三个女人都注视着艾玛走远。艾里斯很喜欢镇上人人都在议论的这个“小新娘”。她已经开始进入医生妻子的角色，说起话来很轻快，评论她丈夫的工作和说起他将来想做什么时，总是兴头十足。

“你需要什么吗？”艾里斯问玛尼，她摇摇头。艾里斯点了点头，回到后面的房间，今天早晨到达的邮件还全都堆在桌上没有分拣。

这个镇子上的人们通常会从 11 点开始活动，所以现在她抬头往外一看，大厅里几乎站满了人，像是来开什么会似的。大厅里的女人们议论纷纷，艾里斯只能听到个大概。

“太无耻了！”

“太无耻太卑鄙了！”

“玛尼，这话有点儿过分！”

“亲爱的，不过分！一个男人跟这么柔弱的女人结婚，简直就是耻辱！”

“也许他喜欢照顾她，这会让他觉得自己很强大。”

“一个女人要是自立自强，男人会把她照顾得更好的。”玛尼哼了一声，“威尔·费切本来就很忙了，现在还要去照顾这么一个不知道打哪儿来的城里妞。”

艾里斯拿着一沓需要退回去的信回到柜台前的窗口，玛尼的声音渐渐小下去。

“威尔当然得找个外地的啦。”克里普斯太太反驳道，“他的父亲做了那些事之后，谁还会嫁给他呀？”

艾里斯抬眼看过去，想知道威尔的父亲做了什么。

“你还记得吗？那以后，他站在花园的那头，从头到脚穿着卡其布，跟个夏季短工似的，佝偻着身子，盯着一丛玫瑰看！”

“他打算干吗呢？”

“当然是离开这里喽。”克里普斯太太轻快地说，“只要还有一点儿羞耻心，就不会赖着不走，只会赶快离开。想想艾尔登和黛乐思吧，他们什么都没了，什么都没了。他还能站在那里看花？”

“而且，”玛尼把手伸进自己的邮箱，抽出一封信来，继续回忆道，“玛丽也不好受。”

“发生这种事总归是做妻子的最倒霉。”克里普斯太太重重地点了点头，“她们大概就跟那些印第安新娘一样。”

“求你了，弗洛伦思！”玛尼迸发出一阵大笑，“你可别再看什么《国家地理》了！”她的笑声余音阵阵，就像关上了门，弹簧还在那里震动一样。

看起来克里普斯太太还不太想走。艾里斯把信塞进退信机器里，用力转动手柄，信迅速地滑落下去。机器在每一个信封上都敲下了“弗兰克林 11 月 18 日中午 12 点”的字样。有一封信有点卡，她用力地把它扯了出来，又重新送进去。

“我想他是中邪了。”克里普斯太太轻声地评论道，显然是想总结自己今天的讨论，“要不一个人怎么会那样做？”

“管好你自己的事吧。”艾里斯极快地瞥了克里普斯太太一眼。

艾里斯能感觉到自己气得脸都红了，因为这个女人！机器好像出了什么问题，又有一封信卡在了刚才那个地方。把它扯出来之后，她看到日期那里有点儿模糊了。11 月 18 日还是 19 日？艾里斯又凑近了一点儿去看。

“怎么了?”克里普斯太太热心地问。

“日期看不清了。”艾里斯放下信封。她得给在瑙赛特那里的邮局总监米治·雅各布写一张便条，该死。

“要紧吗?”克里普斯太太像只苍蝇一样不肯罢休，因为她从来没有看见邮政局长这么烦恼过，“也许过一两天就都好了，对吧?”

“是的，没事，克里普斯太太。”艾里斯叫道，“这没什么。”可是，艾里斯过于乐观了，她本来觉得机器一会儿就会好，谁知很快第三封信又被卡住了，上面印的不知道是18还是19。

机器看上去跟往常一样，但就是不正经工作。艾里斯恼怒地盯着它，它笨笨的蓝色身子一动不动地呆立在那里，好像倒是它的主人做错了什么。她知道自己的念头很滑稽，可它们常常会莫名其妙地冒出来。她能接受牛奶一直放在冰箱架子上却变了质，她也可以接受一出门就碰上倒霉天气，但她就是不能接受这种无厘头的事情。牛奶在冰箱架子上放坏了，是因为有人把冰箱门半开着；出门就碰上倒霉天气是因为自己不好好听天气预报，可这退信机器到底是怎么回事?

大厅的门开了，克里普斯太太转身过去看是谁。见到这个人，她的脸上立刻挤出一丝微笑来。“你好，哈里。”她夸张地说道，“詹姆斯小姐的机器出了一点儿问题。”

艾里斯翻了翻眼睛。

“哦?”哈里说，“怎么了?”

这时，克里普斯太太觉得马上又有新的话题可以和玛尼八卦了。哈里的头发梳过了，一看就知道心情很不错。克里普斯太太对玛尼笑了笑，在心里说：“很快就有好戏看了。”她转身拍拍柜台，对艾里斯说：“再见，詹姆斯小姐。我得去做事了。好运哦!”她指了指那机器。

哈里放下手中拿着的水杯，看了看退信机器。

“出问题了?”

“是的。”艾里斯说着，脸红了，因为忽然意识到邮局里只剩下了他们俩，“信总是卡住。”

“我来看看。”

艾里斯把这台小机器推到哈里面前。他搬起机器摇了摇，没有什么声音。然后他又轻轻地放下，从口袋里掏出一把螺丝刀，抬头征求艾里斯的意见。艾里斯点了点头。

“你觉得是哪里有问题?”

“不知道，也许是有什么零件坏了。”他的语气很轻松，好像遇到了一件高兴事。

他怎么可能不知道？或者说，他要是不知道的话，怎么还会这么开心？他小心地拧开了了四粒黄铜螺丝，艾里斯小心翼翼地看着他。机器里面的装置是一个转盘，上面有小的指针和日期，还有小小的铃铛。他弯下身子朝里面吹了口气，站直了看看，又弯腰吹了口气。

艾里斯看着他的手指，不知道该说些什么，只是专注地看着。她知道他只是进来取信的，虽然一开始她觉得自己准备好了，可她忽然意识到，她不想打破他们之间这种静谧的和谐。没费多少工夫，哈里就修好了转盘，然后把它迅速地装了回去。“好了。”他把机器推回到艾里斯面前，“试试能不能用。”

她抽了一张白纸放进退信机器，转动手柄。纸轻快地跳了出来，落到哈里面前。“11 月 18 日。”他读道。

“太好了!”艾里斯听见自己的声音，“谢谢你，瓦勒先生。”

“哈里。”

她抬起头。

“叫我哈里。”他平静地说，“叫哈里就好了。”

她飞红了脸，低下头。

他清了清嗓子：“呃，我想说……”

她拉开放着邮票的抽屉，心怦怦直跳。

“有件事我一直想跟你说。”

一沓一沓整洁的邮票出现在她眼前。

“你有没有想过把旗杆弄得低一点儿？”

她抬起眼帘，失望地扫了他一眼。他是在跟自己说公事。

“为什么？”

“呃……”他有些犹豫，“我觉得它太高了，有点儿招摇。”

艾里斯忍不住笑了：“有点儿招摇？”

“德国人要是来侦察的话，很容易就能看到我们镇了。”他说得很认真。

“那我得和邮局总监说说这事。”艾里斯说着，关上抽屉。

“这倒也是。”他低下头，并没有要走的意思。

“他来这里就是要说旗杆的事的。”艾里斯有点儿恼火地在心里对自己说，“要不然他干吗站到这窗口前呢？还是公事公办，打发他走吧！”

“哈里，要不要买一个盒子寄这个？”

他脸色有点儿发白，低头看了看柜台上的杯子。

“买一个盒子？”

“是啊。”她指着杯子回答道。

“我……”他的脸色更白了。

她拿起杯子说：“我先来量一下吧！”

她拿出一个卷尺来量杯子。“一个小盒子应该就够了。”她说着，转身去后面的房间里取出一只盒子来。

“要不要加一些填充材料？这么好的一只杯子可得保护好。”

“好的。”他的胳膊肘支在柜台上，看她灵巧地折好盒子，把杯子放进去，又把填充纸塞在杯子周围。他愣愣地看着她忙个不停，很快就把盒子包好了。

她抬头看着他说：“寄往哪里？”

“寄给你。”他说。

艾里斯眨了眨眼睛，伸手整理好从肩头滑落下去的羊毛衫。“什么？”

哈里的双手放在盒子边上，把它朝她推去。

“这是送给你的。”

艾里斯盯着哈里看了几秒钟，然后慢慢地露出微笑。

“我能打开它吗？”

“打开吧。”他咧嘴一笑，重又趴在柜台上。

她从旁边取来剪刀，小心地剪开胶带，打开盒子，那个杯子安静地躺在里面。她看了一眼自己刚刚塞进去的纸，注意到哈里正束手束脚地看着她。

“它可真漂亮。”她把蓝色的陶瓷杯子放在他们面前说道，“谢谢。”

“我想你大概喜欢喝咖啡。”

“是的。”她朝他微笑。

“那好。”他拍拍柜台，表示再见，转身没有再说话，朝门边走去。她红了脸，低下头。他穿过门时，一阵微风吹到她的身边。

第四章

阵雨给拥挤的萨伏依旅馆的酒吧带来了不少客人，里面充满了潮木头和散发着热气的身体的气息。旅店里一晚上就住进了 120 个人，这个数字还在不断增加。到处都是留下不走的人和那些清晨从山上回来的人，到处都是夸张的手势和喧哗声。

虽然每个人心里都清楚，也许过会儿就会有炸弹投下来，可没有人想现在就躲进洞里去。伦敦是在地上的。就算在这样倒霉的天气里，人们还是喜洋洋地互相打着招呼，陌生人之间也招呼个不停。“晚上好，晚上好！”声音传到街上，没有警报，没有哨音，没有爆炸声。

弗兰基和哈莉特坐在酒吧里，旁边是来自巴黎的美联社记者吉姆·杜威尔和莫罗手下的另一个记者——达斯汀·潘克赫斯特。“今晚没什么好报道的，因为没有炸弹。”弗兰基在心里说。她看着眼前的屋子——这里就是现在最大的新闻现场了。

“她们是谁啊?”潘克赫斯特朝门边走进来的三个女人指了指。那三个人一边抖掉伞上的雨水，一边大笑着，给这拥挤的屋子带来了一丝轻快的活力。

杜威尔回头看了她们一眼，拉长音调说：“美女记者越来越多了嘛!”说完他又转回到桌子前嘟囔了一句：“哪里有动静她们就来哪里。”

“当然。”潘克赫斯特好像很宽容。

“我们不漂亮吗?”弗兰基有些不满。

“你们不是女孩子。”潘克赫斯特巧妙地避而不答。

“从那种意义上说。”杜威尔微笑着补充道。

弗兰基跟哈莉特眨眨眼，哈莉特咬着嘴唇没说话。到目前为止，只有一小部分女性能在欧洲的传媒一线生存下来。更多的女性在后方做战争的深入报道，或者就是简单地发布一些关于轰炸和救济的报道拷贝。

“事实上——”杜威尔突然看看房间里的人大叫道，“战争好像能使旅游业绩再创新高。”

“外面的人很少，吉姆，真的。”哈莉特毫无幽默感地反驳道。

“不管怎么说，大多数美国人是不想参战的。”杜威尔换了一个话题，“反战的人大约要超过80%了。”

“管他呢。罗斯福想连任的话，必须打一场恶仗。”潘克赫斯特付之一笑。他有一张圆圆的脸，成天汗津津的一副傻样。他也的确很会装傻，人们总是在毫不设防的情况下就把什么都告诉他了。

“德军现在已经停止四处征战了。”杜威尔说，“我听说，多尼兹上将计划明年在波士顿港口部署他的潜水艇。”

“胡说。”潘克赫斯特答道，“德国现在很有优势，干吗要放弃?

你看到上个月他们在比斯开湾用多长时间就打沉了37艘船吗？他们肯定会抓住一切机会继续扩张的。”

“闭嘴吧。”杜威尔尽量和蔼地说，“我是上个星期在罗伦特的一个水手吧里听他们说的。当然，好多都是吹牛，不过你要是仔细听听，还是能听出些真话来的。他们似乎是说有一种潜水艇可以保证射击的准确性。”

“上帝啊，你的一位子民就要被谋杀带走了。”哈莉特弹了弹烟灰。

“哪位子民？”杜威尔疑惑道。

“就是你啊！”她说。

“哈，因为我获得信息的本领强？”杜威尔用肩膀抵住哈莉特的肩膀。弗兰基又看到他们两个在一起了。她知道，明天早上，就是他们三个一起坐在公寓里吃早餐了。

哈莉特转过脸去，轻轻说道：“因为那些水手用潜水艇精确丈量出了你的身体在桌子上倾斜的角度。”

弗兰基扑哧一笑。

“唉，你最好变成隐形的，或者变成一台会走路的胶片机。”哈莉特叹气道。

“我知道你说的是什么意思。”杜威尔咧开嘴，露出像检察官一样的笑容。

“这是故事背后的故事。”潘克赫斯特说道。

弗兰基点点头。要说故事背后的故事，她还知道很多。比尔·夏伊勒为了1分钟的播报，要写10分钟的稿子；莫罗经常一身冷汗地播完新闻，脑子转得比检察官还快，因为他要随时在脑海里剪切、组织那些有隐含意义的字句，然后再通过电波传递出去。很早以前她就学会了怎么使用这种表达方式，学会了如何用巧妙的措辞欺骗那些德国人的耳朵，讲述自己想要讲的故事。这是个挑战，就像在刀口上跳一个混淆概念的舞蹈。

“我打赌我能从水手吧弄到点儿什么。”弗兰基说。

“美人儿，我也打赌你能。”杜威尔调侃道。

“闭嘴。”弗兰基打断杜威尔，“我是说正经的。”

弗兰基跟杜威尔碰了个杯，喝完了手中的饮料，看着哈莉特倒在杜威尔的怀里，捧着他的手表。哈莉特的头发散落下来，金黄的毛衣贴着杜威尔的夹克。她抬着头跟杜威尔说话，问一些关于法国的问题。弗兰基也很喜欢她们收到的报告中提到的那块没有男人的土地。当然，她是个女人。可是这场令人沉迷其中的有趣谈话是发生在男人和女人之间的。

“你真的相信德军会在美国登陆？”弗兰基又回到杜威尔的话题上。

杜威尔喝干杯中最后一滴威士忌说：“我只是跟你说了我听来的事情。德国海军上将卡尔·多尼兹的人最近要在纽约港口演习。其实他们什么都不想做，就是想示示威，然后微笑着回去。见微知著。”他眯着眼睛看着自己的空杯子。

“这是在打赌吗？”

“打赌？”杜威尔点点头，“是个赌。”

“当然啦。”潘克赫斯特哼了一声。“嘿，罗吉！”他叫来吧台侍者，举举杜威尔的空杯子说，“有人还需要一杯才能入梦呢。”

屋子中间的一张桌子边，弗兰基看到一个男人靠在女伴的身上，凑在她耳边说着什么。女孩听着，然后趴在他身上笑了。弗兰基低头啜了一口苏格兰威士忌。她抬起头的时候，一个长得很好看的男人坐在吧台椅上，正迎着她的目光。

“我来告诉你该赌什么吧，”哈莉特平静地说，“赌难民配额会不会继续增加。”

“那些德国难民？”

哈莉特点点头说：“27,370。现在只能承受这么多。这个数额目前为止还不会变动，虽然还有成千上万的人挤在那里等待签证，等待那张带来希望的纸。”

“这些是政府操心的事。”潘克赫斯特评论道。

“我们都知道，那些难民不是纳粹间谍，他们是犹太人。”哈莉特有些激动，“他们都是被战争赶出家园的人。他们四处流浪，不停地被驱逐。只要家门被敲开，20分钟之后他们就会被赶到大街上去了。只有20分钟的时间来收拾东西，然后就要滚出去。滚出德国、奥地利，滚出欧洲。而美国这样的国家也不是那么好进去的，所以他们才会流离失所。可是，不管我怎么努力，那些冷漠的官员和难民的状况始终都无法被人重视。犹太人的处境就这样被淹没在报纸的中缝里，被当成一些小道消息四处传播，就是这样。”

“得有人深入调查，然后做出报道。比如选择一户家庭跟踪采访，描绘出他们离开德国时的样子。这样才能引起重视。只能这样。”潘克赫斯特说。

哈莉特摇摇头说：“现在想找个完整的家庭实在太难了。上个星期我在马里尔伯恩的难民营碰到一个女人，她在西班牙和法国边境上被迫和丈夫分开了。原因就是她签证上的一个字母写得不清楚。虽然她有护照，姓名详细地写在上面，还有结婚证明，但他们还是足足审讯了她20个小时才放了她。那时她的丈夫已经离开了。她对我说他们要从里斯本去美国。她对我讲述事情经过时的神情就像我能帮她找到丈夫似的。瞧见没？他们就这样失散了，可能再也找不到对方了。现在她每天只知道一遍遍地对人说‘你是从美国来的吗?’美国！这太悲惨了。上帝也坐视不管。该死的故事。”

“上帝！全能的上帝啊，我不知道该说什么好了。”弗兰基说道。她心神不宁地用手指敲击着玻璃杯，在座位上晃来晃去，显得坐立不安。

在吧台那边看着弗兰基的那个男人，现在走到她和潘克赫斯特之间来了。他的皮肤黑黑的，但是长得很好看。他俯下身子，一双炯炯有神的眼睛盯着她，用牛津上流阶层的口音和她打招呼。

“可以请你跳个舞吗?”这个男人伸出了自己的手。弗兰基望着他，把自己的手递了过去。

“故事总是这样开始的。”哈莉特拍了杜威尔一下。

“哈!”潘克赫斯特也拍了一下杜威尔。

弗兰基跟着男人走到屋子中间，和其他跳舞的人混在了一起。她转头时，看见杜威尔和哈莉特也站了起来，潘克赫斯特则举起杯子祝酒。屋子里越发热闹了，乐队在演奏《花样年华》。

房间里人声鼎沸，外面却是寒冷的黑夜。城市还在恐惧中等待，而这里，此刻，一片灯红酒绿、歌舞升平。

当男人用手轻轻地揽住弗兰基的腰时，她像触电一样打了个激灵。她对着他的夹克微笑。他们面前，一段熟悉而轻松的时光开始绵延流淌。他是这样温柔地搂着她，让她滑进自己的臂弯。她放纵自己，沉浸其中，缓缓地打开了自己的心扉。

音乐换了一个更加舒缓的节奏，他也随着节拍慢下来，这让她更加沉迷。她的精神已经紧绷了好几个月，而今晚，她像是来到了一个山顶，轻柔地往下滑，时不时还可以自在地左顾右盼。他离她很近，宽厚的嘴唇就在面前，弗兰基已经闻到了他呼出的苏格兰威士忌的味道。一时间，那些炸弹和嘈杂都远去了，此刻，这里，世界变得纯净起来。音乐停了下来，他把她拉近，她张开嘴唇迎上他的吻。

他们走进外面的黑夜，仍在接吻。弗兰基倒在他的怀里。在一片黑暗中，她还是能闻到木头烧焦的味道，这城市里燃烧的木头让她觉得他们正在一堆篝火前接吻。她在心里笑了，仍然闭着眼睛。雨停了，开始下雪。她的背抵在酒吧外面粗糙的墙上，她睁开眼睛，看到他又吻了过来，她也用力地回吻。越过他的肩膀，她看到黑夜里往来的行人正在穿过街道。他抱起她，她沦陷在他怀里。她大声地呻吟着，周围有人走过，满不在乎地看了两眼。在人们看来，这是常事了。在这战争时期，哪怕旁边还有孩子，情侣的亲热也是这样无所顾忌。沦陷下去，朝无垠的黑暗沦陷下去，回到人类最初的本真。这没什么，我们都是凡人。

街上有人在大笑。弗兰基听到笑声，把头靠在了墙上，心怦怦直跳。他像之前那样，轻轻地放开她的头，一只手扶在她的腰上，一只手拉上裤子的拉链，神情温柔而甜美。

很快，他又俯身过来，她也连忙回吻过去。

他们就这样抱在一起，双唇紧贴，站也站不稳。当今夜的第一声警报清晰地从西边传来时，他才直起了身子，她也睁开了眼睛。

“好像是汉姆史密斯那边传来的。”他说。

第二阵警报又传来了，距离似乎更近了。

“我送你回去吧。”

“不。”她报以微笑，“不用了，谢谢。”

他用手指碰了碰她的下巴，笑容里充满深情。一个阻塞气球从他们身后飘过，落在墙头上。“那么，再见了。”他说。

“再会。”她边说边沿着墙朝公寓的方向走去。

走了还不到半个街区，她就听到一阵货车咆哮的声音。她迅速地贴在墙上，一阵炸弹的冲击波朝她袭来，把她掀翻在地。街上传来一声接一声的尖叫，爆炸是如此之近，连空气都在颤抖。她趴在地上没有动，害怕得哭都哭不出来。周围扬起一片尘土，街对面传来哭声，她周围也全是嘈杂的人声。不远处，警报再次响起。“上帝啊！”她呻吟着，努力想爬起来，可身体抖得厉害，没能成功。她的心都快从嗓子眼里跳出来了。她趴在那里回想刚才发生的事情，回想最后一个小时他们都干了什么。那个男人的手曾经放在他们的嘴唇之间，她甚至都不知道他的名字，更不知道他走开了没有，走到了哪里。

又有人在尖叫。弗兰基挣扎着坐起来休息了一会儿，好不容易才爬起来，朝前走去。尖叫声没完没了，这几个月来，她第一次想要冲进一间公寓，不管不顾地睡上一觉。夜晚太黑了，不知道炸弹现在在哪里。她朝街心挪了过去。“求你了——我的脚——求你动一动，求你让我到街那边去。求你让我穿过这条街走到前面去。让我回家吧。”她祈求着。现在，她离自己的家还有四个街区。

窗玻璃震碎了，接着是墙壁倒塌下来。倒塌的声音还没响起来，她就已经吓得被绊倒了。爆炸震得她心惊肉跳，觉得自己像是也要被震碎了。弹片散落在屋顶上，三四个街区外的地方，又一个屋顶烧了起来。弗兰基跌跌撞撞地跑进离她最近的一个防空洞。这时另一个屋顶也烧着了。她头也不回地一直往下跑，然后身后有一扇门开了，有人把她拉了进去。

她安全了。她知道自己安全了。她糊里糊涂地走着，觉得有好多双手把她拉来扯去。然后，她被人流裹着撞向一堵墙，她屏住了呼吸。

起先，她什么都听不到，也什么都看不到。慢慢的，她的眼睛适应了黑暗，看见在自己身边熟睡的人似乎是一家人——父亲、母亲，还有孩子。他们盖着毯子的身体在黑暗里像是海边的岩石。在他们旁边，她能听见还有人在呼吸，可是不知道有几个，她也不知道这个防空洞到底有多大。

上面忽然变得很安静，很安静，好像炸弹正在搜寻他们的位置。她身边那些没有睡着的人正在看着洞顶。她听说莫罗从来不愿意走进防空洞，他真是疯了。人人都知道，世上没有什么事比安全更重要。在炸弹落下来的时候，在这黑暗里，这种感觉更加强烈。

如果你四处看看，就能看到表情各异的脸。你也可能听到足以把你吓得呆住的声音，因为不知怎的，这里的抽泣声就像随时会爆发出的笑声一样怪异。不管怎么样，来到了这里，大家就拥有了相同的命运。寂静包围着大家，弗兰基的心随着一种可怕的战栗一起跳动，她觉得现在自己就像小时候躲猫猫一样，藏在黑暗的柜子里，等着被人发现。

炮声又响了起来，窗户被震得山响，摇晃着打碎了可怕的宁静。弗兰基的脑袋靠在墙上，闭上了眼睛。

她一定昏睡了很久，因为当她睁开眼睛的时候，周围变亮了，至少没有以前那么黑了。10 米外的地方，一盏灯笼发出微弱的光，有限地照亮了防空洞。她摸摸裙子口袋，发现表不见了。她无聊地借助光线数地上熟睡的人，一直数到墙的那头。

她旁边的那个父亲从睡梦中醒来了，坐直了身子，给妻子和孩子拉了拉毯子。“天哪！”他喃喃自语道。他愣愣地看着前面，好像还在做梦。“天哪!”他又嘟囔了一句，转头瞥了弗兰基一眼。她友好地点了点头，也不知道他是醒了还是没醒。他也点点头，就像扯着风筝的手。这个动作把他彻底弄清醒了。“唉。”他叹了口气说，“我们在哪里啊?”没有人回答，估计他也没指望有人回答。他妻子身上的毯子滑落下来，他转回身去给她重新盖好。在微弱的光亮里，弗兰基看见那妇人伸手拉住了丈夫。

解除警报的声音差不多在凌晨5点响起，这时外面还是一片漆黑，还是很冷。人们一个接一个地醒了过来。弗兰基身旁的家庭成员也一个接一个坐了起来，毯子落在一旁。

“你好。”一个男孩走过来，用一只手扯了扯弗兰基的裙子。

她看过去，发现是比利。住在他们那个街区尽头的比利，就在她旁边蹲着。她坐直身子，把头发朝耳朵后面捋了捋。

“你好。”比利又说了一遍。

“你好。”她微笑着，很高兴看到他在这里。

他就坐在她身旁，盘着腿，时不时扭动身子，仿佛在做滑翔的动作。弗兰基不知道他是否受伤了，便问道：“你还好吧?”

他用圆溜溜的眼珠望着她，并不说话。

“你是一个人吗?”她朝周围扫视了一下，“你妈妈呢?”

“她去找格兰了。”他快速地说，“她叫我待着别动，等着她。”

“昨晚?”

他点点头。

“那么搞不好她就在这里。”弗兰基挣扎着站起来，想在人群中找一找。

“她不可能在这里的。”他摇摇头，“她要是在这里，一定会叫我的。”

弗兰基迅速地低头看了他一眼。“当然，她肯定会的。”她同意道，“我送你回家吧。”

他摇摇头说：“妈妈找不到我会不高兴的。”

“我可以再回这里等她，直到她来。”

这孩子的身体显出轻松的样子，可是弗兰基从他的脸上却看不出来这种状态。弗兰基对他笑笑。他也盯着她看，然后低下头去。

“那么，比利。”弗兰基说，“我们还没正式认识呢，是吧？”

他抬起眼睛。

“我叫弗兰基·巴德。”她伸出手来。

“很高兴认识您。”比利回答道。

“你几岁了，比利？我猜大概是 6 岁。”弗兰基笑了。

“刚刚 7 岁。”他骄傲地说，“我上个星期才过的生日。”

“哦，那祝你生日快乐。”

“都已经过去 6 天了。”他纠正道。

“6 天前生日快乐。”弗兰基微笑着又说了一遍。

防空洞里的人陆陆续续地走了出去，这个宽敞的地下室很快就变得空空荡荡的了。弗兰基低头看着比利，他正跪在那里盯着射进地下室的冬天早晨的阳光，显得有些焦躁不安。

“你要去厕所吗？”

他摇摇头。

“来吧。”她说，“我送你回家吧。”

他坚持不要，然后站了起来。“我得去趟卫生间了。”他承认了。

“我看着他，意识到这男孩是我的邻居。他和他妈妈就和我们住在同一条街道上。我在防空洞里四处看，‘你的妈妈在哪儿？’我把孩子的手牢牢牵住，问道。‘妈妈回去找格兰了。’他回答。然后我说：‘来吧。’于是便送他回家了。就在我们走到路口要转弯的时候，看到浓浓的黑烟升向了天空，那孩子挣脱我的手，拼命朝前跑去。昨晚，炸弹把我们的街区炸出了一个口子，所有的屋顶都被掀开了，只剩下柱子和门廊立在那里。我的心怦怦直跳，我跟着他，看着我自己的公寓也被炸得一塌糊涂。窗户碎了，但我还能勉强认出来厨房在哪里。我紧张地寻找，希望能找到室友哈莉特·麦迪逊，可是没有。那男孩跑到自己破碎的家，在两扇大门前停住了，他喊道：‘妈妈！’”

弗兰基在念到“妈妈”的时候，声音哽咽了。坐在她身后的莫罗把手放在她的胳膊上。她摇摇头，继续念。

“他朝屋里喊着。他进屋了。‘妈妈！’他像任何一个回家的孩子那样大声地喊着，不管有没有什么炸弹光顾过这里。以前每次他这么叫的时候，妈妈都会下楼，或者是从厨房走到门厅里来。‘妈妈！’他这么喊着。他预感到了什么。我听出他的声音变了，我看到他小小的背直直地抵着敞开的门。”

弗兰基双手扶住话筒，闭上眼睛，强抑住自己哽咽的声音，试图赶走在脑海中徘徊的景象，保持平静地继续念下去。但是，泪珠已然滚出了她低垂的眼帘。

“‘比利！’我身边冲过一个妇人，大喊着。比利连忙转过身来。‘你找到妈妈了吗？哦，我的小比利！’那个女人轻轻地说道。此时，孩子瘫倒在门边，妇人的这句话让他最后的一丝希望也破灭了。”

弗兰基的手紧紧握住话筒，把话筒握得都发烫了。她深深地吸了一口气，继续念下去。

“我们关上门，以为家是安全的港湾。但是，战争却可以在顷刻间打碎一切宁静的生活。现在饥饿不是敌人，战争才是！有些人犯的致命的错误是没有朝左转去一个近一点儿的防空洞入口，而是朝右徘徊了一段并不算太长的路。在伦敦的夜晚，上帝也陷入了沉睡中。他不耐烦注视这纷乱的尘世，更不耐烦去关注被碎玻璃刺中的婴儿的眠床。每天早上有多少孩子回到空无一人的家中？晚上又有多少男男女女刚刚躺下便粉身碎骨？联合社的哈莉特·麦迪逊在昨晚的轰炸中离开了我们。她在欧洲做战地记者已经两年了。我们的传统是，一个记者倒下了，其他的人就接过他的话筒继续报道。我相信，如果今天在话筒前的不是我，而是她，你们也会听到关于那个男孩的故事，而且她会比我讲得好，要好很多。可是，现在只能由我在这里讲述这个故事，因为她已经不能来了……这是弗兰基·巴德发自伦敦的报道，晚安。”

收音机里的声音戛然而止，艾玛这时才发现自己嘴边正吊着半截已经熄灭的香烟。她想起来自己5岁的时候，父母死后的某一天。当时她站在姨姥姥家大门前的台阶上，盯着门口，等着见到父母。

艾玛第一次发现收音机里传来的竟然是女人的声音，和她一样的女人在电波的那一头播报。她在想，那个男孩倒在地上的时候，收音机里的那个女人做了些什么呢？她是站在门外看着，还是被别的邻居拉走了？她讲的是一个不完整的故事，接下来怎么样了呢？那个小男孩现在在哪里？

“威尔！”艾玛的声音颤抖了。

他伸出手来，艾玛躲进他的臂弯里，蜷在他怀中。

“那里正在发生着这样的事情。我是说，就在现在。”她靠着他的肩膀。“那个男孩，他现在怎么样了？真希望我们能做点儿什么。”

“我保证他没事了。”

此时，艾玛脑海里出现了最后一次见到母亲时的样子。她睡在医院的床上，脸朝着门外。“来呀。”护士戴着口罩轻声地招呼艾玛，让她和妈妈挥挥手说再见。虽然当时她还是个很小很小的小女孩，但也已经知道那是最后的时刻了。等待她的是一个陌生的世界，她只能孤零零的一个人面对。而现在，她正安全地在他的怀里。她的下巴抵在他的脖子上，眼前清晰地浮现出那个男孩望着破碎的家的场景。

收音机里那个无助地看着这一切发生的女人也打动了威尔，她的声音搅乱了他的心绪。他把艾玛拉得更近一些，把头枕在她的脑袋上。

“我们得做点儿什么。”她喃喃道。

“什么?”他搂紧她，紧得都能感觉到胳膊下她心脏的跳动了。

“那个孩子……”她趴在他的胸口上说道。他搂得更紧了，额头抵在她的背上，就这样默默地抱了好一会儿。他们都觉得从未这么害怕失去对方。

对艾玛来说，生活就像是一栋有很多层的大楼，但她不喜欢去想那些自己从没见过的楼道，或者她下错电梯后才会去的地方。她不愿意去想除了自己的地方还有其他的地方，是因为她不愿意错过威尔。在其他地方，他就不会看见她、凝视她、对她报以微笑。

“要是我去年像原先计划那样待在房间里，不去参加医院的圣诞节派对，那我们就不会认识了。”艾玛说。

“不。”他在她的发际边轻轻地说，“我总会找到你的。”

这时，门外响起了急促的脚步声。

“费切医生！”门外有人在喊。威尔三步并做两步跑去开门。门廊里是麦吉家的长子，他在冷风中跺着脚。

“我妈请您去一趟。”他兴奋而骄傲地传递着口讯。

“告诉你妈，我马上就去。”威尔冲他微笑。男孩点点头，跑到了外面的黑暗中。

“别等我吃晚饭了。”威尔说着，拿起药箱检查里面的东西是否齐全。

“哦，没事，我可以先吃点儿别的。”她走到厅里来。

“我也许会弄到很晚。”他温柔地拉过艾玛，在她的额头上吻了一下。

“好吧。”她抽出身子，抬起头来看着他，“做医生的妻子就是这样的，对吧？”

她站在光线明灭的客厅里，显得如此娇小。她扬起脸，他又吻了她一下。

“你还好吧？”威尔低低地问。

她点点头，红着脸说：“当然了，亲爱的。”

“你在家做什么呢？”

艾玛拉着插销，装作无所谓地说：“我不知道。也许我会去外面散散步。”

“那不错。”他说道，“很好。”他弯下腰来，嘴唇轻触她的额头，她朝后避开了，欲言又止地看着他。她的下巴扬了起来，他想去吻她，就像往常一样，一直吻着，什么也不想。可是她再一次躲开了。

他的双手扶住她的肩膀，用前额去抵她的额头。她微笑了。她能感觉到他的呼吸。是他，他在这儿，这就够了，就要这样。“好了，去吧。”她呢喃道。

他捏捏她的肩膀，放开了。

他走到花园的尽头，回头看看她。她还站在门廊里，头发乱乱的。“威尔！”她喊道。见她一只手把毛衣的领子往上拉拉，一只手挥着说再见的样子，他的心又不能平静了。他掉转头来，朝她站的地方走去。

“没什么！”她大笑道，“我不知道为什么要喊你。”

他站住了。

“去吧。”她说着，为自己的依依不舍而觉得害臊，“等一下就又能见到啦。”

他走到路口那里，向她挥挥手。她点点头，昂起了坚毅的下巴。

她看着他的帽檐渐渐消失在视线里，眼前只剩下11月的空气。她站在前门那里，望着空空的天，感受着凛冽的寒风，关注着冻僵的人行道那里也许会传来的他的脚步声。她低头看看手表，然后走回门里，心想睡前还有好几个小时的时间要打发呢。

回到小小的前厅，她坐在一把舒适的椅子上。

她一直觉得，有了属于自己的东西就有了力量的源泉，因为它们会承载所有不能磨灭的记忆。她自己过去的东西，连带着屋子一起卖掉了，除了一些照片和小孩受洗时的银器，还有她母亲那枚小小的珍珠婚戒。那戒指艾玛戴在右手的中指上都有点儿松。她有时候会想起原来屋子里的东西都去了哪里，但她并不记恨姨姥姥，因为毕竟像他们提醒的那样，她只能靠变卖这些来过活。有时候她也会想，如果她早晨醒来时，能看到父亲曾经用过的写字台，或者能用母亲准备大餐时的水壶烧点儿水，那么她是否就不会觉得那么孤单，那么渺小了呢？

而这里——她叹了口气——楼上楼下，屋里屋外，没有什么东西承载了她的记忆。她这辈子头一次对东西产生了畏惧，好像自己一不小心就会被它们给吞没了。她的喉头哽咽起来。

都怪那则关于男孩的新闻报道，是它唤醒了艾玛心里渺小和无依的感觉。她点燃了一支烟，深深地吸了一口。

第五章

1940 年　冬

冬天的下午落下了帷幕，暮色四合。天空还剩下最后一抹浓重的蓝色，拂过旧码头上的帆桅。

麦吉和吉姆·汤姆就住在码头边的那排温索普渔屋里。这些渔屋很老了，码头还没建的时候就已经盖在了这里，尽是些歪歪斜斜的小房子，像是儿童画一般。房子上除了前面对开的大门外，没有其他出口。白天门总是开着，方便那些帆啊、渔叉啊，还有小船上用的绳索、渔网什么的拿进拿出。麦吉和吉姆结婚的那天就搬进了这排渔屋，当时吉姆许诺，说自己努力捕鱼，几年之后他们就能拥有新房子了。麦吉笑着说算了，因为她确实不在乎。这些都已经是 10 年前的事了。10 年里，她一直都在这排渔屋里看着吉姆捕完鱼后从兰兹角抽着烟朝自己走过来。

虽然都走出门好远了，威尔还是会不时地停下来往回看。他家和奈尔斯家的屋檐在暮色中并排矗立着。当温索普渔屋的屋檐映入威尔的眼帘时，他仿佛已经看见了麦吉床头点着的油灯，可心里却还在回味着艾玛留在他怀里的体温。他不知道自己该不该通知罗文斯坦医生麦吉要生了。镇上的这个老医生以前跟威尔说过，麦吉生孩子有点儿困难。当威尔再次回头时，他看见自己家门廊上的灯亮了，他一下子开心起来。不，不用通知了。他知道自己是医生。他转过身来，朝着温索普渔屋走去，药箱在他身上一甩一甩的。

威尔还没敲门，吉姆就把门打开了。威尔抬头想看看他脸上有没有焦虑的神情，可是没有。吉姆已经习惯了，因为这都是第五次了。

威尔走进房间后看到，吉姆已经准备好了一只大锅，烧了一大锅热水。有一只茶壶还在炉子上烧着。屋子里很安静，一切都很有序。吉姆看了威尔一眼，点点头。

“我该先洗洗手，是吧？”威尔走向厨房的水槽，打开水龙头反复地洗手，然后又从搁板上拿了一块肥皂。

“你的儿子们呢？”

“在我母亲那里。”

威尔点点头，准备上楼。刚爬到一半，他就听到了麦吉因阵痛而发出的叫声。他一步两个台阶，顺着声音疾步走进房间。两个大衣橱把这个房间分隔开来，一边放着吉姆家祖传的船和钓具，其他装备也整齐地摆放在那里；另一边，靠窗放着一张床，铺得很整洁，床单像是熨过了。

麦吉在墙边蜷缩着，一只手像是要抓住什么。当威尔走近的时候，她的呼吸变得急促起来，爬到了墙的那一边。她停下来，用力转过身，又费劲地爬到另一面墙边。

“该死。”她大叫着，脑袋抵着墙。

“是够受的。”威尔说道。

威尔帮她爬到床上。她倒在床上，脸色有点儿苍白。很快，她长长地呻吟了一声，脸都扭曲了。

“宫缩什么时候开始的？”他拿起她的手腕来测脉搏。她的额头上全是汗，头发湿漉漉地贴着太阳穴。

“差不多4个小时了。”

“疼得厉害吗？”他看着床头的闹钟，数了一下脉搏。这闹钟的声音听起来让人安心。

“很疼很疼。”她点头。

“和上一个差不多？”

“永远都是这样。我生孩子就是这样。汤米，就是最小的那个，足足两天才生出来。”

威尔把枕头竖起来，扶着她靠上去，然后甩了甩体温计，插进她的嘴巴里。

“好吧，希望这第五个能顺利一点儿。”

麦吉咬住体温计，准备好了踏上死亡之旅。他们都要沿着这条路走，因为只有这条路可以走。

“我们看看现在怎么样了。“威尔轻轻地推开她的双腿，把手指伸进去，想在宫颈那里摸孩子的头部，可是连胎膜都没有摸到。

“麦吉，羊水是什么时候破的？”

“破了吗？”她皱皱眉头，拿出体温计，“我不知道。前天是有些东西出来，可我不知道那是什么，就一点儿。而且我没有阵痛。”

他探过头，闻到一种奇怪的味道，一种他以前接生的时候从来没有闻到过的味道。吉姆端了一盆热水来到床边，威尔洗了洗手，擦干净，眉头紧锁。体温计显示她的体温稍稍有点儿高。

“还好。”威尔在床边坐下，呼出一口气来，心里稍稍放松了一些，不那么着急了。

“哦。”麦吉在床上使着劲，又迎来了一阵宫缩。威尔扶稳她的脚，陪她迎接阵痛的来临，关注着她的呼吸。新一轮平静到来后，她盯着威尔问：“怎么样了？”

“开了6厘米了，还得有一会儿。现在很好，你做得不错。”

她无力地笑了笑，直了直身子，把手递给威尔。威尔拉住她，他们又开始用起力起来。

码头的电线塔上忽然扑棱出几只海鸥，它们扇动翅膀的声音就像有谁在“哗啦啦”地洗牌。艾里斯看着它们飞过窗外的天空后，走过铺了木地板的大厅，打开前门走了出去。一股北风袭来，她赶快拉开栓销，旗子顺着旗杆降下来，落在她的手上。

“晚上好。”她身后响起一个声音。

她惊得差点儿跳起来，一把把旗子搂在怀里，好像做什么坏事被人发现了一样。“喔，你好。”她颤抖着转过头去打招呼。“该穿上外套的。”她想道。

“要帮忙吗？”

她摇摇头，把旗子从金属杆子上卸下来，转过身。哈里·瓦勒一只脚站在底部的台阶上，一只手扶住栏杆。她也冲他微笑，为自己这样站在他面前而觉得不好意思。

“你送的杯子，我开始用了。”她垂下眼帘看着他扶在栏杆上的手，旗子在她怀里揉成了一团。

“很好呀。”他点点头，眼睛却朝她头上的旗杆顶端望去。“就1

米。”他轻轻地推了推旗杆，说道，“能去掉1米吗？那样它就比屋檐矮了。”

她扣好栓销，手扶旗杆，不知道说什么好。这都有点儿像一个被反复说起的冷笑话了，可是她知道这不是一个笑话。“邮局总监还没回话。”她说，

他望着她的脸问：“没给你添麻烦吧？”

她红了脸说：“不能想怎样就怎样。”

“为什么不能？”他的手从栏杆上滑下来。

这个尖锐的小问题刺到了她。“我们有分歧了。”她不高兴地想道。

“算了。”他温和地说，“晚安。”

“晚安。”她答道，转身离开。这不是她想要的结果。

她抱着旗子穿过大厅，推开邮局后面办公室的门，门在她身后重重地关上了。一个邮政局长不能把邮局只当成一栋建筑，也不能认为旗杆只不过是根木头。不能这样。它们是一种象征、一种秩序。

她小心地舒了口气。在大厅里，打开的邮箱一直连到天花板，等着她去发信。分拣室里，宽大的木头分类桌正空空地等着明天早晨的邮件。如果上帝会走进这尘世间的某个地方，那么一定是一家邮局。因为只有在这里，人类巨大的喧嚣才会被有序地归类。

镇上每户人家都有一个邮箱。来自世界各地的信件、账单、报纸、目录、包裹都会乘着火车、轮船，一路风雨兼程来到这里，来到这个孤零零的但还算有点儿名气的小镇的邮局里。

这里从不混乱，人们错综复杂的交际线在这里被理清，各种不同的声音在纸上传向远方，各种信息又通过一双双手的传递到达这里。想到这些，艾里斯有些兴奋。然而，哈里轻轻地挥手走开的情景，还是在她心头留下了一丝不快。

她走到分类桌旁边的椅子上坐下，把旗子拽起来，免得拖到地上，然后又像抓床单似的抓住它的四个角抖了抖。在她山上的小屋里，那纸证明正和她的睡衣一道躺在抽屉里。自她从波士顿回来后，它一直躺在那里。虽然他每次走近邮局她都会感觉他们之间的距离更近了一点儿，但她还是有点儿不知所措，丝毫不知道下一步将要如何进行，进行到哪里。

艾里斯的脑子里闪过母亲站在卧室门口过道里的情景。一开始，她的身体很清瘦，然后渐渐膨胀起来，就像挂满了衣服的衣架。她的轮廓有些模糊，可艾里斯分明听到她对卧室里的父亲说笑着答应了两句什么。艾里斯仿佛又回到了小时候，穿着睡衣，站在过道的尽头。母亲转了个身，朝卧室里走去，她的全部注意力都集中在那儿。她一只手拿着一个塑料兜，里面似乎是个热水瓶，上面伸出一根长长的管子，钩在臂弯里。艾里斯还看见，母亲的另一只手里拿着一瓶醋。“艾里斯，”母亲说道，“亲爱的，你在想什么呢？上床睡觉去吧。”于是艾里斯就去睡觉了。

下面会发生什么？她想象不出来。她想象不出来那样一个时刻要如何微笑相对。拿着一个灌洗器在手里，肉帛相见——一个女人怎么能那样坦然地站在那里，就像一个宣言似的。

她把旗子对折起来，又对折了一下，然后捂在胸口抚平。她把旗子折成了三角形，然后又对折了一下，变成了更小的三角形。她就这样叠着，直到这个小三角不能再小为止。

她锁上邮局的门时，月亮升起来了。自行车靠在邮局下面台阶的旁边。草地对面，艾尔登商店的灯光灼灼地照着里面的人，她能看到弗洛伦思·克里普斯在里面，还有另外一个女人。她们靠在柜台上跟杂货店老板的女儿贝思聊天。在灯光下，他们就像是剪影一般。

艾里斯瞥了一眼光秃秃的旗杆，然后推着自行车朝哈里离开的那个方向走去，红了脸。要么就去看看电影吧，她想。她不想像往常那样去咖啡店，因为现在还不是很饿，但她也不想回家。

渔屋里，一切都没有什么改变，就连麦吉的宫缩也是一样。她身旁的闹钟不紧不慢地走着，时间一分一秒地过去。她是对的，她生孩子就是很慢。威尔观察着她的呼吸，又检查了一下，宫口还是没有张开更多。威尔注射了一针让她休息，然后下楼找点儿咖啡喝。

“怎么样？”吉姆从水槽边转过身来。

“有点儿进展。”威尔说道，“你要上来吗？”

“我就在这儿等着吧，谢谢。”吉姆瞥了他一眼，“威尔，你接生过多少个孩子了？”

“15，不，16个。”威尔回答得很简要。

吉姆点点头，问：“那你应该很了解女人了？”

威尔用嘲弄的表情看着他。

“不了解？”吉姆笑了，“呃，大概是波士顿城里的女人比较含蓄吧。”

上面传来了麦吉的呻吟。威尔停下来看了看手表，计算着宫缩的间隔。时间几乎和前面几次一样，威尔感到了几分绝望。

威尔看着吉姆问：“你觉得她那样有用吗？”

“哪样？”

“就是叫出来会不会舒服一点儿？”

吉姆不由自主地抬起下巴。“谁知道。”他说。

威尔点点头朝楼上走去。听到麦吉的喘息声，他加快了步伐。威尔进房间的时候，麦吉正跪在床上背对着他。她扶着床头板，脑袋埋在两条胳膊之间。他等着她结束。她转过身来，脸色十分憔悴。她的眼睛里充满了焦虑，这也让他紧张起来。“麦吉，你觉得怎么样?”他平静地问。她舒了一口气说：“很好。”

威尔给胎儿听了心跳，做心音的常规检测。这时有只小手碰了碰麦吉的肚皮，似乎要跟他打个招呼。

“他就在这儿，要出来了呢。”威尔宽慰着麦吉。她点点头，开始与下一轮宫缩进行斗争。

威尔看着她的脸，开始思念艾玛，思念她宁静的眼神和她的冷静。是的，她是他的镇静剂。他站了起来，走到房间的另一头。他想要再跟艾玛说一遍，坚定地说——他要找的人就是她。

两年前，威尔第一次在医院的派对上见到艾玛的时候，她正盯着外面的冬青树，背对着众人。医院里下了班的医生和护士陆续走进来，带来了外面寒冷的空气。这些社交常客热烈地交谈着，而她在那里一动不动。她的沉思让屋子里其他的一切都显得渺小起来。如果她在他来之前转过身来，他就能看到她的模样，就不会一下子关注到她了。要是她一直这么盯着窗外，背对着大家，他最终会走过去请她喝一杯。可是，她在他过来时转了身，而且一个趔趄，还没转过来就跌倒在他的怀里。他感觉她的身体轻轻地倒在自己身上，他闻到了她头发里散发出的柠檬味道。她从他怀里跳了出来，红了脸。

“对不起。”

“没事。”他咧嘴一笑，伸出手来，“我叫威尔·费切。”

“哦。”她握了一下他的手，又迅速丢开。

“玩儿得开心吗?”

她看着他，嘴角露出一丝微笑。“不，”她答道，“一点儿都不开心。”

“为什么呢？”

“这是圣诞节。”她说。

“我知道。”他说着，注意到她望着他时，微微扬起的下巴柔和的曲线。他完全不知道她要说什么。

“这不是在过圣诞吗？”他试着问。

她的笑意更浓了，虽然还是有点儿害羞。

“这不算。”

“为什么不算？请原谅我的鲁莽。”

她没有回答，他靠在旁边的墙上等待。过了大概有几分钟，他才意识到她并未打算回答。他移开目光望向过道，小声说：“你不介意回答我一下吧？”

她直勾勾地看着他说：“我都不认识你。”

他快速地站直身子。

“倒也是。对不起。”

她走开了几步，面对着屋子。

“我不是很会跟人说话的人。我能喝一杯吗？”

威尔忽然有一种痛苦的快乐，连忙说：“喝什么？”

“波旁威士忌。”她立刻答道，“还有水。”

他点点头，穿过人群走向房间尽头的吧台。强尼·兰博特站在那里，被两三个人包围着。他正在讲一个什么笑话，周围的人都在津津有味地听着。一个男人突然在强尼背后拍了一巴掌，好像在催他赶快讲，其他的人哄笑着，气氛十分热烈，仿佛有一股欢笑的气浪从强尼那边向屋子四周发散。

强尼简直天生就是一个浪子，永远游戏人间，这威尔八年前上哈佛的时候就领教过了。强尼总是带领一些男孩子嬉笑打闹，上课也不好好记笔记，字写得跟蜘蛛爬似的，估计连他自己都看不懂。可是，这些从来不努力学习的家伙做什么都轻轻松松，每年得奖的都是他们。老师也对他们无可奈何。

而他不能这样，因为他是威尔·费切。入学第二年他就找到了自己合适的位置，找到了自己感兴趣的东西。很快他身后就甩下了三四百人。别人都说来自弗兰克林的威尔是个怪胎，因为他不能被忽略，也不容易被讨好。

强尼的笑话讲完了，有人建议他再来一个，强尼头也没抬就答应了，并用打火机点燃了一根烟。他回头时看到了威尔，觉得他跟整个派对的气氛格格不入。

威尔拿了酒水，转过身来，径直回到窗前，生怕她离开了。还好，她仍在窗前等着她，他心里涌过一阵激动。

"你好。"他说着，站在她面前。

"不在吧台喝吗?"

"不了。"他微笑着说，"这里人太多了，我们去别的地方喝吧。"

她又抬头看看他。"我叫艾玛·却斯克。"她伸出手来。

"你好，艾玛。"他说着，也伸出自己的手。他修长的手指碰到她手腕的内侧，感觉到她脉搏的跳动，就像触到了她的心脏一样。他牵起她的手，引着她离开了派对。

威尔转过身来，对麦吉说："我们再来看看。"他的声音很轻。

他把两个枕头放好，把她的脚搁在上面，然后把手伸了进去。她睁开眼睛看着他，他摸到了孩子的头，于是放心地冲她微笑。宫口就要完全张开了，孩子马上就要出来了，一切都在朝好的方向发展。

“就快了。”他放下心来，说道，接着去摸她的脉搏。

他的手一摸到她的手腕，立刻知道自己错了。他又仔细地数了一会儿，脉搏的确是加快了很多。之前她的脉搏已经很快了，现在简直是在疯狂地跳。而且，那股奇怪的味道还没有消失，她的体温也上升了。他瞥了她一眼，这么多迹象都指向败血症，他不由得担心起来。

她再次闭上了眼睛，呻吟着，声音沉闷得像是牛发出的低吼。威尔觉得这声音好像是从他脚底下的地里钻出来的一样。又过了一会儿，声音越发大了起来，弥漫到整个房间里。

他已经参与过16次接生了，还做过2次剖宫产手术，可是从来没听过哪个产妇是这样呻吟的。而且，以前的那些生产都是在医院里，有护士，也有麻醉剂，孩子像海豹一样“哧溜”一下就滑出来了。他从来没有单独接生过。

在这间渔屋的顶棚下，不知怎的，威尔觉得自己好像正在经历出生，他第一次明白地看到了降临人世漫长而痛苦的征程。“哦，哦，哦……”呻吟声撞击着他的耳膜。接着是一声尖叫，歇斯底里的尖叫，仿佛乐曲中尖锐的哨音。这是他唯一能想得到的比喻了。然后，低沉的呻吟又把他拉回到现实中。

她的眼睛紧闭着，好像在努力回忆或者挣脱着什么。她的嘴巴一直张着，随着子宫的收缩痛苦地喊叫。

朦胧中，威尔听见楼下传来大孩子们回家的声音。听到他们的声音，麦吉仿佛微微地笑了。

“他们应该和奶奶在一起。”威尔本不想说得这么冷冰冰的。

“他们不在自己的床上就睡不着。”她喃喃道。

“可是……”

“他们都听过我这样喊……”她叹了口气。

她又开始呻吟了，长而低沉。威尔猛地从床边站了起来，觉得屋子里是那么暗。若是在医院，就会有明亮的灯光，不用考虑工具要放在哪里，从哪里拿热水和毛巾。一点微弱的灯光照着麦吉惨白的脸，让她显得有些恐怖。威尔大步走到门边，打开开关，头上的灯刷地一下亮了起来，暂时赶走了他心中的绝望。他看到这房间里只有一张简陋的床、一个衣柜、一扇窗户，床边有一把摇椅和一块钩针编织的圆地毯。

楼下的孩子让威尔想起了罗文斯坦医生，是他把他们几个带到这世界上来的。他希望罗文斯坦医生现在能在这里，告诉他该怎么办。他的经验是那么丰富，绝不会像他那样面对呻吟的产妇束手无策。

麦吉闭上眼睛，脑袋放在枕头上。他迫使自己望过去，并朝她微笑——这个女人叫麦吉，曾经是他幼时的同学，是那个曾经坐在水边她父亲的船上，盘着修长的腿抬头仰望他的女孩。所以他做检查的时候，她才会盯着他的动作看，而不是像其他人那样，闭上眼睛或者仰头看着天花板。

旧日的记忆渐渐涌上来，威尔开始觉得恐惧。费切家的人总是要犯错的，为什么他竟然会觉得自己可以例外？为什么他会认为自己还可以用费切这个名字回到镇上重新开始生活？他几乎要大笑起来。麦吉的呻吟加剧了他内心深处的恐惧。

他和艾玛结婚了，他回来当了一个医生。他以为自己可以像其他人一样亲吻妻子，开始新的生活。可事实上，沉重的往事总是横亘在那里，从来不曾消失，眼前的情况就是一个例子。

忽然，麦吉爆发出巨大的能量，弯起身子来，转过头。她好像在瞪着威尔，却又似乎没在看他。麦吉跪倒在床上，手撑住床头板后的墙壁，呻吟着。“吭吭吭！”她像机器一样发出有规律的声音。“吭吭吭吭！”——她一边挣扎，一边呻吟。最后，她无力地嘘出一口气。

威尔紧张地看着麦吉。她的身体好像一个被狗衔在嘴里的布娃娃一般摇来晃去，她就这样晃着晃着，然后突然间倒了下去。她的脸白得像张纸，汗津津的。

下面传来一两声孩子的哼唱，很微弱，是不成调子的声音。威尔意识到，房间一点儿都不隔音，下面的孩子们肯定都听到了妈妈的声音。他和麦吉就像站在被人群围住的舞台上，是躲在帷幕后面表演的演员。

“麦吉？”他舔了舔嘴唇，叫道。

她双眼紧闭、脸色惨白，汗湿透了衣服，好像已经昏过去了。孩子口中断断续续的调子还在哼着，威尔坐直了身子听着。他的脑袋开始昏昏沉沉的，屋子里又显得昏暗起来，只能看得到那些捕鱼工具模糊的轮廓。“哦——”那孩子唱着，“哦哦，那块幸运的毯子——”威尔试着回忆楼下几个孩子的名字和年龄。唱歌的叫什么？其他的几个呢？“哦——”那孩子还在哼着，但声音低了下去。

麦吉的手垂在床边。她是昏过去了还是死了？威尔过去检查了一下，发现她嘴巴微微张着，脸颊通红，是睡着了。折磨了她这么长时间的阵痛暂时减轻了，她累得睡了过去。

那个唱歌的小男孩走到了屋子的另一侧，现在声音是从那个方向通过威尔脚下的地板传过来的。

麦吉微微地眨了几下眼睛。威尔在想：她是不是听到这个孩子的声音了？还是在想其他的孩子们？母亲无助地夹在已经出生和没有出生的孩子中间。在这痛苦的场景中，那个甜甜的小人儿哼着歌。

威尔站了起来，拿了一条毛巾，将它打湿。

“麦吉?”他把毛巾放在她的额头上。

“嗯。”她应了一声，“吉姆在哪里?”

“在楼下。”威尔说着，放下了心。至少她恢复了神智，还清醒着。

“这是谁的声音?”

“我猜是你的一个儿子吧。也许是吉米?”

她微笑着说：“不，吉米不会唱歌。”她睁开眼睛，看看屋里弥漫的黑暗，眼白像屋子里某些渔具一般发亮。有那么一瞬间，威尔觉得自己看到鬼了。

“亨利!”她喊道。

歌声停了下来，楼梯上响起脚步声。“妈妈，什么事?”亨利叫道。

“宝贝儿，再多唱一点儿。”她喊着，又睡了过去。

第六章

溜进剧院的后排，艾里斯停在那里，眼睛努力适应着黑暗。银幕上正在播放一部纪录片的尾声——一群德国士兵穿过寒冷的法国边境向观众走来，他们像木偶一样僵硬，机械地迈着步子。艾里斯站在那里，视线刚好与士兵的眼神齐平，这让她感觉自己像在被审查一样。

“该死的德国兵。”有人喊道。银幕上的士兵还在走着，艾里斯已经能渐渐看清座位上的观众了。她在黑暗的剧院里朝前走了一步，找了一个位子坐下。

纪录片播完了，光线还是很暗，银幕上开始打出字幕介绍。艾里斯朝前倾了倾身子，脱下大衣，然后重新坐好。

开始放映的是一部30年代的电影，她以前看过，但是很多情节已经忘记了。在旁白浑厚嗓音的提醒下，她一看到开场就想起来了故事的梗概。这是一部讲述因战争而分离的老式爱情片，她很容易就被带入到了剧情中。故事一开始，她的心就被那些主人公的命运所牵动，一点儿也没有因为再看一遍而觉得无趣。实际上，她很喜欢重返一个以前喜欢过但暂时忘记了的地方，比如童年的某个房间。

影片中，那对情侣结婚了，然后男主角——一个勇敢的男人——出去打仗了。这时，艾里斯的心跳加速，好像正在穿过一道长长的九曲回廊。她想起来故事的结尾是什么了，不过还是不记得中间发生了什么。

那个男人被包围了，他被敌人抓住，然后押了回去。艾里斯坐直了身子。她想起来了，全都想了起来。她一想到接下来要出现的情节，心跳得就更厉害了。

他能撑过去，就是这样，他知道自己能撑过去，因为他相信自己在被捕前射向天空的信号弹一定会被发现。他发射了信号，他看着天空被一道火光照亮。他往前走着，昂着头，因为他知道，他的队友就在不远处。

可是还有他不知道的，还有他看不见的，艾里斯最不能忍受的就是这个。这个男人要死了，只有身为观众的她知道。她看着这一切在眼前发生，知道这一切，看到他终有明白的那一刻，这种感觉真叫她害怕。

他是孤独的，艾里斯能感受得到。他很悲伤、很无助地看着这注定的结局出现。他能够逃走，但是没有逃。他选择了一条错误的道路，因为选错了，所以要死。

看着可怕的终会到来的结局——死亡——一步步逼近，艾里斯觉得这才是最糟糕的。

音乐一下子响了起来，灯也亮了。艾里斯直直地盯着前面，不想看到周围走动的人。她一动不动地坐在座位上，直到最后一个镜头放完，身后的胶片转轴“咔嗒”一声响。她无意间朝旁边看了看，发现在六七个座位之外，坐着哈里·瓦勒。

她红了脸，有点儿窘。他会不会觉得她是跟着他来到这里的？她的确是站在走廊里看着他朝这里走了，可她绝不是有意来此的。她做完了工作，不想去其他地方，于是就来看电影。他是为什么来这里的呢？也许他还没有看到她。她想着不要动，不要引起他的注意。他旁边就是过道，他随时都有可能站起来走掉，不会朝这边看的。她决定等他离开后再走，于是她弯下腰来假装在地上捡什么东西。当她直起身子来的时候，刚好看到哈里站在那里直勾勾地望着自己。

“你在找什么东西？”

“不是，我——”她在椅子上坐得直直的，大衣半披在身上。

“怎么想起来看这个。”艾里斯想掩饰自己的尴尬。

“我喜欢战争电影。”他耸耸肩膀，又咧嘴一笑，是那种小熊一样憨厚的笑容。

“这不是战争电影。”她很快地答道。

“别想糊弄我哦！”

“我的意思是，我觉得这部电影的主旨不是战争。”她开始穿大衣。

他看着她套上袖子，戴好围巾。“那主旨是什么呢？”他越过他们之间的椅子，走了过来。

“主旨是什么不重要，重要的是结局里没有一个人活着。除了……”

他没有说话，走到她面前来。

“我想你大概不同意我这么说。”她的脸红了。

他摇摇头说：“那倒不是。你说得也对。除了谁呢？”

“除了上帝。”她更像是在对自己说。

“上帝。”他机械地重复着，就好像在说椅子或者图钉这种寻常的物件。

“你的口气似乎不大相信有上帝。”

“哦不，我相信。”

他身上散发出一种“老帆船牌”护肤品和车轴润滑油混合在一起的味道。他一只手随意地搭在前面的座椅上，是那样随性自然，她没来由地开心起来。

“我知道，上帝就在我身边。每次我发现自己的失误时，都能感觉到上帝的存在。如果不是他，我怎么会发现这些错误呢？”艾里斯说。

“因为你很能干。”

“可是——我有什么能干的？”她的微笑撩拨着他的神经。她从椅子上站起来，往外走。几盏昏暗的壁灯比蜡烛亮不了多少，她能听到他跟在自己身后。

“我送你回家吧。”

“我是骑自行车来的。”

他没有作声，不知道她这么说是同意还是拒绝。

艾里斯把钥匙交给哈里，双手抱臂，小手袋挂在一只胳膊上，朝邮局那边走去。他推了自行车跟在后面。黑暗中时不时地传来一些路人说话嬉笑的声音。

“今晚挺不错的。”

“是的。”她又在心里微笑起来。在外面，在这些人群中，他们两个并排走着，这让她尤其明显地感到：他们是一起的。

“你好，乔。”

“你好。”一个男人打着招呼，蹬着自行车过去了。

“这么晚了他去哪儿啊?”

“钓鱼。我猜的。这些德国人啊——”

“德国人?”艾里斯有些不悦地说，“他们正在轰炸英国。”

他转过脸来看着她，可是她看不清他脸上的表情。他看了看她，又转过头去。一瞬间，她又觉得他要看扁她了。自行车在他们俩之间“咣啷咣啷”响着。

“不管怎样，他们这种日子不会长久的。”

“我说你呀，”哈里随口说道，“你对上帝和政府可真虔诚。”

“我为政府工作。”听到他的语气，艾里斯放下心来。也许他没有对她失望。

“我要说的正是这个。”

艾里斯望着他，他咧嘴一笑。

她晃了晃头问：“哪个?”

“政府里也不过就是一群和你我一样的人。”

“有组织有计划的人。”

他吹了一声口哨，说：“谁的计划呢?”

“上面那些人的。”她迅速回答，“能够纵览全局、付出心血的人，他们会来做这些事情。”

“比如你。”他往旁边让了让，一群人走了过去。她径直走着，希望他能完全明白自己的意思。

“也不都是像我这样。”她听到他追上来的脚步，立刻说道。

他的脑袋凑过来听她说话，胳膊就擦着她的手肘。

“我是来负责监管邮局不出问题，让机器正常运行的。我的工作就是保证邮局里一切正常。”

“你是怎么做到的呢?”

“全心全意。”她坚定地说，“每时每刻都是。这是我的工作。”

他在黑暗中咯咯地笑起来：“你可真够倔的，是不？”

“那也要看情况。”她回以微笑，“要看是什么事情。”

“你们好，弗兰克，玛尼。”哈里停下来打招呼。

艾里斯也停住了话头，冲他们点头。玛尼·奈勒思穿了一件长大衣，和她的丈夫站在一起。她拍拍弗兰克放在她屁股上的手，好像在跟她的丈夫说：“瞧，哈里和邮局局长。”想到这个，艾里斯的心就跳得厉害。

“你好，哈里。”弗兰克·奈勒思微笑着，“你好，詹姆斯小姐。”

哈里点点头。艾里斯觉得路灯一下变得亮了好多。

“你们两个去哪儿?”

“我送艾里斯回家。”哈里简洁地答道，然后把自行车交给她，示意她表态。艾里斯接过车，点点头，不敢开口说话。玛尼像是看出了什么，眼皮微微低垂下去。

“再见。”哈里说道。

“回见。”玛尼喊道。

艾里斯推着车紧紧跟在哈里后面，他们朝着不怎么明亮的那个方向走去。两个人朝艾里斯的小屋前进，慢慢爬上了山坡。他们就这样静静地不说话，听着彼此在柏油马路上的脚步声。艾里斯的自行车灯孤零零地照着路边的篱笆和花骨朵。突然，亮处出现了一个男人。

“是奥都。”哈里说道。

这个德国男人好像吓了一跳，迟疑了一下，朝这边走来。刚才他似乎压根儿没看到他们俩，也没看见车灯。

“哈里。”他说着，朝艾里斯点点头。

“你还好吧?”

“嗯，没事，我在散步。”他又点了一下头。

“好吧，奥都。”哈里拍拍这男人的肩膀，“晚安。”

“晚安。”他的脚步声又在黑暗里响了起来。艾里斯不知道他在漆黑的马路上是怎么走过来的。

“我觉得他晚上经常到这边来。”哈里朝前走去。

“为什么?”

“他到悬崖这边来眺望法国。”

“仁慈的上帝啊。”艾里斯深吸了一口气。

这时，哈里握住了她的一只手。“对，就是这样!”她心醉神迷地在心里对自己说。

他们朝前走着，不再说话。她的手从车把上滑下来，和他牵着。他们越往前走，四周就越安静。故事就是这样一点一点发生的，一点一点。

他们就这样一道扶着车子往前走，他把她朝自己拉了拉，她靠得更近了。也许她比他要高那么一点儿，所以当他吻她的时候，她稍稍低了一下头。

他的吻很轻柔，轻轻地印在她的唇上。然后，他似乎下了决心，一下子把她拉进自己的怀里。在黑暗中，她闭上眼睛，被这个男人温润缠绵的长吻包围，不断地吻啊吻啊。她想，自己已经迷失了方向，不知道身在何处。要是这个男人在邮局里吻了她，她就不会在这黑暗中拥有如此温润潮湿的初吻，她感到很幸福。

他们吻了好长时间，好不容易分开的时候她才意识到，他们还在路的中间站着，她的手都被冻得粘在车把上了。她把手插进口袋里，任由车子倒在草地上。

“去喝点儿茶吧！”艾里斯扶起车子说。

“好的。”他说着，两个人又继续朝前走，似乎什么也没有发生过。

她还没回过神来，觉得世界变得不一样了，因为发生了那件事。它就这样发生了，她从没觉得如此放松。故事就是这样开始的，一点一点。她转过来，在黑暗中朝他微笑。他们俩的脚步又慢了下来。

路过吉姆·汤姆和麦吉的温索普渔屋时，他们发现有人坐在台阶上抽烟。

“晚上好。”一个声音朝他们喊道。

“谁啊？吉姆·汤姆吗？”

“是的。”

“你们还好吧？”

“麦吉在生孩子。”

“一切都顺利吗？”

“是的。威尔·费切在里面。”

“好运。”

“好的，谢谢。”

他们默默地朝山上走去，路上那些小屋里的灯光在月色下显得格外柔和，他们身后弗兰克林小镇的灯光就像点点繁星。

费切家门廊外的灯还开着，它的光让这条路上的屋子都显得特别黑。艾里斯的家就是这排屋子最后面的那一间。屋子的主人是戴先生，他给房子装了隔热板，还安了一个炉子。

“我们小的时候常常跑来这里偷偷抽烟。”哈里一边说着，一边跟在艾里斯后面穿过门廊，进了屋子。她摸着开关，打开了灯。虽然是这一排里最大的一间屋子，但屋子里的陈设和别家也没什么两样，非常简单。两把摇椅和一张沙发摆在一块圆钩针地毯的旁边，起居室的两边是两间小小的卧室，后面的中间还有一间小厨房，一切都是那么整洁舒适。窗子外面就是海浪拍打海岸的声音。这一排房子里只有她家门廊上放了两把木头椅子，对着港口，这是艾里斯去年来的时候弄的。

她没有看他，而是拿出一只水壶来，到龙头下面去灌水。水龙头呜咽了两声，哗啦啦流出水来。

“我们是指谁?”

“弗兰克·奈勒思和我——还有费切。医生的父亲老费切。”

她把水壶放到炉子上去，开了火，又从炉子上方的架子上拿了两只大水杯，放在台子上。她靠着厨房的墙，伸手到裙子口袋里去摸香烟和打火机，点燃一根抽起来，很高兴他们找到了一个话题。

“我听说老费切是一个酒鬼。”

“是的。”哈里回答得很简单。

她抬头看着他，他从她的手指间拿走打火机，然后从她的嘴里抽出了香烟。她明白，他又要吻她了。但是，在这里她觉得特别尴尬，在自己家的厨房里比站在外面黑乎乎的马路上要拘束得多。他朝她倾过身子，手抵着她身后的墙，靠近她的嘴唇。她想也没想，就把手放在他的腰间，拉他过来。她在他的唇下微笑着。

“怎么了?”他贴着她的嘴唇问。

她摇摇头。一件事接着是另一件事，她不想去想。水壶的哨子响了，他伸出一只手去关掉了火。

过了很久，他直起身子说：“我必须得走了。”

“必须?”

他又吻了她一下，微笑道：“必须。可是我不想。”

她像个孩子一样扯着他的衣裳。

“等等。”

“什么?”

“给你看样东西。”她红了脸，走回卧室，在抽屉面前停住。她的心扑通扑通的，都快跳到嗓子眼儿了。她无数次地想象过将这纸证明递给他时的情景。干净整洁的纸——她要微笑着递给他，好让他安心。可是，她还没有站在他面前时，脸上就已经现出了害怕的神色。“他会怎么想呢?”她迟疑了。

“管它呢。”她对自己说道。

她弯腰打开抽屉，伸手在一堆汗衫里掏出一个信封来。

“嘿,”她把信封举到面前对哈里说，“这个给你。”

“这是什么?”他好奇地看着她。

“给你。”她又说了一遍。

“你给我写了一封信?”他从她手里接过信封。

“算是吧。”她不敢看他。

他打开信封，那张证明从里面滑了出来。

“纯洁?”

她点点头，烧红了脸。

他揽住她的腰说：“你知道，我就是一个老头子，不是什么钻石王老五。”

“哦，我不是要——我是说，我不是要你怎样。”

他大笑起来：“我可算不上纯洁了。”

“我是说，我只是想——”

“嘘。”他摸摸她的脸。

她觉得自己做对了。

外面满天密密麻麻的都是星星，哈里朝着镇上走去，心里涌动着的全是刚才怀里搂着她的甜美回忆。走了一会儿，他停下来数着那一排房子的灯光——从鲍切、费切家，到尽头的艾里斯家。今晚她在人群中小心地走在他身边的景象，又浮现在脑海中了。她说了些什么？他只记得自己在她的头发上闻到了一股柠檬香气，还有她说话的时候，他不由自主地靠过去的样子。

他把手伸进口袋，摸到了那张贴着他的证明，于是手就这么一直放在这张纸上，继续朝镇里走去。

突然，他前面传来一种困兽濒死时的声音。他皱起眉头，停下来听着。那声音越来越大，最后变成了嘶喊。他站在六七米外的地方都能听出来，那是麦吉。“天哪。”他脸色苍白地听着。

“上帝。”他转过身去，静悄悄地避开这声音，朝黑暗的镇子里走去。

第七章

麦吉的喊声渐渐停止，她浑身湿透地瘫倒在床上，虚弱极了。更糟糕的是，她的宫缩减弱，频率也慢了下来。这一次距离上一次有 11 分钟了。

“麦吉。”威尔轻声说道，“我得把你送到瑙赛特医院去了。”

她浑身发抖，看不出来是否听到了他的话。

“麦吉。”他扶住她，帮她躺好。

忽然，麦吉嚷嚷起来。“我得起来。”她喊道，“威尔，我得站起来!”她的眼睛炯炯有神，那目光仿佛直接把他穿透了。很快，她的胸口开始剧烈起伏，腿开始抽筋，整个人翻了过来。可是她太虚弱了，下不来床。

“好的，”他说，“麦吉，好的。”他坐在她旁边，搀她起来，扶着她下床。他们在床边朝前走了两步，威尔发现她根本站不住，整个身体都靠在他身上。她紧闭着眼睛，长长地呻吟了一声，一个孩子从她两腿之间直直地落到地板上。她又大声地哼了一下，整个人瘫倒下来，跪倒在地上。

“天哪。”威尔用力地扶住她，让她轻轻地靠在这个满身是血的婴孩旁边，孩子扭个不停。“好了。”他喘着气，“好了，麦吉，没事了。”

威尔的专业技能开始发挥作用——他迅速地擦干净孩子的眼睛和鼻子，然后用一支注射器给她清理了呼吸道。他把孩子抱近，感受她小小的心跳。

“麦吉，是个女孩。”他兴高采烈地说，“是一个小女孩呢。麦吉，怎么样?”他敏捷地剪掉脐带，擦净了她的整个身子，用一块新的小毯子将她包裹起来。一阵喜悦像电流一样传遍了他的全身。好了，总算雨过天晴，一切都好了。他低头逗了逗孩子，婴儿又动了两下。他抱起孩子，准备递给她的母亲。

他朝旁边看去，麦吉躺在地上睡着了，眼睛闭着，大汗淋漓，面如死灰。他连忙把孩子放在床中央，心想之前的气味和发热不是没有来由的。

“麦吉。”他急急地喊道，想要叫醒她。

威尔把她弄到床上，躺在孩子身边。把她的睡衣拉好后，他去检查子宫，想看看胞衣是不是排出来了。可是，他的手刚碰到那里，就摸到了一大团可怕的血块。

“好的，麦吉。”房间里充满了那难闻的味道，威尔惊恐地说着，“好了，没事。”

血太多了，大团大团的血块还在不停地从麦吉的双腿之间涌出来。婴儿张开嘴，咿呀地哭叫了两声，麦吉一点儿反应都没有。她已经烧尽了生命的最后一点儿油，浑身血色全无，只有进的气，没有出的气。血还在往外涌，她就要死了。

“麦吉?”威尔伸手去摸她的颈部动脉，还在跳，可是已经非常微弱了。

“麦吉，别这样。”威尔哀求着床上这个痛苦的躯体。他像所有绝望的人——而非一个医生——那样朝着麦吉坠落下去的那个甬道喊着：“不要，你得坚持住!”

他从包里翻出来麦角碱，找到注射器，敲碎玻璃瓶。液体很快涌向针尖，可当他转过身来的时候，麦吉已经结束了痛苦，一动不动了。他再去摸她的脉搏时，它已经停止了跳动。

威尔僵在那里，注射器将药水喷射在床沿上。时间让人如此绝望，他的脑子里一片空白，不知怎样才能回到刚才，回到那一瞬间之前——麦吉还活着，他抱着孩子。可是，没有什么能让他回到几分钟之前了。

他是怎么搞砸的?是他的错吗?还是她本来就要不行了?“没有人能止住大出血!”他脑子里一个声音在说，“是子宫撑不住了导致的。要是能去医院，要是能有更多的医生和护士在的话，就不会这样!”

威尔的喉头哽咽了，他疯狂地摇着脑袋，知道自己没有时间在这里哀伤了。

他听到吉姆·汤姆上楼的脚步声。他应该把麦吉盖起来，他应该整理好床铺。他应该做什么呢?

小女婴在毯子里动了几下，威尔看着这个小生命。她，还有楼下的那几个孩子，就这样失去了母亲。

威尔跟着吉姆下了楼，看到最大的男孩——就是唱歌的那个——抬头望着走进房间的父亲；他看到晚饭准备好了，孩子们坐在桌边，靠近炉子的那个位置空着；他看到两年之后的一个夏天，已经学会走路的小女孩和哥哥们一起经过他身边，经过这个医生；他看到他们在盯着他看。

他知道，镇上的人们很善良，他们会点着头小声说："医生也是尽了力的。"但他更明白，麦吉是因为他的疏忽而去世的。他没能对那些迹象有足够的重视，因而耽搁了时间。

威尔站在那里，仿佛看到血渍在房间中央的地板上洇染开来。他疲惫的神经仍能清楚地知道眼前发生了什么——他搞砸了，麦吉死了。毕竟，他是个姓费切的。他的命就是这样。他输掉了这场战争，抽中了这个号码。每个人的生活都有一块基石，艾玛一向这么说，而他的基石现在没有了。

"威尔?"吉姆·汤姆站在他面前叫了起来。

第八章

“晚安。”有人站在街上对艾玛说。“晚安”，然后是“早上好”。这一个月来，自麦吉的葬礼之后，镇上的人每天都对她很和善，很和善。艾玛成天就说着这些寒暄的话，它们没完没了地纠缠着她。

有一天傍晚，艾玛去买淀粉，听到货架那边的女人们在聊天，她们没看到她。

“我看到那个新生儿了。”玛尼·奈勒思对克里普斯太太说道。

“长得很漂亮，是吧？”克里普斯太太问。

“吉姆·汤姆还算撑得住。”

“我猜威尔肯定很内疚。”克里普斯太太叹了口气。

“呃，再好的医生也有这样的时候，天知道谁会碰上。”

艾玛一言不发，转身跑出门外，不理会她们在背后叫她。

她在暮色中走过三个街区，去找威尔。诊所的灯没亮，她到了门口，看到他纤细的字体在门上写着：明日请早。她的泪水涌了上来，转身朝家里走去。

麦吉死去的那个清晨，她满心欢喜地跑出去迎接他回家，丝毫没有意识到他灰灰的面色有什么不对劲。起先她还以为他是因为给麦吉接生累的，后来发现他几乎瘫倒在自己身上，才知道一定是出了什么问题。

“怎么了？”艾玛问道。她有些害怕，小心地去看他的脸。

他摇摇头。

“怎么了？发生了什么？”她凑近了去看他。他把脑袋埋进她的头发里啜泣。她搂紧了他，任凭他的眼泪顺着自己的头发滚到额头上来，心里想着发生了什么。

“是孩子吗？”她忍不住轻轻地问，“是那孩子出了什么事？”

他把她搂得更紧了。

“威尔？”

“不是。”他在她的发间哭喊，“是麦吉。”

“麦吉怎么了？”她一时没明白。

“我没能留住麦吉。”

她推开他问：“我没听明白，什么意思？”

“麦吉死了，我没能救她。”他死死地贴住她的胸口。

“不，不是你。”她立刻说道，“这不是你的错。威尔，不关你的事。肯定有其他原因，不是你的问题。”

他没回答。

“威尔？”

“她大出血，我止不住。”

她又搂住了他，他毫无知觉。她拍着他的脸轻声说道：“没事的。”他闭着眼睛。“没事的。”她又安慰道。

他就一直这样听着，直到她以为他快睡着了，他才猛地直起身子，摇着脑袋，似乎下定了什么决心。

“这没有关系的。”

她双手捧起他的脸问：“什么没关系？”

他伸手摸着她的手，拉着她坐在自己身边。

“你说什么没有关系？”她再一次问道。

“所有的这些都没有关系。”

“你在说什么呀？”

他不说话了。

“回答我呀，威尔。”她用力喊道，“看着我。”

他抬起头来，脸上满是痛苦。她将手放在他的嘴上，不忍心再叫他说下去。

她走进门内，慢慢地解开围巾，慢慢地叠好放在凳子上。收音机开着，这些日子威尔成天把收音机开着。她摘下帽子放在叠好的围巾上，然后脱下外套挂在木钩上。她转过玄关走进前厅，威尔朝她招了招手。

“我第一次到地下的防空洞去看了看。”收音机里的那个男人在说，“我们去的是那个大大的利物浦街地下站。当时是晚上 8 点，一个还没有发生空袭的晚上。一开始不知怎么，虽然那里面全是人，但是我觉得一个人都没有，我看不见他们。我知道，实际上我根本没做好心理准备去看见过道两边长凳上横七竖八地坐着和躺着的人，成百上千的人。我们越往里面走人越多，他们都抬起头来，看着我们这些穿着光鲜衣服的美国人。我走过那里的时候，心里充满了负罪感，我觉得很羞愧。这些无家可归的人以各种奇怪的姿势和衣躺在那里，他们贴着铁壁，身子蜷在毯子里，眼睛里闪着光，呼吸着污浊的空气——就像是柔弱的兔子一样躺在地上，没有反抗，没有疯狂，全是无助、痛苦和等待。”

“你在听吗？”威尔问道。

“什么？”艾玛扫了一眼收音机。

“谢谢你，帕勒先生。”收音机里说，“以上是来自伦敦的报道。”

“你听到没？你听到了这个没有？越来越糟了。他们需要我们的帮助，那里需要医生。”

“今天早晨在华盛顿……”收音机里一个严肃的声音响了起来。

威尔把它关掉，对艾玛说：“我得去。”

“去？”她温和地问，“去哪里？”

“伦敦。”他平静地说，好像这是再自然不过的事了。

“威尔。”她温柔地小声说道，“你是这里的医生，你不能离开这里。”

“还有罗文斯坦。”

“他退休了。”

“他是个好医生。”威尔扬起脑袋说，“他从来不犯错。”

“嗯。”她知道他的心结在哪里了，“你是因为麦吉的事。”

他兴奋地摇摇头说：“上个月你自己说过的，你自己说过我们得做点儿什么。你还记得吗，那个男孩子的事？”

“那个男孩？”她闭上眼睛，不想看到兴奋得像要燃烧起来的他，“哪个男孩？”

“那个没了妈妈的。上次收音机里那个女孩讲的故事。他成了孤儿，你还记得吗？你说过的，亲爱的。现在，那里的战争仍在继续，那个男孩搞不好现在正在外面……”

“别说了。”她呻吟着睁开眼睛，觉得头很痛。征兵从来不是她要担心的问题，但是威尔，威尔他……

“亲爱的，那里的人们需要帮助，他们需要援助之手，而我可以。真的。这也是之前你想说而没有说出口的话。就现在，我们知道有人需要帮助。他们是和我们同呼吸共命运的人，我们不能置之不理。不能空想，我们得付诸行动。这是人性的呼唤，是人与人之间赖以维系的基础。人都有恻隐之心，不是吗？”

她盯着他看。她发现自己对他了解得可真少，他竟是如此地陌生。

“不管你怎么想帮忙，威尔，你都不用去那里。你不用证明什么，已经发生的事情不是你的错。”她坚持道，“你这样做没有意义。”

“意义？”他叫道，“这是唯一有意义的事情了。麦吉的事就是个证明。”

“什么证明？”

他没回答。

“威尔，证明什么呀？”她几乎喘不过气来了，“什么证明？”

威尔突然觉得父亲的灵魂——甚至不是灵魂——就在这里。他花白的头发梳得油油的，浑身散发着杜松子酒的味道。他与人为善，可是自己的家人除外。

威尔没有回答，是因为父亲朝他咧嘴一笑，那熟悉的笑容瞬间击倒了他。

“我父亲在镇上开了一家银行，然后倒闭了。”他说完，停下来摇摇头。

“我父亲曾经拥有一家银行，当他在1932年的金融危机中失去它的时候，他关上银行的门，整整三天闭门不出。那三天，他就坐在那里，一言不发。当时，克里普斯、奈勒斯、布莱克——你见过的那些男人的父亲——全都站在门外，时间就这么一天一天地过去。第四天的时候，哈里·瓦勒带着其他一些人从沙滩上拿来一根桅杆，撞开了银行的门。”

威尔从来没有说起过这些事。

“我父亲就坐在那里，用一把德国军刀刺穿了膝盖。他在那里大喊着。”威尔哼了一声，“他大概觉得很没面子，因为他要强得很。”

“最后怎么样了？”她轻声问。

“能怎么样呀？他放下了刀，走出银行，回家找我母亲去了。”

艾玛紧张得都快不能呼吸了。

“他就像书里说的那种人一样——一从此把头发仔细地梳到额头后面，穿着卡其布裤子、衬衫，臭烘烘的绳子上拴着一个杜松子酒酒瓶。他应该早点儿了结的，在我和母亲都等得绝望之前。”

“等得绝望？”艾玛不能相信自己的耳朵。

“生活就是这样。”威尔喊道，“他早就该结束了。”说到这里，他打了个响指。

艾玛后退了两步。

“你是说，一开始他就该死？”她说道，“是吗？”

“这话说出来好奇怪。”

“我在试着揣测你的意思。”她无助地说道。

“我想帮忙。”

“你想逃走。”她凑近他说道，“你是在逃避。”

他愣了一下，抬头问她：“你是这么想的？”

“是的。”

他点点头，朝厨房走去，然后打开门穿过它。艾玛站在那里，看着门弹过来，又弹回去，直到关上不动。

让他们在那里残杀好了，干吗要我们去帮忙？为什么别人的生命比我们的重要？欧洲凭什么要把他从自己的家乡或者说从她身边带走？为什么总是要已经付出了足够多、承受了足够多的她来面对这一切？

这时，啼哭声从窗外传来，她不自觉地朝外望去。也许是个孩子。她听着。又来了一声。是个孩子，一个附近哪家不愿睡觉的孩子。她把毛衣裹紧了一些，听到孩子又哭了一声，这次声音更近了。然后，她看到窗外一个白色的身体飞过，锋利的喙张开着，叫着朝空中飞去。是一只海鸥，刚才是鸟的叫声。等这白色家伙的声音在灰色的天空中渐渐消失，她才对自己刚才被愚弄感到不满，打了一个冷战。

她径直穿过厨房，来到厅里。他坐在黑暗的厅里，倚着他妈妈留下的靠垫。

“威尔？”

“6个月。”他呢喃着，“我夏天就回来。”

她望着他，半天都说不出一个字来。她能说什么呢？怎么阻止他？他的魂已经不在这里了。“好的。”她缓慢而平静地说道。

3个星期之后，威尔收到了伦敦市政医院的回信，他们很高兴他能加入。6个星期之后，他拿到了各种文书。

最后一天终于来临了。威尔走到门边，按住门把手，把门轻轻地打开，好像门那边还有人一般。寒冷的冬日阳光照了进来，艾玛把手袋抱在胸前，穿过这阳光，走过他身边。

“等等！”他说着，把她拉了回来，“在家里给我一个吻吧，就在这里。”她看着他，他的注意力集中在屋里，好像想用目光把这里的一切打包塞进行囊带走一般。她双手隔着外套的袖子握住了他的胳膊，闭上眼睛。“再见。”他呢喃道。她朝前凑着，接着用胳膊环绕住他的脖子，紧紧地搂住他。“上帝!”她的喉头发紧，说不出一句话来，脑子里却在这样响着，“上帝啊，上帝，上帝啊上帝，请看看这里吧。”

“威尔，证明给我看。”她把脸埋在他的衣服里说道。

“什么?”他喃喃地问。

“证明给我看那些人还活着。”

“你会看到的。”他把脸埋在她的头发里，说完便放开了她。

他们走出屋子，头顶上盘旋着海鸥。艾玛紧紧地依偎在威尔的臂弯里，他的一只手搭在她的腰上，另一只手牵着她——他们像花样滑冰选手那样靠在一起。他没有看她，一直带着她转到了亚罗路上。

她希望时间能够倒流，没有离别，没有这个镇，什么都没有，除了他们彼此的双手和体温。

天空像一幅巨大的帷幕笼罩下来，给了他们一个温暖的早晨。这个1月的清晨竟然有点儿像5月的天气，一丝凉风都没有。

他们并排走着，在这静静的苍穹下。她希望自己能像魔术师那样，让时间延长、延长，让最后那个终点永远不要来临，让他们就一直这样走下去。

时间仿佛真的凝固在此，他们就这样紧紧相拥，不说一句话，共同走向一个未知的终点。

去往镇上的路空空荡荡，没有人来说再见。巴士静静地停在邮局门口，是富劳尔先生的车。行李舱的把手有点儿问题，他和威尔一起撬开了舱门，耽误了一点儿时间。

最后的时刻终于到了，他们亲吻了彼此，威尔就这样走了。

第九章

一个今天还能见到的人，第二天可能就消失不见了。他们可能是街角的那个小警察、一只眼睛瞎了的杂货店老板，也可能是你的同事，或者是那些你在商店里、公共汽车上遇到的不认识的人，他们都是曾经在你的生命中穿梭而过的人。一座楼房或者一个花园的消失是很容易描述的，可是一位老人、一个男孩或者一个每天站在那里等车的女人，对他们的消失弗兰基不知道该如何描述。大约只能是：我曾看见他们存在。

播报通常要整合很多细节——天气、一个女人磨破了的裙边、沙滩上的石子……这些细节被整合在一起，形成故事。弗兰基来到欧洲讲述着这些细节，为了莫罗，也为了自己。

雪花落了下来，炸弹丢了下来，城市上空漂浮着大片乌云。等在那些可怕的洞穴里的人们渐渐失去了耐心，再也无法忍受。他们走了出来，走上街头，因为他们再也没耐心等待轰炸过去。他们一边走一边死去，疯狂地扑向死亡。

弗兰基相信即使是生命的碎片，最后也总会被拼成一个形状。可是那天早晨，在她离开男孩比利和他的家之后，她找不到什么形状了。

她推开自己公寓的前门，里面立刻涌出来一股浓浓的灰尘和煤气味儿。她看到房子没能抵挡住的炸弹带来的蓝色烟尘，觉得屋子里就像曾经有一部电梯从 5 楼直直地砸落下来。她房间的门还在，天花板已经破了，露出天空来。灯还在桌子上，门边的钩子上还挂着哈莉特的大衣，还有杜威尔的。这似乎有点儿不对劲，有什么不对的？她站在门边，看着哈莉特的大衣，看到房间的左边再也没有另一个房间了。早晨的阳光穿过没有玻璃的窗子照了进来，前门那里静静地躺着一封哈莉特的信——她的同乡从波兰寄来的信正好好地靠在墙角里，等着她回来。

"哈莉特?"她喊了一声，但喉咙一下子被堵住了。

她想：这样的细节没有办法整合了，即使整合起来，也不过是新闻工作者的谎言罢了。

弗兰基想着哈莉特所讲的那些故事，朝广播大楼走去。那些关于犹太人的故事此时在她的脑海中是如此清晰可怖。在哈莉特死后，弗兰基重新租了一间公寓，继续着哈莉特收集在欧洲的犹太人的故事这一习惯。她靠墙的书桌上放着一大摞纸，它们没有什么顺序地被订在一起，里面有新的资料，有哈莉特在波兰的同乡寄来的信，还有她在花园和一些大楼墙壁上看来的话，比如：让·斯坦巴赫，你还在吗？当时这句话用德文和英文各写了一遍。

到目前为止，法国阿尔萨斯那些被赶到后方去的犹太人和德国犹太人一道被赶了出来。他们在边境和来自奥地利、波兰格但斯克和捷克斯洛伐克苏台德区的犹太人会合。接着，男人被赶到韦尔内或者米勒的集中营，女人和孩子则被赶到古尔。他们没有食物，没有衣服，没有药物，无处可以躲避。这场前往别国的迁徙就意味着走向死亡。

上个月，法国维希政府签署了一份文件，表明只要有国家愿意接收，他们就会从集中营释放几千人出来。他们要求美国政府接收那些从卢森堡、比利时和德国被赶出来的犹太人。可是美国国务卿科德尔·赫尔拒绝了，他说在关于难民的跨国协议中，最基本的原则就是接收难民要没有任何种族、国籍和宗教的偏向。所以，犹太人因为自己的犹太身份被拘禁，又因为同样的原因被拒绝释放。“移民局并没有拒发签证。”弗兰基的朋友科切威在《国家》杂志上写道，“他们只是设立了一道边防检查线。”

哈莉特曾经写道：“这些有着错误身份的人也是普通的人，他们因为一些文件被困在集中营里，60个人挤住一个房间。营地外面是他们侥幸仍然拥有自由的亲人。一万张小纸片被递出来，上面写着：送点儿食物、衣服和药物进来。食物、衣服和药物送进来了，又有更多的写着“告诉我的姐姐”、“告诉我的妈妈”的小纸片被塞进探访者的手里。他们离开的时候，有一万个人在等待消息。”

现在，对于欧洲正在发生的一切，人们的视线已经很难离开了。犹太人正在不断地遭到屠杀，似乎没个尽头。实际上，德国人正在做的就是把犹太人集中起来，关进集中营，不管他们的死活。如果弗兰基有机会讲述这个故事，如果她能像莫罗讲述空袭一样讲述这个故事，她愿意将犹太人以及他们的处境放到最显眼的位置——她要拨开那些纷乱的细节，把被遮掩的那些东西披露在人们面前。

“你的声音怎么变成这样了？亲爱的弗兰基。”母亲在上周的电话里这么说，“你听起来——”电话里传来长啸音，她和母亲之间远隔的重洋仿佛一下子横亘在了眼前。

“什么呀，妈妈?”

“听起来很绝望。”

“我就是很绝望。”

“宝贝，回家吧。”最后，妈妈说道，“回家来歇歇。”

今晚的月亮很红，仿佛是被泰晤士河上的火焰照的。虽然弗兰基现在已经习惯了记录那些细节，可是仿佛总也记不完全。那种能临危不乱，冷静地审时度势的人，好像只有她母亲那一辈才有。而且，一个讲故事的人总是不如故事里的人清醒，比如《达洛薇夫人》中的主人公可以犀利地审视事物，而写出它的伍尔芙就不行了。因为她是一个作家，一个真正的作家，一个讲述着故事的作家。在迅速地朝着湖中划去时，越是紧盯水面，越是无法清楚地看到湖里的东西。

弗兰基所做的，就是在哈莉特的故事开始的地方，用一些生动的辞藻绘图，绘出那些在空袭中产生的图片。

弗兰基几乎是跑着上楼去找莫罗的，但看到莫罗办公室敞开着的门时，她停下了。

“弗兰基。”他起身从办公桌边走向她，示意她在椅子上坐下。她笑着打了个招呼坐下了。一份两周前的报纸折了几折，放在桌子上他的三明治旁边，他面前的烟灰缸里还烧着一个烟头。她掏出一根烟来，他凑上来点火。她弯下腰，点头称谢，吐出一口烟来。

“莫罗先生，派我去法国吧，求您了。”

他把打火机放回口袋里，听着。

她站了起来，一副急不可待的样子。不过，她知道该如何对付自己的老板。她舒了一口气，兴奋地用下巴指了一下报纸问：“有什么新闻吗？”

“弗兰基，你在想什么呢？”莫罗淡定地看着她。

“好吧。”她看着他，指指时代周刊，“只需要一条新闻就足够引起轰动了。那就是国务卿赫尔对法国释放犹太人的回应。还有哈莉特收集的资料，干吗不报道这个呢？为什么他们没发现这个？”

“发现什么，弗兰基？”

她激动地说道：“这些年来欧洲战乱频仍，家园都变成了战场。先是在西班牙，战火蔓延过各个村庄，很多人都离乡背井，从西班牙到了法国。然后就是纳粹流放犹太人。现在，欧洲的人口大迁徙真正开始了。”

“接着呢？”

“战争带来了难民，可到底哪些人是难民，他们又是怎么成为难民的呢？为什么他们会在那里？他们做了什么？我听到人们议论纷纷，虽然好像有着确凿的证据，但一般人也不敢相信。谁能相信有人会那样把别人从自己的家里赶出去，只给20分钟的时间收拾，只允许带上身份证明和一点儿钱物。哪有这么荒谬的事情？文明人都知道这太荒唐了！”

她的声音颤抖着，双手插在兜里，身子朝前倾着。

“要是人们在收音机里听到这个故事，会怎么样呢？我们可以讲述这样的故事，因为我搞到了一些这样的故事——”她清了清嗓子，“而且，我把它们连缀起来了。”她笑了笑，忍住眼眶里的泪水。

“就这样吧。”他说。

“就这样？”她推开他递来的手帕，用自己的手指抹了抹眼睛。

“就这样？”她重复道，几乎要笑出来，然后泄气地用手捂住了脸。

“这事太难了。”莫罗平静地说。

“我就是想讲一讲哈莉特想讲的故事。讲完这个故事，就这样。”

他点点头说：“然后你想怎样呢？”

“给生命增添一点儿意义。”她想说这句话，但忍住没说。

“等我们回家之后要做什么呢？看在上帝的分上，人们又都在做些什么呢？”弗兰基有些激动。

“都在过自己的日子。”莫罗依然平静。

“他们怎么能过得下去？”

他没有说话。

“第一周的情景你还记得吗，莫罗？你还记得那成千上万的人从东部赶来，带着自己的箱子，在南霍尔斯维尔学校排着队，等着能有运气被巴士带去其他的地方，获得安全吗？” 她知道自己已经箭在弦上，不得不发了。

莫罗点点头。

“炸弹炸毁了他们的房子，有人向他们保证，会把他们带离这里，叫他们在那里等车。他们等了。但是有一半的人在第一天就死了，因为巴士从来没有出现过。那些第一天没有死的人，到第三天也死了，因为巴士从来没有来过。”

“好了，弗兰基……”

她打断他，继续激动地说：“一个很清楚的事实摆在我们面前，大多数被关在集中营里的人都是犹太人。尽管报道里宣称有各种民族，其实大都是犹太人。这是有预谋的驱逐和关押。这到底是个什么阴谋？是否真的有这样一个阴谋？就这些，哈莉特要搞清楚的就是这些。难道我们不想知道吗？难道我们不应该搞清楚吗？”

他没有回答。

“我只是想要搞清楚整个故事，然后揭露一个事实——犹太人正处于前所未有的困境中！”

“管他妈的什么事实！”莫罗突然说道。

“很好。”弗兰基点点头，“最后我只想说这不是什么偶然的行为，而是一场有预谋的针对犹太人的大屠杀。”

“好吧。”过了一会儿，他说。

“让我去那里！让我录下他们的声音！我们可以模仿英国广播公司那个‘孩子打回家’的节目，给它取个名字叫‘欧洲之声’或者别的什么的。一档关于普通人的广播节目，充满了真实的话语。让听众知道真的有这么一个活生生的人坐在话筒这头发布战争的声音。集中营里那些想要远离战争的人和炸弹一样真实——他们只是普通的人。我们一直想要的不就是这样的故事吗？”

“用英语还是别的语言？”莫罗怀疑地说，“你怎么解决语言的问题？”

“管他说什么话！反正只要是在说话，就能证明他们活着，而且真实。他们说另外一种语言比说英语还真实，他们的声音能够向听众传递这种信息。一定要快！要知道，每天在集中营都会有15到20个或者更多的人死去！”

突然，她停住了。“我们不煽动情绪。”她来的第一天，莫罗就跟她说了这段话，“我们只陈述事实，只忠实地提供新闻，就这样把它们播报出来。即使没有新闻，也不能捏造。因为我们的工作不是蛊惑人心，新闻不是渲染气氛。”虽然在广播大厦里有好几摞碟片，里面录满了蟋蟀和鸟的叫声、大本钟的声音，还有大约60个适用于各种频带的模拟警报的声音、嘈杂的人声和茶杯碰撞的声音，但弗兰基依然明白莫罗说的是对的。不过，她的思路很快就摆脱了这种束缚，因为眼下战争已经变成了最真实的新闻。普通人的声音、屋顶上麦克风记录的轰炸过程、播报空袭情况的播音者之间的对话……整个世界都能听到战争的实时播报，战火犹在眼前。

莫罗摇摇头说："不行，你说的那种方式太混乱了，没有一个重点。如果播放一些没有经过剪辑的声音、一些没有任何内容的话语，人们就无法通过它弄明白任何事，那么他们为什么要来听这个？"

"难道他们听不明白吗？"

"他们听不明白。"莫罗有点儿不耐烦了，"弗兰基，你得明白地指出来，你得清楚地告诉人家你到底想要表达什么。"

"可是——"

"别可是了。"莫罗打断她，"你必须待在这里工作。"

她直直地盯着他看了一会儿，然后说："好吧，你说了算。"

"5 分钟之后开始广播。"她走出莫罗的办公室，他用扩音器提醒她。

"知道啦。"她挥挥手，强撑着推开门走进卫生间，拼命呕吐起来。吐完后，她把头靠在冰凉的瓷砖上休息了一会儿，然后竭尽全力扶着墙站起来，走到水池边拧开龙头，把脸埋在手里捧着的水中。

"有很多好消息传来。"几分钟之后，她坐在麦克风前，闭上眼睛开始播报。她对着上方的灯，对着在她前方玻璃后面坐着的导播汤姆，想象着母亲像平时那样，正在倾听着她。

"有很多好消息穿过重重阻碍传了回来。不久前，德拉维利先生提出用'V'来代表胜利，听说这个标志现在已经广为流传。比利时、法国还有荷兰所有敌占区的人民都在用粉笔把'V'写在狱墙上，写在城市的街道上，写在穿行于大街上的卡车车身上。到处都是‘V’字。‘V’字被擦掉了，很快又会出现，好像有一只看不见的手正在做着这件事。这个标志不断出现，仿佛在提醒那些站岗的德国士兵，他们已经被包围了。所有的墙好像都在说：‘我们在看着，看着你们灭亡！’在欧洲，这无声的‘V’字正在传播那些不能说出口的声音，鼓舞着地下期待胜利的人民。”

弗兰基停顿了一下，她知道稍微的停顿会让字句显得更有力量。

“昨天晚上，我再一次卧倒在地。在听到警报之后，我紧紧地贴在人行道上。附近建筑物的损毁不是很严重，可空气就像是凝固了一般——剧烈的爆炸之后必然会有几分钟的安静。过了一会儿，我挣扎着爬起来——先是弯起膝盖，然后慢慢地挪动双脚。街对面，有两个十来岁的孩子也在迅速地爬起来，忙着把他们受惊的马套回到车上去。‘起来呀！’他们吆喝着、啜泣着，用袖子擦干眼泪。渐渐地，马儿一点一点恢复了镇定，站了起来。两个男孩吸着鼻子爬回到车上，缰绳勒得吱呀作响，他们又重新朝前走去。”

邮局的分拣室里，放盘子和茶壶的架子上面有一台正在工作的收音机，艾里斯走到它面前停了一下。

“哭鼻子、用袖子擦眼泪——这种事英雄不会做，奥德修斯、埃涅阿斯、耶和华，他们都不会这样。就算奥德修斯的妻子珀涅罗珀也不会这样做。想想历史上所有那些在战火中等待的伟大女人吧，有谁会像那两个牵马的男孩子一样哭泣？但是，擦干眼泪继续前进的人也是英雄，是另一种英雄——想到这一点，你就会明白，为什么他们的国家被占领、被轰炸，他们仍然如此英勇。这是弗兰基·巴德发自伦敦的报道。晚安。”

艾里斯摸到旋钮，转向了右边。艾玛不喜欢这个女孩子的声音，不喜欢她说的话背后的暗示，好像全世界就她看得最清楚，人人都得听她的。艾里斯站到一边，抱着胳膊思索——她只知道，收音机里那个女孩刚刚重新给英雄下了定义。她看看那个黑匣子，在心里肯定道："是的，那个叫什么弗兰基·巴德的小姐，她就说了这些。"

第十章

哈里·瓦勒坐在市政厅里，通过望远镜在海面搜寻德国人的身影。

这是一个清凉的傍晚，邮局高高的旗杆将弗兰克林港一分为二，就像一根指南针，哈里一看到这个就会觉得不舒服。

从阁楼的窗户望出去，港口这边的风景一览无余，无垠的沙丘伸向海边。兰兹角转弯那里，小船星星点点地在蓝色的海岸边浮动。

对于罗斯福说的那些美国不会有人参与战争的话，哈里一点儿都不信。所以，一想到从这里到瑙赛特有六十多公里毫无防范的海岸线，他就会觉得没有安全感。自闪电战以来，哈里心里不祥的预感就与日俱增，他觉得德军袭击伦敦只不过是在转移视线，不知道哪一天他们就会在夜里突袭这里。好多个夜晚，和艾里斯分手之后，他都会到悬崖上来来回回地走着巡视海岸。他盘算着，德军要是来袭的话，应该是在哪一段海岸登陆。也许他们首先就会攻打弗兰克林，然后再扫荡科德角，最后长驱直入波士顿。总之，德军会像幽灵一样，突然出现。

那些早晚要去参军的年轻男人——不，应该说尤其是他们，他纠正了一下——还有其他人总是带着嘲讽的微笑问他：“德国军队来了吗，瓦勒先生？”“还没来。”每次他们问时，哈里都会咧嘴一笑，这样回答。

现在，这些人正在大厅的长凳上嬉笑打闹，正如那些没有设防的海岸线一样轻松自在。他们没有一个人相信德国人真的会来，哪怕在 1918 年一艘鱼雷艇就曾经攻打过美国。“这次不会的！”他们总是信心十足，“现在已经是 1941 年啦！”

“我了解得很清楚。”有一天晚上，他对艾里斯这样说。

“哈里——”她却用抗议的口气打断了他。

“他们会来的。”他叹了口气，“只是时间问题。”

除了每天到这里来拿着望远镜眺望大海，消磨几个小时的时光外，他不知道自己还能做些什么。他没指望自己能看出什么名堂，但也只有这样做他才能觉得稍稍安心一点儿。

他第一次来时，一动不动地举着望远镜看了几个小时，手里紧紧攥着三明治，连包装纸都没打开。他不知道自己看了多久，直到天色暗下来，什么都看不见了，他才饿着肚子回到车库。

第二天，他又来到市政厅，第三天他又来了……现在，他已经形成了习惯，每天下午 4 点之后都会一直待在这里。他看着眼前宁静的海面，坚信两件事：第一，人们认为他是个傻子；第二，总有一天事实会证明他的预言是对的。迟早有一天德国人会来，他们现在就像在船尾等着捕鳕鱼的渔夫，手上正松松地挽着粗绳子，眼睛看似悠闲地盯着别处，其实保持着高度的戒备。

浓浓的树荫下，艾里斯拿着一把湿漉漉的拖把出现在邮局的门廊前。她把拖把放在栏杆上拧了几圈，红色的头发随着她的动作在风中飘散，映着她那海军蓝色的上衣。

她狠狠地拧了一下拖把，然后转身走回到门廊的阴影里，推门进去，好像是一下子被门吞进去了一样。哈里盯着那儿看了好一会儿，想等着她再出来。

前街开过来一辆慢吞吞的福特轿车，它停在邮局门前，车里有人喊叫着，可是邮局里没有应答。哈里放下胳膊，让望远镜垂在胸前。忽然，他屏住了呼吸。

一天的工作结束了，艾里斯放下大厅窗户的金属百叶窗，关上后面的灯，然后借着百叶窗里透进来的微弱光线，踩着有些破旧的地板穿过大厅。每天晚上她都会这样走到门口，双手抱在胸前，准备好一个人面对空荡荡的门廊。那里理所当然是空荡荡的，不是吗？今晚，她用同样的方式拉开门，却发现外面站着哈里。

“你好。”她吸了一口气，愉快地说。

他沉默地站在那里。

“嘿，”她关上身后的门说，“有个好消息要告诉你。”

“哦?”他笑了。

“你听了会高兴的。”她扬起眉毛，“邮局总监说会认真考虑旗杆的事情。”

“是挺叫人高兴的。”他皱起眉头说道。

“好了，”她嚷嚷着，跟着他走下台阶，“总算有点儿眉目了。”

“其实你说得也对，没必要那么担心。走吧。”

她突然停住了，一动不动。“哈里，”她说，“我是为了你才去问的。”

他转过身来，认真地说："艾里斯，谢谢你。"

她仔细地看看他，没有在他的脸上发现什么嘲弄的表情。"谢谢你。"他接着说，"也许他们终究会明白我的苦心。"

他伸出手来，牵着她一起走。

他们沿着空无一人的街道快速地走着。这是星期三的晚上，乡亲们的壁炉边堆满了柴，人们正围坐在自家餐桌边，跷着二郎腿享用美餐。虽然现在是2月底，但碗里还有罐装桃子在展现着夏日的余晖，甜美的汁水会顺着碗沿流下来。再过半个小时，电台里就要播放贝西伯爵乐队的歌了。

这时，起风了。艾里斯庆幸自己戴了一条围巾。他们默默地朝前走着，各自把手插进了外衣口袋里。

快到艾里斯家的时候，哈里从口袋里掏出手电筒来，照亮前面的路。光柱照着路旁冻僵的草丛，还有前方路上的沙子和费切的家。东边吹来一股冷风，吹向黑暗的海滩。

"我说……"哈里清了清嗓子。

她抬起头望着他。

"我今晚想去你家。"

"好呀。"她听见自己的心怦怦直跳。

"留下来过夜。"

她盯着他看了一会儿，笑了。"好呀。"她又说道。

回到她家，艾里斯穿过门，站在屋子中间。哈里伸出双手，握住她的双臂，牵着她到椅子前坐下。艾里斯抬头看着他。

他俯下身来，捧起艾里斯的脸。艾里斯闭上眼睛，感觉哈里的嘴唇碰到她的嘴唇，然后又离开了。艾里斯睁开眼睛，看到哈里的脸就在她面前，正在仔细地打量她。艾里斯微笑着，重又闭上眼睛，他的嘴唇又贴了上来，这一次更热烈，更持久。她的头仰向后面，哈里紧紧地贴着她，他温暖的嘴唇在她的唇齿间游走。艾里斯喘了一口气，他的唇才离开，又去吻她颈部的曲线和她的下颌，然后又吻上了她的唇。艾里斯一直紧闭着双眼，心随着他的吻一起跳动。

他把她从椅子上拉起来，温柔地说："去床上吧。"

他轻轻地牵着她去卧室，一直拉着她的手，紧紧地贴着她。艾里斯伸手摸到了开关，打开灯。他坐在床头，拉她也坐了下来。他们坐在那里一动不动，坐了好久。他俯身解开鞋带，脱下了右脚的靴子，然后是左脚的。接着，他脱下袜子搁在靴子上。她就坐在他旁边，看着他脱光了鞋和袜子，转过身来看着她。

"我要做什么呢?"她问。

"我想看看你。"他答道。

她慢慢地脱下毛衣，然后解开上衣纽扣，但仍是直直地坐在那里。他伸出手来，隔着胸罩握住她的胸，她的心脏都快要跳落到他的手上了。他们慢慢地躺倒，他又来吻她，双手抚摸着她，沿着裙子摸向她的大腿，隔着内衣伸向她的胸前。他用力地揉着她，她摸索着解开所有纽扣，她要解除他们之间的一切阻隔，只留下赤裸的肌肤紧贴。他的嘴唇在她身上游走，好像已经占领了这里的每一个角落。它肆意地掠夺，好像这里是它再熟悉不过的领土。她闭着眼睛，体味着被亲吻和抚摸的滋味，她渴望被他吻遍全身每一个地方。过了一会儿，她轻轻推开他，站在床脚边，解开胸罩，扔到地上。然后，她扯开裙子，褪了下来，接着又除下内裤，把袜子褪到脚踝。他也站起来，解开衣扣脱下衣服。他们又回到床上，她感觉到他的身体逼近过来，逼近过来。

“哦。”她叫了一声，那撕裂的疼痛感是如此强烈。他停了一下，接着她便感受到了他温暖的进入。

“没事。”她贴着他的脸说。他低低地呻吟了一声，又进入了一点儿。她闭上眼睛，感觉着他一点一点地进入，一点一点，然后全部进来。这感觉是如此新奇，他紧紧地在她的身体里面，她感觉自己包裹着他，围住了他。然后，他动了起来，在她的身体里。

那天晚上快要睡着的时候，哈里把他温暖宽厚的大手搭在艾里斯的胸前，搭在她的肋骨上。她微笑了。他，实实在在的一个他，就这样在她的胸口上，躺在她的身边，让她觉得如此安心。她从未想过自己要寻找一个什么依靠，而现在，她第一次觉得自己有了可以依赖的人。

第十一章

细雪纷纷扬扬地洒落下来，仿佛天空也不知道该下到几时才停。雪花一片，又一片，然后开始多起来，直到汹涌而下，仿佛雨水一样兜头浇在沙地和海水里，填满陡峭屋檐的缝隙。

艾玛看着窗外，外面的一切渐渐变白，暮色开始笼罩这白色的世界。“下雪了。”艾玛想，“不会有什么可怕的事情发生了。”因为突发事件、暴力行为，一切不好的东西在雪里都会变得模糊不清。此时，威尔已经离开她整整46天了。

她弯下腰去理了理床铺上威尔那半边的毯子。老天怎么会忍心伤害一个刚刚怀孕的女人呢？或者，这种不伤害是有条件的。虽然说得不是那么清楚，但总是要有条件的。这样一个虔诚的女人，双手放在自己的腹部犹豫着。应该相信这些吗？真是这样吗？

她伸手拿过放在床头的烟，点了一支抽起来。这个时候，伦敦是午饭时间，离晚上的轰炸还早。她想象着威尔坐在一家咖啡馆的桌前，俯身在面前的盘子里，以那种最大众的方式对付着食物。她喜欢看他吃饭。

烟雾升腾起来飘向窗子那边，在四面墙之间打了个转，然后飘到窗外的街道上，在冬日的余晖里凝结。外面，三个小兵在地平线那头出现。他们默默地走出地平线，朝海边的军备船走去。

她进入威尔儿时的房间——现在它属于他们了。“亲爱的。”她想道，“亲爱的。”她走到书桌前，推开遥对港口的窗子，直勾勾地看着镇上密密麻麻排在一起的屋顶。“我在消失。”她这样想着，一屁股坐在椅子里。

拿起威尔从弗兰克林高中毕业时得到的钢笔，她抽出一张信纸来。在洁白的信纸上，她写下了两个字：回家。

她快速地把纸折了折，很容易就塞进了窄窄的信封里。她把信封拿到唇边舔了一下，然后用手封好。好了。她今天想要说的就是这些。她看着封好的信封，在上面写下这样的字迹：威尔·费切医生收，伦敦拉德格罗夫路 28 号，菲利普斯太太转交。接着，她又写上了自己的名字，让他们的名字相互映衬着。她翻过信封来，低头看着，又想了一遍，然后在封口处迅速写上“求你了”。写完她立刻用手遮住了这行字，好像不敢再看它们一眼。

她忽然站起来，拿着茶杯朝楼下走去。她还没告诉威尔她怀孕了，她没有告诉任何人。从一开始，这就是她和孩子两个人之间的秘密。

透过厨房水槽上方的窗户向外看，远远地能看见军舰在水里漂荡，就像在海上筑起了一道铜墙铁壁。自从那天总统允诺给丘吉尔增派兵力后，海面上就一直漂着这些军舰。离得太远，她看不清船是在靠近还是在远离，或者究竟有没有动。她只能看见飘荡的军旗，只能这样凝视着灰灰的海面上起伏的船身。

“我们和恐怖的战争之间就只有这一海之隔了。”新闻评论家瓦尔特·李普曼先生昨夜在广播里宣布，“我们必须帮助英国守住大西洋，不然我们的国土也会沦陷。亲爱的孩子们，我们的家园，我们宁静的生活，我们的自由和充满意义的理想，这一切都将不复存在……”她是听到这里时把收音机关上的。

雪停了，她抓起黄色的头巾系上，走了出去。

脚下的雪差不多有2厘米厚，艾玛拿起门边的扫帚，投入地扫了起来。很快她就把门廊、台阶和到大门口的路清理干净了。做完这一切，她满意地注视自己的劳动成果——整洁的小路一直伸向门口，像是儿童的简笔画一般。她觉得十分骄傲，好像为这屋子做了一件不同寻常的事情。她把扫帚扔在花园的角落里，朝镇上走去。

“你好。”艾里斯从分拣室走出来，冲艾玛微笑道，“有你一封信。”

“太好了。”艾玛害羞地点点头，穿过大厅朝自己的信箱走去。她有些紧张地从毛衣下面掏出钥匙，插进锁孔。她抽出里面唯一的一封信，关上门，站在那里就打开了信封。只瞥了一眼，她就知道这信短得可怜。“我最亲爱的，”信上这么写道，“没什么特别的事，成天就是轰炸。”

就靠这只言片语，叫她怎么活？没有他手臂的环绕，没有他在桌子那头微笑着望向她的眼睛，没有他头发的味道，没有他的亲吻——这些写在纸上的话完全不能缓解她的思念。信拿在手里，轻飘飘的一点儿分量都没有。

她感觉詹姆斯小姐正在看着她。她抬起头，果然看见邮政局长正站在柜台那边望着她。她连忙把威尔的信塞回信封里。

“你还好吧？”

“谢谢，没事。”

在邮政局长的身后，电报机突然开始“咔嗒咔嗒”地打一封电报。艾玛的手搭在信箱上，愣住了。艾里斯盯着这位医生的妻子，听着机器的声音，任由它在白色的纸上打出一串串的符号来。艾玛盯着邮政局长，此时机器又换了一行，继续打起来。声音响在两个沉默的女人之间，机器很快又换了一行。

“这电报可真够长的。”艾里斯评论道。

“请您……”艾玛吸了一口气，“去看看好吗？”

艾里斯盯着她看了一会儿，然后走到靠墙放着的电报机前。机器还在不停地打着。虽然艾里斯不用看就知道，这电报是给镇公所的兰生先生或者派特先生的，但她没法拒绝艾玛要她过来看看的要求。“我们很遗憾地通知您……”她犹豫了一下，开始念电报上的字，“……诚意和信用。”电报机继续响着，艾里斯转过身来回到艾玛跟前。

“不是给你的。”

“我真傻。”艾玛挤出一丝笑容来。

“我完全能够理解。”

艾玛点点头，把她写给威尔的信和3分钱递给艾里斯。艾里斯打开抽屉，拿出邮票，在海绵上蘸了点儿水，把邮票牢牢地贴在信封上。艾玛静静地看着这一切。

“詹姆斯小姐，你觉得一切会好起来吗？”

艾里斯抬起头，一脸的不解。

“哦，没事。”艾玛半开玩笑地说，“你敷衍我一下也行。”

“嗯，当然！”艾里斯答道，“肯定会好起来的。”

这是艾玛进邮局后脸上第一次露出真正的笑容。“你说得真肯定。”她感激地说道。

“回见吧。”见艾玛要走，艾里斯平静地说。

艾玛回过头招招手。艾里斯一直目送着她出去，下了台阶，消失在街角。医生的小妻子每天下午 4 点邮件分发之后就会来到邮局，她总是昂首挺胸，像春天盛开的黄水仙。艾里斯就是这么觉得的。每天，她都坚定地走到邮箱那里，打开，看也不看就伸手掏出信来，只有当信紧紧地攥牢在手里了，她才会稍稍露出一丝微笑来。每天，艾里斯就像看一出戏一样，看着艾玛打开信，看完后又塞到信封里。她走出邮局的时候，步子总是要比来的时候轻快许多。

信从大洋那边寄过来，通常要两周。虽然自医生走后到目前为止，每天都会有一封信寄来，但艾里斯还是担心忽然哪天邮箱就会空了。当然，邮件延误是常有的事情，艾里斯已经为这件事想好了半打理由。她永远也忘不了费切医生临走的那一天，她就坐在邮局的凳子上，看着他在大厅里走来走去，双手插在兜里，也不像是要寄信的样子。

“詹姆斯小姐。”终于，他开口了。

她走到柜台窗口前，看到台子上搁了一封信，他的手压在上面，似乎想寄又生怕信被她拿走。她抬头看着他。

“我……”他看着自己的手欲言又止，艾里斯不知道说什么好。接着，他摇摇头，身子朝前倾。“这是给我妻子的。”他说，“要是我死了的话……”

艾里斯盯着他，等他把话说完。他还是没有抬眼望她，始终盯着那信。“你要确保她能收到这封信。”他像是在解释什么。

“好的。”艾里斯只能这么回答。然后他抬起头来，迎着她的目光，微笑了。

“还好你没拒绝我。”他感激地说。

“怎么会呢？”

他点点头，似乎还不想离开。“我还想问你一个事。”他说。

她不说话。

“要是我发生了什么意外，艾玛怎么接到消息呢？”

他的脸有点儿苍白，像是个生了病的大男孩。她思忖着如何回答他，他问的问题就像是一个病床上的孩子问出来的。他的眼睛里闪着灼热的光，掩盖了他的微笑，因为他心里正想象着最可怕的事情。

“要知道，我不是官方派出去的。”她还没来得及回答，他又说道，“我一个人单枪匹马，所以我很担心这个。比如说，一个人要是独自出国旅游，然后发生了什么事，怎么通知亲属呢？”

“发电报吧，我想。”她答道，“要是有什么事的话。”

威尔点点头，似乎满意了，至少觉得安心了不少。“那就是由你来通知了？”他问。

“嗯，要是有什么事的话。”她温柔地说，虽然她很不想说这句话。

“没关系的，我不在乎这个。”他摇摇头，很显然对她的善意有些不耐烦。

艾里斯猛地吸了口气。

他看着她说：“那么，你会盯着这事的。你对这里的每个人都上心。”

她没理会他的赞赏，从柜台的角落里掏出一包香烟来。医生点着了火，她俯身凑上去，闻到了他指间的墨水味道。

“艾玛不相信有人会关注她。”他合上打火机的盖子。

“什么？”

“‘关心’她，我应该用这个词。”

“什么意思？”

“她觉得，一个人在世上，要是既没了父母亲人，也没个爱人，那就没人会关心他了。别人眼里都看不见他，因为没必要。没人会关心他。”

“呃，”艾里斯说道，“说得倒也是。”

他摇摇头说：“可是刚才你说会帮我关心她的。”

“费切医生，我没跟你许这个诺。”她呼出一口气，盯着他看。

“反正，你说了。”他咧嘴笑了起来，露出可爱的表情，“而且我觉得你也不像表面上那么冷漠。”

艾里斯的眉毛稍稍抬了一下。

他脸上的微笑慢慢消失，握住艾里斯的手说：“帮我看着点儿艾玛，好吗？”

她点点头，也握住他的手说：“医生，祝你好运。”

“谢谢。”威尔轻轻说道，“太感谢了。”

她拿过他的信，放在抽屉里，和邮资簿夹在一起。这几个月来，它每天都在她的眼皮子底下出现，她每天看着信封上的字，简直比医生的妻子还要熟悉他的笔迹了。

她转过身，看着手里艾玛交给她的信。信封背面的封口处写了个“求你了”。她写的时候一定用手扶住信封了，因为指纹淡淡地按在封口处，像一个小小的幽灵。

艾里斯的心都要碎了——因为那么轻、那么整洁地印在信封上的指纹，还有那句“求你了”。求什么呢？艾里斯拿着信朝邮袋走去，心怦怦地跳起来。她从来没有为自己在这个系统中所扮演的角色如此伤感过。

自从那些应征入伍的人被送去佛罗里达或者佐治亚——反正结

尾是一个发“啊”的音的地方——艾里斯就会经常产生放弃职业道德的消极念头。比如约翰·戴姆灵的妻子每天忠实地写信给他，而他毫无回音的举动，就让艾里斯几次想要放弃自己的原则，在他妻子的信的背面添上一句：你没有负罪感吗?

“求你了”，一个妻子这样恳求她的丈夫。求什么呢？不知为什么，艾里斯很想让艾玛知道自己看见了这句话，但她的理智告诉自己：要保持沉默，忘掉这些，直到一切尘埃落定，静静地看着就好。确保信件安全地到达目的地，才是她的任务。

不管人们在大街上、自家屋檐下，或者在卧室里是副什么样子，来来往往的信件总是沉默的证人。作为邮政局长，她可以知道一切秘密。有些邮政局长会沉迷在这些秘密中，就像偷看了禁书一样屏息凝神，乐此不疲；有些则忍受不了保守秘密的痛苦，选择了逃避。而艾里斯，只是对每一个来寄信的人报以微笑，然后转身把他们的信丢进邮袋里。她看着眼前发生的一切，但是从来不多说什么。一切信任都建立在她的沉默之上。她知道这个镇上没有人会想到她会泄露什么。一般来说，人们总是认为像她这个年纪的老处女不会看那些明信片，不会注意回邮地址，不会对窥探别人的隐私有兴趣。不管怎么说，她始终坚守自己的职业道德和原则。

她拿着信，在心里祈求：“求你了，上帝。”她把信扔进邮袋，然后系好这最后一袋信，锁上门。她摇摇头，知道工作总得这么做。

“接下来还有事要做。”艾里斯提醒自己。她解开新到的邮袋，看到里面有西尔斯公司的产品目录，还有另外两封信。她想也没想就把其中一封扔进了艾玛·费切空荡荡的邮箱。

第十二章

1941 年 春

死亡盘旋在那里的时间太长了，已经失去了最初震慑人们的威力。几乎每户人家都有关于死亡的故事——伦敦市中心堆积着上千具尸体。

从一开始，希特勒就在挑衅着伦敦的神经。1 月有三个晚上连续轰炸，紧接着整整一个星期没有动静。然后更猛烈的轰炸来了，然后又是没有声响。进入 3 月后，很久很久没有动静，泰晤士河岸的黄水仙和青草都开始发芽了，谁知突然又来了一次。整个 4 月都平安无事，然后 5 月的一个周三和周六轰炸又开始了，而且比哪次都猛烈。莫罗曾经开玩笑说："得穿着自己最好的衣服睡觉，免得明天早晨起来时发现衣橱被炸飞了。"

自从 5 月的轰炸以后，每个人的心里都出现了阴影，街上人人加快步伐，时不时抬头看看天空。今晚会不会有呢？还是就这样结束了？谁也不知道。总之每个人上床睡觉前都做好了随时逃跑的准备。

“亲爱的——”艾玛读到这三个字时，抬头看了看四周——邮局大厅里空无一人，只有詹姆斯小姐在后面忙活。她这才放心地低下头继续读起来。艾玛昨晚睡得不错，虽然她的小腹微微隆起，但似乎显得比怀孕前更苗条、更消瘦了一点儿。

“今天早上天空是黄色的，是硝烟的黄色。红红的太阳好容易才露出脸来。树上全是衣服，这都是炸弹轰炸的结果。火还没有熄灭，他们要是再来的话，很容易就能找到攻击目标，这是一定的。昨晚我去了一趟伦敦市中心，看到码头和船坞那里全是穷人。德军轰炸得最厉害、进攻次数最多的就是那里。我一进入防空洞，就会凑过来一张张男男女女的脸。我弯下腰去，一边给他们测脉搏，一边跟他们交谈。虽然我是治病的医生，他们待我却好像亲人一般。这就是我要来这里的原因。这里如此美好，如此激励人心，如此完美——我亲爱的，这就是我想要的。”

她把信折起来，塞进包里。

“还好吧？”艾里斯从角落里走出来。

艾玛迟疑了一下。“嗯。”她安慰自己道，“他在那边还不错。”

“这是好事呀，艾玛。”

“我知道，”艾玛有些不悦，“这当然是好事啦。”有信至少说明他还活着，她知道艾里斯是这个意思。活着，而且还不错，很好。这是好事，当然是了——可是她累极了，厌烦了一直假装这件事是多么正确，厌烦了强颜欢笑。她现在只想待在这个邮局里，拖过一张椅子来坐下，随便詹姆斯小姐做她自己的事情去好了。她希望能坐在这里睡着，一直睡下去，直到孩子出世，威尔回来。

“他好像挺高兴的。”沉默了一会儿，艾玛说道。

“他喜欢自己正在做的事情。”艾里斯表示理解。

“是的，可是我呢？我天天坐在这里等信算是怎么回事？我每天就想着又有什么新消息，经常想得整个人都呆住了。我希望脑子里有个声音能时刻对我说‘没事’，或者提醒我‘这样不好’，否则我要怎么继续生活下去？”艾玛的脸红了，低下头去，“我希望当我面对噩耗的时候，上帝也会坐在那里为我哭泣。”

“你像是在演电影。”艾里斯克制住自己激动的声音。

“我知道这太傻了。”

“没有，真的。”艾里斯摇摇头，“不过你确实不该想那些事。”

“有时候保持沉默就好了。”艾玛凝视着艾里斯，在心里说，“很多人在父母的呵护下长大，时刻有两双眼睛盯着他。他们很难明白，消失是一件多么简单的事情。”

“哈里，你好。”艾里斯突然换了一种声音，朝艾玛身后打开的门说道。

艾玛直起身子，转过头去。

“艾里斯。”哈里回道，“你好，费切太太。”他走过来挨着她坐在柜台边。

艾玛听到自己的名字，泪水涌了上来。

“你已经够坚强的了。”他说。艾玛感激地看着他，点点头。他凑近了，拍拍她的手，然后把注意力转移到了艾里斯那里。

“今天怎么样？”他平静地问她。

艾玛听出来了，这话听上去很平淡，但是却满含暖意。

艾里斯伸手从口袋里掏出香烟，哈里点燃打火机，艾里斯凑了过去。

外面的街上，春芽已经冒了出来，柏油马路上汽车熙熙攘攘，不时传来自行车的铃声，草地上还有一对窃窃私语的情人。行人们嬉笑着走过，一个男人唱着歌，日影又移了一格。而在这邮局里，空气好像凝固了一般。一个女人长长地吐出第一口烟，给她点完烟的男人靠着柜台。他们之间隔着半米的距离，他的身边还有个她。

“再见。”艾玛匆匆地说。

“走好，艾玛。”艾里斯说。

艾玛出门前转身停下来。她看到詹姆斯小姐的胳膊支在柜台上，正在目送她离开。瓦勒先生转过身，背部抵着柜台，也在看着她。艾玛点点头，推开门，走下台阶，泪水滑出来，滚落了一地。

波切家的屋顶和烟囱浮现在眼前，后面是斯诺家，再后面，最高的那一个，是她自己家的房顶。夕阳照着水面，她转过脸去，不想看波光粼粼的港口。她一路朝家走去，一路看着这些小木屋。她知道镇上有许多人，世界上还有许多别的人，他们在流汗、在呐喊、在努力地维持生活，互相牵扯着。她一只脚踏上那个小教堂的红地毯的时候，就知道自己能融入他们，能撤掉所有的心防，不再孤独。因为虽然有很多人认为自己在这世上有许多牢不可破的牵挂，但她不这么认为。记忆里母亲的音容笑貌已经越来越模糊，关于弟弟，她也只记得他们曾经睡过同一张床，睡觉前她总是能听到他的呼吸。死亡轻轻地降临，只那么一瞬间，一切就都灰飞烟灭了。

前头，吉姆·汤姆朝她走来，他背上背了一个毯子卷，孩子裹在里面。艾玛踉跄了两步，低下头，希望他没看见自己。

“你好！”他招呼着，把帽子扯到耳边。他朝她站着的人行道走过来，她只好挥了挥手。

“你去哪里？”

“回家。”她的视线落在他肩上的重担上。

“想瞧瞧吗？”他斜了斜身子，这样可以让她凑近些，往他的毯子里瞥上两眼。艾玛看见婴儿张着嘴，睡着很香。

“很漂亮，是吧？”

艾玛点点头，盖好毯子。

“最近怎么样？”吉姆很近地看着她。

她给孩子掖掖毯子，仍然不敢看他。“还可以。”她答道。她朝镇上望去，想分散一下注意力，也希望此时最好能有什么人走过来，帮自己“解围”。可是，此刻街上一片寂静。

“你呢？过得好吗？”

“哦，我熬得住！”

“那很好。”艾玛象征性地鼓励了两句，朝前走了一步，想要离开，“听到你这么说可真好。”

“我送你一段路吧。”他提出，“我只要一直走路，她就会一直睡觉。”

“好吧。”艾玛答道，有点儿绝望地迈开步子。

“等等我。”他笑道。

她停了下来。

“男孩子们都很调皮，”他脚下一绊，身子向前扑了一下，“照顾小麦吉也有不少要操心的，所以我没什么时间去想死……”他的声音忽然低沉下去，艾玛没有看他。他从口袋里掏出一条手帕来，擤了擤鼻子。

“阿嚏！”他对着手帕狠狠地打了一个喷嚏。他摇摇头，擦了擦眼睛，转过头来看着她说：“对不起，我就是忽然想起来了。”

艾玛一动不动。

“很难捱，是吧？”吉姆把手帕塞回口袋，“对我们这些留下来的人来说。”

我们？艾玛心中无端升起一股怒气。“不好意思，”她转向他说，“威尔还没死。”

他停住了脚步，而她被心中的怒气驱动，径直朝前走去。太可怕了，太难受了，可是她装作不在乎。路边飘过来一些炊烟，还有温馨的交谈声传来，这一切都让她感到更加生气。她想：那次威尔根本不应该去。麦吉在生产前就有问题了，不是威尔的错。威尔谁也不欠，可是他非要把罪过揽在自己身上。家，哪里还有家？

她不知不觉走到了自己家门口，停了下来。她还记得来这里的第一天，她和威尔走到这里停下来，她朝房子望去的情景。她试图回忆当时看见那破旧的屋顶和褪色的窗棂时自己的心情，可她只能想起来威尔的手挽着她，拉着她朝前走的感觉。

“该刷刷漆了。”

她被这声音吓了一跳。

她在镇上看到的一个穿大衣的男人出现在她旁边。那个给瓦勒先生干活儿的德国人，就站在她身旁。

“该给这房子重新刷漆了。”他又说了一遍。

他说英文时很慢，显得小心翼翼。

她皱起眉头问：“什么？”

他指着窗户，没再说话。的确，窗板和窗棂上的油漆都剥落了，露出木头本来的颜色。

“这样木头很容易烂。”他说得更慢了。

她点点头，两个人就这样站在那里盯着房子。

“要是我就用纯白色。”他接着说道，“远就能看见。”

“很远就能看见。”她条件反射地纠正道。

“这活儿我可以干。”

“哦。”她差点儿笑出来。她转身看着他，全明白了——他是来找工作的，他也得混口饭吃。

“可我现在没法弄这个。我先生不在家，我——我没有钱。”她敷衍道。整修房子需要不少钱，威尔以前跟她谈起过这些。

“那就再说吧。”面前的这个男人有着深邃的蓝眼睛，一笑眼睛就微微眯起来。

“我是说我没法刷房子。”她的脸红了。

“没事啊。”他朝她微微欠身，“没关系的。”说完，他朝镇子的方向走去。

她转过身来看着他走远，然后推开门。刚才她想要叫住他，差点儿就张口了，但最终还是没有出声。

“嗨！”她像往常一样，一回来就对着空荡荡的屋子叫道。“嗨！”一只盘子“回答”了她一声。

她直接朝后面的厨房走去。窗外，晚归的渔船徐徐驶入码头，她靠在水槽前，凝神朝外望去。

房子是该刷刷油漆了。艾玛拿起水壶走到水槽边，灌满冷水。把水壶放在炉子上。她掏出香烟来，点燃火柴，想着那个外国佬说的话。德国人说，要把房子刷得老远就能看见，这样回家的人就不用像童话故事里的汉森那样用扔面包屑的方法寻找回家的路了。火柴已经烧到了手，她连忙把它扔了。

“威尔。”她吐了口气，小声说道。

她离开窗子，走到厅里，看到收音机上的指示灯闪着绿荧荧的光，信号很好。

此刻，她无比渴望地扭开收音机，希望能听到威尔的声音，听到他在喊："艾玛，艾玛。"她吸了吸鼻子，转了一下旋钮，一个声音传了出来，充满了空荡荡的屋子。此刻，她渴望听到有人说话，不管是谁的声音都好。

"'让自己的心保持敏锐，用它去体会。'这是我的母亲在信上说的。"一个女人的声音慢慢地从收音机里传出来，"可是，怎么才能让自己的心敏锐呢？每天早晨醒来，一切都很安静，整个城市陷入一片宁静，就像被盖了一块布的鸟笼子。恐惧已经控制了一切。'保持镇定，勇往直前。'城市里到处都是这样的标语，就连断壁残垣上也写着这样的话，虽然它们已经残缺不全。"

艾玛屏住呼吸，摸到开关，打开灯，就这样站在收音机面前。她双臂交叉，心跳得厉害。

"在上个世纪一些伟大的小说里曾经提到过，"收音机里的弗兰基·巴德接着说道，"总有一天我们能够战胜这些侵略者，能够穿过战火的阴影，教孩子们认字读书。总有一天，一切都会平静下来。而现在，我们该用什么来描述这疯狂的炸弹和嘈杂的天空？有一件事能够最快地改变人类对上帝的信仰——一个曾是如此坚定的信仰——那就是战争。我们不知道自己是怎样从床上惊醒，也不知道自己是怎么死的，更不知道如何侥幸逃生。什么都来不及想，故事的逻辑再不同于以往。一片混乱中，乐曲仍在演奏，但音符却四散开来，不管你愿不愿意……"

"闭嘴！"艾玛对着收音机上的指示灯喊道，"你能不能别说了？"

第十三章

5月10日，德军处心积虑地在5个小时内在伦敦投下了100枚炸弹，进行疯狂轰炸。一时间，火光四起，到处都是哭号声，那些平日里还残存的一点儿宁静也全都不复存在了。炸弹落在议会大厦旁，大本钟、威斯敏斯特大教堂被火光映红，无数民居在这火光中消失。

10日的轰炸已经过去一个星期了。从10日以来，威尔就一直在超负荷工作。每次他正要上床时，就会听到哪里传来了空袭警报声。所以现在他只有一个念头——上床睡觉。

威尔揉了揉眼睛，看了一眼正在给艾玛写的信。他想睡觉，他得在自己的床上躺一会儿。外面响起了枪炮声，远处还有熟悉的警报声。“也许今晚炸弹只轰炸一个地方，我能在家里多待一会儿。”他这样想着，朝自己的床看了一眼。警报声又近了一点儿，离他住的地方好像只有三个街区了。“看来今晚要是想睡觉的话，还是得去防空洞。”他嘟囔着，伸了一个懒腰。

他低头看了一眼信。“亲爱的艾玛”，上面写着，他想把今晚回家路上脑子里浮现出的奇怪景象讲给她听，但是不知道该如何写下去了。“我亲爱的，晚安。我保证明天会再给你写信的。”他在信上写下这句话，折好后放进信封里，封上口。“艾玛·费切。”他在信封上写道，“美国马萨诸塞州弗兰克林镇329信箱。”他把信塞进夹克的口袋里时，第三次警报响了，这次是在北边不远处。他把火柴和香烟放进口袋里，起身拿起自己的帽子。

“费切医生，”房东菲利普斯太太在门外喊道，“第三遍警报响了。”

“哦，我还没睡呢，谢谢提醒。”威尔打开门，冲着房东太太跑下楼梯的背影喊道。他转身到床边，拿起毯子，依依不舍地望了望枕头。

大街上，人们匆匆地朝街角的防空洞跑去。现在就像10日那天一样，头顶上密密麻麻全是“嗡嗡”叫的飞机。北边火光冲天，炸弹在很近的地方呼啸而过，威尔觉得心都要跳出来了。他被人撞了一下，踉跄了几步，扑倒在广播大厦的墙上。稍稍缓过一口气来，他开始朝着肯辛顿海伊街跑去，他觉得那里的防空洞可能还有空地儿。

他跑进防空洞后，立刻放慢了脚步。防空洞里有很多房间，有些房间亮着灯，有些是黑的。威尔走过前面两个，发现里面已经挤满了人。在第三个房间，他看到了一个角落，连忙挤进去，坐下来喘口气。“这里好歹安全一点儿。”他想着，在地上伸直了腿，“总算有个地方能睡觉了。”

可是很快，他就发现这里难闻的气味儿和弥漫着的恐怖气氛让自己根本没法入睡。接连又响了两遍警报，声音离得很近，吵得很。

虽然威尔现在在地下五六米的地方，但轰炸开始时他还是下意识地埋下了头。轰炸持续了15秒后停止了。威尔直起身子，想要站起来，可是他太累了，双腿挪也挪不动，有一半身子已经进入了睡眠状态。

有人在哄哭闹的孩子，有人裹在毯子里紧紧地贴在一起，陆续有人进来寻找栖身之所。又来了一个人，是一个高个子的金发女郎。她在人群里好不容易才找到一点儿地方，坐了下来。她头靠在墙上，闭上眼睛坐了好一会儿，然后直起身子，脱下毛衣塞在身子下面。

她是那种每个男人看了都会心动的女人，也就是一笑就能倾国倾城的那种。威尔欣赏着她伸直的纤细的长腿，美妙的脚踝。金发，但是不笨，也过了鬼混的年纪——威尔觉得她肯定知道自己的这些优势，但是从不会去刻意利用，就像艾玛。

艾玛这个名字在他胸口唤起一阵暖意，他闭上眼睛靠在墙上。“艾玛。”他又在心里唤了一声。“艾玛，艾玛！”这声音在他的胸中低吼，唤起了一些记忆——她的头靠在他的肩上，她细细的头发打着卷儿堆在瘦弱的脖子上，她把窄窄的皮带束在腰间。但是，他竟然快要想不起来她的脸了。他带了一张结婚那天他们俩的合影，可是离家越久，照片上的两个人就显得越陌生——一个长得还算不错的小伙子，身边站着一个漂亮的女孩子。那女孩像是听了别人的鼓励似的，高高扬起柔软的小下巴。

最近，威尔经常会有一个荒唐的念头，他觉得照片上那个棕色头发、棕色眼睛的女孩已经取代了他心中那个活生生的艾玛。他很害怕自己有这样的念头。可是，现在每当别人问起她的时候，他发现自己只会说：“棕色头发，棕色眼睛……”

他点燃一根火柴，凑到烟上，然后猛地将火柴折断。上帝，他现在觉得艾玛就像是童话里的姑娘。 哦，她已经不是姑娘了，他们有了肌肤之亲。他还记得，艾玛羞红了脸问他，托尔斯泰是不是真的想写那个——做爱。当她纠缠于这两个字之中时，显得格外忧郁，可是在黑暗里，她又非常柔软，不停地在他的身下扭动，他好像现在就能感觉得到。

现在，他脑子里不断浮现的不是她的脸，而是她背部的曲线、她的裙子、她的皮带、她的小帽子柔软的皮边。他还记得自己如何在派对上第一次走近她，记得他向她求婚时她没有转身跑开，没有说一个字，就那么靠向他，完全信任地将自己交给站在那里的他。

他睁开眼睛，站了起来。他意识到现在自己是在一个离她有几千公里，头顶上便是德军轰炸机的防空洞里。每一分每一秒，他都面临失去她的危险。他知道，自己一直在照料那些受伤的、快要死去的人，然后晚上的时候在街上的女人中搜寻艾玛的面孔。有个女人在回眸，有个女人的头发滑落在肩头，虽然她们都不是艾玛，但可以让他拾起艾玛给自己的爱的记忆。他这样做是因为自己有一个疯狂的念头，那就是认为只要这样不断地寻找，就能让艾玛在某种意义上庇佑他。她的脸，那张他自己已经不能完全回忆起来的脸，已经成为他对付炸弹的一个护身符。

“你要死在那里吗？”他出发的前夜，艾玛冷静地问他。她扬着坚毅的下巴，深邃的目光望着他。

“说什么呢！”他把她拉向自己，手臂环绕在她背后，贴着她的身体。身后，厨房的龙头滴滴答答地在滴水。

“可是你要去那里。”她的脸贴在他的衬衫上，“如果死了——

我是说如果——也是白死。”

“别说傻话了。”他站直身子，捧起她的脸，凑到它跟前。

她没有答话。他抓紧了她的胳膊，她看着他。“不是傻话。”她从他的手中挣脱出来，“干吗要去送死？让英国人自生自灭好了！”

“艾玛……”

“你这样做又有什么用呢？不应该这样！不是这样！这样补偿不了什么，威尔。”她冷静得可怕，“那一切不是你的错。就是这样。”

他在黑暗里转了个身。“不应该。不是。”那些话对他来说没有用。他还是来到了这里，在这炮火中找寻到了另外一片天空。在这里，一切都变得明白起来，更让他觉得麦吉的死因就像一加一等于二那么简单。虽然他自我救赎的念头简单而幼稚，但他已经通过做这件事醒悟了——每个人都热情而又简单地活着，直到死亡的那一刻。死亡后，一切就消失了，没有什么能够替代。他在这里见过无数垂死的人，他明白这是怎么回事。他刚才想在信里对艾玛说的是：他现在很快乐，比任何时候都快乐。可是，他不能这么说。因为他不能对自己珍惜的人说这样的话，尤其不能对艾玛——遥远的艾玛——说。

虽然每天吃完晚饭他都给她写信，但他发现自己有好多话不能在信里说，比如这里发生的事情，还有他是怎样地爱着她。因为既然他爱她，那么为什么要待在这里，而且还要再待半年？对这个问题，他没法回答。

他在家里的生活已经告一段落，关于这个问题，他要怎么跟她说才能不把她吓到？如果他回去了，那没有什么要紧，也就没有什么需要说明的问题了，可是他不能回去。

今夜，在从医院回家的路上，他忽然间意识到自己是跟在别人后面乱走。在黑暗中，他看不见人，只能看到别人的烟头；他看不到别人的脸，但是能听到他们说话的声音，还有脚步声。黑暗中那些小小的亮光朝前移动着，那是一些抽着好彩牌香烟的人。他们活着，又死去，所有人——所有的好彩。当时他差点儿大哭起来。

坐在黑暗中，他把手插进口袋里，摸到了写给艾玛的信，它还在。他得先把它寄出去。也许明天他能在信上说清楚那个问题，而不是说："我们都是一根香烟罢了。"

"你有火吗?"

"哦!"他吓了一跳。

那个金发美腿的女郎站到了他面前，他都没看到她是怎么过来的。

"你是美国人?"她看着他，嬉笑道。

"是的。"他缓缓地站起来。

她发现他是个个子很高的人，有一张和善的脸，身子骨不错——要是她妈妈在，一定会这么说——是个挺好的小伙子。

他找出火柴来，准备给她把烟点着。她凑近了，用手围住火光。他皱皱的夹克在这昏暗的火光中亮了一下，她又朝他瞥了一眼，发现他正盯着自己看，好像在她浓密的头发或坚毅的下巴里发现了什么似的。

"想起了什么人?"

"没什么。"他笑了笑，熄灭了火柴。

他旁边还有空地，她用下巴指指那里问："我坐那里可以吗?"

"当然可以。"

"你可真有礼貌。"她坐了下来。这里离窗子要远一点儿，光线昏暗，她觉得自己好像在深深的山洞里。

他们身下的地突然晃了一下，一定是附近又落下了一颗炮弹。果然，爆炸声在瞬间传来，把枪声盖住了。然后，又是一颗炮弹落了下来。墙壁震动起来，空气似乎也在震动着想要冲出去。

“跟10日那天差不多了，是吧？”

“不。”她摇摇头，“连周三那次都比不上。”

“这里不会塌吧？”威尔静静地看着天花板，好像在对头上的德军战机透露什么秘密。

“当然不会。”她肯定地说。

“那就好。”

“呃，接下来会怎么样呢？”她面朝着他，干巴巴地问，“投降？”

“也许吧。”他望着她，“也不是没有可能。”

“我还以为你是那种誓死抵抗派呢！”她皱起了眉头。

“什么意思？”他听出了她话里戏谑的成分。

“你知道，就是那种斗争到底、誓不投降的人。”

“那你可看错了。”他笑了起来。

“是吗？”她在黑暗中微笑起来。

所有开始都是这样——先是看到一个穿戴整齐、长得不错的年轻男人，然后在谈话中发现他是一个怎样的人。弗兰基觉得这是人际交往中比较有意思的阶段。

她的声音很冷静，像是在播报新闻：“那什么是对的呢？”

他站了起来，烟头在黑暗中明灭。她看着他站在那里，伸直了疲惫的身子，伸出的手都快碰到天花板了。很显然他并没打算回答她的问题。

他慢慢地放下手臂，伸出右手自我介绍道：“我叫威尔·费切。”

“我叫弗兰基·巴德。”她也伸出手。

他吹了一声口哨，握住了她的手。

“你就是广播里的那个女孩？”

“是的。”她觉得他的手宽厚而温暖。

他放开她的手，在她身边坐下，继续蜷曲在黑暗的角落里。

“从来没想过会在这种地方见到你。”他说道，“你的声音总是从空中传来。”

“通常是这样。”她答道，“我很少来下面，这次也是偶然。不过我觉得这种时候还是在这里待着比较好，虽然我很讨厌这些恐怖的‘山洞’。”她耸耸肩膀。

“我也是。”他附和道，“你来这里多久了？”

“才一年。”

“为什么会来这里呢？”

“为什么？”她抬头狡黠地看着他。

“随便问问。”他收起腿，摇摇头，“就是有些好奇一个像你这样的女孩子怎么会来这种地方。”

“兄弟，我来这里是为了拯救世界——”她拉长了调子说道。

“你打算怎么拯救？”他笑了起来。

她换了个姿势，用手撑着他的肩膀，挪了挪膝盖，她的头发扫在他的身上。

“报道真相。”她的声音就像她的手一样轻柔，可是里面没有什么笑意。

“这样也能拯救世界？”

“当然可以。”弗兰基理直气壮地说。

威尔吹了一声口哨，说道：“呃，其实你也算成功了。你讲的故事让艾玛哭了。”

“你女朋友？”

“我妻子。”

“你家里有个妻子，还来这里干什么？”弗兰基扬起眉毛问。

他双手交叉抱在胸前，稍稍离她远了一点儿。

“我想，大概和你一样。”他说道，“不过没有拯救世界那么伟大。”

“是吗？”她稍稍直了直身子，把膝头的记事本朝前推了一下，“那是什么？”

“尽力帮助别人，做点儿有意义的事。”

她已经很久没有听到这种典型的美国人的话了。

“那很高尚啊。”她的语气稍稍带有点儿挑衅的意味，“我就是想做点儿实在的事。”

他朝她看了看，她回望了一眼。

“哼。”他说，“我才不相信。”

“为什么不信？”她抬起眼帘。

“就凭一个像你这样的女孩？”

“这叫什么话？”

“得了吧。”他嘲弄着，“你别开玩笑了。你一定住在一栋豪华的大房子里，门前的草坪上种着榆树。”

她咯咯地笑着说：“我家在纽约。”

“那肯定就是纽约的一栋大房子。”他坚持着。

她咧嘴一笑，承认道：“是的。”

有人睡到一半哭了起来，弗兰基这才意识到周围还有别人，连忙把记事本翻开。

她额头完美的曲线和高挺的鼻子让他不知怎么想起圣女斗士来，

就是那个以红唇为剑的狄安娜。她膝头的记事本——他看着她在黑暗中拿出一支笔像是要在上面写下什么——像是一面盾牌。

“不介意的话，我能问问你是做什么工作的吗？”弗兰基问。

威尔用下巴指指记事本说：“你是要采访我吗？”

“算是吧。”

他摇摇头说：“我没什么好讲的。”

“未必。”她放下笔，好像在等待什么。

“我是个医生。”

“什么医生？”

他犹豫了一下说：“家庭医生。我在家乡有自己的诊所。”

“你家在哪里呢？”

“马萨诸塞州，弗兰克林。”他好像很自信，朝她那边微微倾着身子，“‘五月花’号登陆的地方。”

“哪本历史书上写了？”

“野史记载的。”他咧嘴一笑，“他们在那里登陆，看了一眼海滩和路边被风吹弯的树，于是决定朝右走。”

“你说得很起劲嘛。”

“这是描述我们那里人的最好的方式了。”

“就是说，你们不是清教徒？”

他摇摇头。

“你的父母还健在吗？”

“不在了。”他的声音低沉下去。

“嘿，”她轻快地回答，“我随便问问。”

“家乡怎么样？”

“为什么这么问？”

“怎么不接着说下去呢?”她拾起铅笔，写下“家里发生过什么事”几个字，然后画了个圈把这句话圈起来，不停地描那个圈，越描越粗。

他能听到铅笔在纸上摩擦时发出的“沙沙”声，但是看不到那些大大小小没有意义的圈圈。他对她一天睡几个小时感到非常好奇。因为她似乎一直停不下来，有着用不完的精力，就像宾馆大堂里送信的男孩一样。

不知为何，他的这些想法让他觉得弗兰基更加神秘了——就在他格外思念艾玛，几乎要喊出声时，她忽然出现在他面前，以她特有的方式看着他，等着听他说话，并召唤着他。这种召唤不是动个不停的，而是基督徒式的宁静。

他在黑暗中稍稍离弗兰基远了一点儿，继续说：“就是个平常的小镇，科德角上最偏远的一个镇。”

“有多少人?”

“大概 500 人。夏天会增加一倍。”

她能感觉到他有点儿抗拒自己，因为即使是最简单的问题他也会采取回避的态度。她在采访他，但是不知道她到底想要问什么，于是只有这样问下去了，没有别的办法。你要是对一条路有了好奇心，那么就只能一直走下去，不管前面是什么，直到走到路的尽头。她意识到了自己的好奇，微微笑了一下。

“你却离开了那里的一切，来到了这里。”她低声地说。

他没有回答。

她抬起头，发现他正看着她。

“你和她一点儿都不一样。她的鼻子更小，鼻头圆圆的，而且她——”

弗兰基清了清嗓子，他抬眼迎向她的目光。

“对不起。”他立刻说道，“我不知不觉就养成这个习惯了。”

“盯着女人看？”

“不是看，是研究。”他有点儿腼腆地纠正道。他宽大的手掌平放在他的膝头，像是乖巧的小狗。

她点点头，望向别处。

“你大概很思念她。”

“我很害怕因为来这里而失去她。”

“胡说。”弗兰基立刻反驳道，“等你回家的时候，她肯定会好端端地在那里等着你，怪你为什么没给她买一件开司米，而是带了一条毛衣回去。”她想象着，觉得他的妻子是自己以前上学时班里经常有的那种穿及膝袜、很孩子气的小女生。

她说得一点儿都不像艾玛，威尔笑了起来。“艾玛才不会关心什么开司米。”他说。

这时，从他们左手边防空洞的最深处传来了呻吟声。威尔直起身子，侧耳倾听。只停了一秒钟，那低而长的声音就又从黑暗中传了过来，里面充满了女人的愉悦，还有男人的满足。然后，随着门关上的声音，什么都听不见了。

地道里沉寂的空气中充满了性爱的气息，大家忽然发现自己比刚才沉默了很多。他们沉默地听着那扇门还会不会发出声音，一起等待着，等待着还有呻吟声传来。

“天哪。”威尔叹了口气，又掏出两根香烟来。

“我不要了，谢谢。”弗兰基摇摇头。

他把一根香烟放回口袋里，然后用长长的手指在剩下的一根上弹了两下，叼在嘴里。他凑近她，她感觉到他的手握住了她的上臂。

“她的这里，”他平静地说，“总是让人想要摸一摸。”

弗兰基看着他，看着他抓住自己的那只手，他的手指几乎能圈住她的胳膊。

感受到她的颤抖，那只手放开了，并从自己的口袋里摸出火柴来。

“遇见你很有趣。”他说着，擦亮了火柴。

“怎么说？”

他把火柴放回口袋，清了清嗓子说：“前几个月刚听过你讲故事，一个男孩的故事。”

她点点头，眼睛盯着他香烟上的火光。

“一场轰炸之后，一个男孩。”他接着说道，“你送他回家。”

“是的。”她说，“那孩子叫比利。是这个故事。”

“是个好故事。”威尔说道。

“一个好故事？”她叹了口气，“对我来说可一点儿都不好。”

“为什么？”

“太可怕。”弗兰基吐了口气，“我的声音都颤抖了。”

“那又怎么样？”

“我太容易情绪化了。新闻不应该掺杂感情色彩。”

“呃，这个我不懂。”威尔答道，“可是我们都被深深地打动了。你的故事让我们坐在那里思考接下来会怎样。”

他稍稍停了一下，因为接下来发生的就是麦吉那件事。空袭中的那个男孩在他心里已经成为确认麦吉死亡的时间坐标了。他轻轻抖了一下，问：“你知道他后来怎么样了吗？”

“不知道。”她答道，“后来我搬走了，就不知道了。”

“他一定很难过。不知道他现在好不好。”

她没有答话。事实上，过去的半年，她有好几次经过比利的家，很希望能在那里看到他。可是，他就这样消失了。

她有点儿不舒服地朝前伸直了腿，脚却碰到了一个软软的东西，连忙缩了回来。

“你的故事能让人去思考故事里我们没有看见的那部分，”他继续说，“也就是那些故事外的故事。你把一个如此真实的男孩带到我们面前，虽然故事结束了，我们永远不会知道结局，但我们仍然会去思考，思考故事里的那些人以后会怎么样。那个男孩就像一粒种子一样落在我们的心中，生根发芽，让我们没法不去想他。”

弗兰基的心平稳而有力地跳动着。她不喜欢他这样说，她想离开，可是他的声音——带着她熟悉的哈佛的印记，还有那片她赖以养活自己的土地的气息——让她欲罢不能。他不会停止，而她也无法拒绝他。

“你一定很坚强。”他接着说道，“如果有什么事情搞不明白，我绝对没法忍受。”

“呃，没什么忍受不忍受的。”弗兰基看了他一眼，有些恼怒地说道，“我只是播报事实。我看，我听，然后说出事实。这是我的工作。说出来，传播出去，就是这样。”

“的确如此。”他的语气听起来远没有这句话本身那么肯定。

她看着他说：“听着，摆脱目前这一切的唯一办法就是全都说出来，说出每时每刻发生了什么。而说出一切的办法就是保持前进和说话的姿态。”

他看着她，头偏向一边，似乎在用一个听诊器听什么。

“你是要熬过什么吗？”

她微微停顿了一下，在片刻的错愕中走了一下神儿。

她耸耸肩说："也许是要熬过这一切乱七八糟的东西吧。"

"你为什么想要逃离这里呢?"他不紧不慢地问。

"我没有想逃离这里。"她焦躁不安地朝着他肩膀的方向说，"我一直在这里，好不好？我想在这里目睹一切，然后就能——哦，上帝！算了，不说了。"

"就能怎样?"他追问道。

她没有回答。

他作罢了，靠回到墙上。

"我经常站在大哭的人群和那些令人作呕的味道中间，有时甚至就站在人间和地狱的中间。所以我得转过脸，藏起我的笑容。我笑，是因为这里的一切都那么有意义。"他平静地说，"一切都有意义。"

"这跟有没有意义有什么关系?"她瞥了他一眼。

"有，"他对她说，"有关系的。"

"胡扯。"她生气地反驳，"这里到处都像地狱，不，就是地狱！哪里都是！每天晚上都会发生不可思议的可怕故事——一个男人叫他的儿子跑到自己身边来，认为这样比较安全，谁知孩子跑过来，在和父亲相差不到 20 步的时候，被一颗炸弹给炸飞了……"

"你在旁边亲眼目睹了这些?"

她皱起了眉头。

"没错，这里全是这样的故事。我说的就是这个，你也看到了。"威尔继续说着在弗兰基看来没头没脑的话。

"不懂你在说什么。"她摇摇头。

"听着，我来这里是因为我有着自己古怪的逻辑——我负责接生的一个女人死了，我觉得自己得去一个能贡献最大力量的地方，阻止更多的死亡发生。而你没有。”

“我没有什么?”

“你没有阻止任何事情。你一直在一旁袖手旁观。”他很有把握地说着，空气里开始有了火药的味道。弗兰基在威尔看似平淡的语气中听出了这样的气氛。

“哦，上帝。”她挪开了身子。威尔无端的激动让她觉得有点儿窘。她记得父亲喝醉酒的时候经常会用这样的语气说话。被酒精和热血冲昏了头脑的他会大骂一些政客，或者疯狂地手舞足蹈一阵。她曾经很多次为父亲的这种行为感到羞愧。她朝旁边的黑暗望去。此时，关于父亲的记忆全都涌了上来，苍白而突然。她的父亲，对她来说是一个具有毁灭性的伤痛。

“自从我来到这里，”威尔接着兴奋地说道，“每天都要去医院的病房工作，没日没夜地治病救人。我不停地工作，像一架机器一样在病床边运转——测心跳、量体温、打针、包扎伤口、认真地记录什么人用多少药。一个月之后，我工作的时间更长了，比任何一个医生治疗的病人都多。但病人还是没完没了地送进来，每天都是如此。不管我做什么，都不停地有人死去。有一天，我给一个孩子听诊，等我抬起头来时，忽然松了一口气，感到解脱了。我意识到：管它前面是什么，尽管来吧。眼下就是这样了，我们都处在这混乱里，没有办法了。我就是一种声音、一双手，我不是什么人的儿子，不是什么人的丈夫，我是一个没有名字的家伙，但却是至关重要的。也许我就是一根好彩香烟，我……”

“好了，听着!”弗兰基打断了他，因为他那兴奋的声音让她有些气恼，“人们现在越来越习惯接受谎言而不是事实。我们不能不管前面是什么，就这么混日子。主动地朝前看，事情就会变得不一样。”

“巴德小姐，我这不正在看吗?”威尔望着她的眼睛，冷静地答道，“你无法阻止这些，没法改变将要发生的一切。去试试看？想都别想!”

弗兰基不耐烦地叹了口气，撑着地板站了起来。她得活动活动，呼吸一点儿新鲜空气，也见见光。裙子后面的纽扣开了，她重新扣紧，并弯下腰来拾起皱成一团的毛衣。她从威尔旁边拿起自己的包。他一动没动。

“要是在 1939 年人们就对问题给予足够多的重视，”她忽然说道，“现在我们就不会坐在这黑乎乎的洞里躲炸弹了。”

“坐在别的地方也是一样。”

“比如你可以和妻子一道坐在家里。”

“是的，是的。”他伤心地答道，“和我的妻子一道。”

防空洞的门打开了，悠长高亢的警报解除声像第一道曙光般照了进来。她把包套在身上，挎在胸前，忽然觉得很想哭。

“你得回家去。”她小心地说，“这才是最要紧的。”

“我不知道。”他站起来，伸出手。

弗兰基犹豫了一下，伸出手和他匆匆地握了握，然后就随着醒来的人流走出了防空洞，走进了微微泛蓝的晨曦中。

她在防空洞外的人行道上站了一会儿，背对着这美丽的早晨。现在才 5 点钟，街上的路灯忽然熄灭，然后又亮了起来。不管世事如何，季节照常更替，这依旧是一个 5 月末的伦敦的早晨。

“5 月末的伦敦”——在学校的那些日子，这个短语通常会让人想起下午茶、草莓，还有作家亨利·詹姆斯。在英国蓝蓝的界限下，一切文明都被保存得如此之好。但是现在，眼前尽是冒烟的大楼、燃烧的废墟，只能让人想起《道林·格雷》或者《达洛薇夫人》，觉得书中的主人公很快就会从那些窗户的后面走到广场上来，栩栩如生。

弗兰基想得差不多了，开始注意到广场上一座落了一片迫击炮碎片的房子，它的样子像是被咬了一口。

“再见。”威尔在她身后说道，“我还会收听你的节目的。”

“再见。”她冲他点点头，目送他轻快地转身，朝着维尔莫特街牛津圆环站那边走去。

她记得他一手扶着帽子，衣服扣得整整齐齐地贴着身子的样子。她能感觉到，当他离开的时候，自己是多么释然。上帝，他竟让她如此心痒难耐。她是怎么了？她拉了一下胸口的包带，站在这地面上，为自己想要尾随他而去的冲动感到尴尬。她不禁颤抖起来。是因为下面太黑了，他们靠得太近了吗？他的声音就在她旁边，钻进她的耳朵里，像一个赶不走的幽灵，是美国的声音。走到这地面上来，站在这熟悉的废墟中，她仿佛才找回了一点点自我。

威尔快要走到街角了，她遏制住自己突然想要追上去喊住他的冲动，又站了一会儿，一直看着他。在远处的街角，男男女女正在穿过马路，看样子要下雨了。他对面的一个女人抱着一个孩子走了过来。

然后发生的事情，弗兰基就记不清了。威尔好像看了那女人一眼，仿佛认识她一般。因为看了这一眼，他没有注意到一辆疾驰的黑色出租车开了过来。弗兰基尖叫着朝前跨了一步，从防空洞里走出来的其他人都转过身来，看着那个高大的男人被撞飞的样子——他们全都眼睁睁地看着这一切，猜测他会怎么落下来，还能不能活着。他背部朝下，狠狠地摔在地上，身体就像是一只泄了气的口袋。

一阵急刹车的声音传来，车子朝威尔落下来的地方滑了几英寸。司机手扶方向盘，呆呆地坐在车里。

弗兰基跑过街道，大声喊着："该死的，你不是能刹住车吗？"她跑到威尔身边，俯下身子看去。他的鼻子撞折了，骨头都露了出来，脸上全是血，已经面部全非。他越过她的肩膀，看着天空。弗兰基想要用手抹去那些血，可是太多了，他的脸上全是她的手印。她想要撕下裙子来擦，可是血越涌越多，他脸上的手印很快就被血冲掉了。他的眼睛一张一合，他在呻吟着。

除了他的鼻子，弗兰基看不到别的伤口，可是从他的呼吸里，弗兰基听出来他的身体好像正在慢慢地漏气一般。

"我该怎么办？怎么办啊？"出租车司机从车里出来了。

弗兰基抬起头，见周围全是疲惫的面孔，他们站在那里看着威尔躺在地上。在他们身后，全是嘈杂的汽车鸣笛声。在死亡人数逐渐上万，到处都是烧焦的尸体的今天，人们对车祸不再关心，这种事和他们不相干。因为是这个男人自己不小心，这跟战争没有关系。他们没法帮他。弗兰基头上传来他们的议论声，唧唧喳喳就像鸟群。

"去叫救护车。"弗兰基喊道，"谁能叫一下救护车？"

威尔发出了一声清清喉咙的声音。这时他的嘴里也开始涌出血来，弗兰基一阵眩晕。

"上帝啊。"出租车司机喃喃道。

弗兰基用手扶住威尔，朝司机喊道："快过来帮我！"司机弯下腰，他们两个半拖半抱，把威尔挪到她的怀里。她让他的脑袋枕在自己的胳膊肘上，看着死亡的阴影爬上他的脸庞。她的膝头也全是鲜血，但她还是不知道这血是从哪里涌出来的。她抱住威尔，免得他太冷。救护车呼啸而来，穿过牛津街而去，没有人去叫救护车。

出租车司机给了她一样东西——一封信。她望着司机。“在街上，那里。”他指着一个地方说，“我想应该是他的信。”她看了一眼地址，塞进口袋里，看到威尔正看着她。

“没事的。”她平静地对他说，虽然她知道他听不到她说什么，“我在这里。”她一只手搭在他的额头上，一只手捂在他的胸口，渐渐感觉不到他的心跳。

第十四章

救护车载着威尔远去，弗兰基坐在路边，脑子里回想着不久前发生的事——他在黑暗里坐在她的身边，在这早晨和那出租车出现之前。

伦敦的早晨渐渐呈现在眼前，她身边围拢的人群也慢慢散去了，街上来来往往地多了许多出租车。她在那里坐了 10 分钟、20 分钟、30 分钟……始终没有站起来。

街对面的小花园里，黄色水仙花上的露珠滑落在草丛里，打开的窗户里传来婴儿的啼哭声，路上不停地有人地走过，路边有间房子的门“咣当”一声打开了，她裙子上的血全都干了。终于，她站起来朝家走去。

到了下午 4 点，变天了，开始下起了毛毛雨。弗兰基醒了，心怦怦直跳。她的单人房里，高高窗台上一只破花盆里的天竺葵正对着她。她打了个寒战，撑起了身子。对天竺葵来说，屋子里还是和以前没有人住一样。她的心跳渐渐平稳下来。她下了床，坐在打字机前。

也许这会儿已经确认好医生的身份，开始往他的家乡发电报了，发到马萨诸塞州的某个邮局里。从波士顿到科德角，再到弗兰克林，电报再交给一个人。弗兰基想象着会是谁来把这个消息告诉医生的妻子，可是她想不出来那个镇子、那里的人以及医生的妻子究竟是什么样。她的脑海里只有一只手，抓着电报，抓着这个消息。

她从下面的抽屉里抽出一张纸来，放进打字机里，转动了几下，把纸卷好。“5 月 18 日，”她敲道，“伦敦。”

“我们以为自己知道。”她慢慢地用字说话，“我们以为自己知道这故事：一个男人和一个女人，坐在黑暗中肮脏的防空洞里。他们的头顶上有炸弹，这是战争时期。以前也打过仗，所以我们以为自己听说过很多类似的故事。”

她停了下来，读了一遍这纸上出现的两行字，然后接着写：“我们读过海明威，也读过海明威和玛莎·盖尔霍恩的故事，我们觉得自己知道谁会死亡，谁是英雄，谁会爱上谁。可是，不论是爱情故事还是战争故事，写的都是在应该朝左看的时候我们却朝右看的事实。这就是——”

弗兰基写不下去了，她拧了三下，把纸从打字机上拿下来。这些文字她不会拿出去给别人看的，她知道自己不会的。她当然不会给莫罗看，更不会给马克斯·普勒斯科特看。对于初写者来说，她知道自己在写什么吗？写一个理想主义者的死亡？还是写一个好孩子的离世？

她站了起来，又读了一遍纸上的字。没什么好说的了，一夜之间会死很多人，她只想写这一个。今天早晨有个男人死于一场事故，他是一个认为这一切混乱中仍有意义存在的男人，一个在空袭中仍然觉得快乐的男人。她揉揉眼睛，想着站在大洋彼岸的马克斯会怎么说。“该死，弗兰基，这是什么故事啊?”他一定会这么说的。

她感到下身涌出一团血来，然后又是一团。“天哪!”她把手捂在腿间，以防血滴落在房东的地毯上，然后三步并作两步跳进卫生间。她找到高洁丝卫生巾和一条干净的内裤，把污秽的那条扔到门边泡着一堆脏衣服的水槽里。她往水槽里又放了点儿水，龙头吱吱作响。她拿了个杯子接了一杯水浇在天竺葵上，叶子上立刻散发出一股清新的味道，这让她想起来夏天的时候在母亲的花园里。“母亲一定会喜欢威尔·费切的。”她这样想着，轻轻地放下杯子，朝窗外望了一眼。她看见斜斜的屋顶被英伦的雨水冲刷得光洁黑亮。快5点时，她迅速换好衣服，关上窗户，走出家门。

屋外，雾气钻进皮肤里来，让她觉得安全一些，好像在这样的天气里，炸弹就没法爆炸似的。走过了两三个街区，她意识到自己被淋湿了，路上行人撑开的雨伞像一个个黑色的气球。她推开洗衣店的门，不知道该如何解释衣服上的那些血渍。

“这个不用担心!”小巧的蒂尔夫人一把掳过她的裙子和上衣说，“保证很快就洗好。”

弗兰基转身快要走出去时，背后传来了蒂尔夫人的声音：“这是什么?”

她手里拿着威尔·费切的信，是从裙子口袋里拿出来的。

“谢谢。”弗兰基看都没看就把信塞进了口袋里。

建筑物外墙都氤氲着湿漉漉的春雨。对弗兰基来说，广播大厦总像是突然冒出来的一样。它就像是一个堡垒，本来被沙袋筑成的壕沟包围着，却突然就露了出来。

弗兰基看了看门外的青草，推开旋转门走进大厅，朝防空播音室和厨房共用的那层走去。楼上是档案室和办公室，其他人在那里工作。弗兰基走上大楼中央铺着油毡的楼梯，周围全是嘈杂的人声。大家在相互打着招呼："你好，弗兰基！""你好。"她在自己的同胞之间奋力地挤着，就好像要游出水面的鱼一样。

"你的样子看起来可真糟糕。"她溜进办公室，莫罗站在桌子旁边对她说道。

"没什么。"弗兰基挤出一个笑容，把大衣挂在门口他的衣服上面。

"怎么了？"

"今天早晨有个男人死了。"

她转过身来，没去看他。莫罗盯着她问："你认识的人？"

弗兰基摇摇头说："昨晚在防空洞里遇到的人。"

他皱起了眉头，好像在想什么。

"嘿！"她脸红了，"不是那样的。他是个美国人，我们聊了一会儿。今天早晨他过马路时没注意，被车给撞了。"

"太可怕了。"

弗兰基抬起头。"是啊。"她说，"他家里还有一个妻子。"

"太可怕了。"莫罗又说了一遍。他指了指自己面前的椅子，她一屁股跌坐进去。

"好点儿没？"他看着她。

她点点头。

"瞧这个。"他递过来一份纽约办公室发来的电报，声音很兴奋，这让她不禁在看电报前先朝他看了一眼。

她看完电报，莫罗说："现在有理由告诉大家真相了——谁被拒绝进入美国，逃难的又都是些什么人。”

顿时，一种接受任务时的激动涌遍了弗兰基全身，这种兴奋让她一时忘记了威尔的离开。“我什么时候去？”弗兰基朝前倾着身子。

他笑着说：“越快越好。”

“马上就出发。”

“好，”他说，“那就出发吧。”

她站起来，接过记者通行证，有了这个她就能自由穿行法国、德国等欧洲国家了。记者证上盖着一个法语戳记，上面的字是“记者通行”。有效期自1941年5月19日至6月9日；姓名是马勒·巴德·弗兰基；国籍：美国。职业也是用法语写的——哥伦比亚广播公司撰稿人。

“弗兰基，我给你3周的时间。你到达柏林大概需要两三天的时间，然后再用5天的时间从柏林到法国的斯特拉斯堡。在从德国去法国的路上，你可以采访很多人，故事就是这样搜集来的。他们说什么语言都没关系，你只要带着他们的故事回来就行了，你就是观众的眼睛和耳朵，你也是翻译。这些故事之所以能够呈现，就是因为你的在场。”

“好的。”她几乎不相信自己有这么好的运气。

“我还要给你一样东西。”莫罗指着桌子上一个像手摇唱片机一样的木头箱子说。

“这就是那个便携式——”弗兰基皱起眉头。

“有什么问题吗？”

“看起来重得要死。”

“大概有10公斤。”他承认道，“虽然里面是铁，但外壳做成了木头的，已经减轻很多重量了。”

“好用吗？”

“好用得很！”莫罗打开箱子，只见机器上旋钮占据了大部分空间，一副耳机和一个话筒被线绕着，放在旋钮上面。

“你能双面录16张碟片，每面能录3分钟。”

她知道自己一共能录差不多一个半小时的内容，于是点了点头，看着莫罗把话筒插好。

“这个，”莫罗指着机器上一个刻花的旋钮说，“是用来调节录制音量的控制开关。”他打开它，把磁头放在碟片上，让弗兰基说两句试试看。

她扬起眉毛问：“说什么？”

他拧开播放开关。“来，说两句试试看。”他的声音立刻传了出来。“说什么？”弗兰基的声音也很清楚。

她笑了，又试了一遍。她可以立刻听到刚才录下的内容，以前可没有哪个美国人这么干过。

“随便你录什么。谈话、一路上的见闻，什么都可以录。录下来的东西有什么用得着的，立刻就用。要是暂时用不上，就等你回来我们再剪辑使用。你到达斯特拉斯堡时大概是月底，然后经过里昂，吉姆·荷兰在那里等你。6月5日左右你就能到达里斯本。我会安排你在那里的节目中进行插播。任务结束后，你还有足够的时间能赶回来。”

她点点头，起身准备出发。

“还有，弗兰基……”

“嗯？”

“在电波里讲故事要小心点儿。审查的官员总是挑来挑去的，很容易被惹毛。我们目前在他们那里还没有惹上什么麻烦，可是他们随时在找机会挑刺儿。”

“好的。”她说着，拎起便携式录音机，“天哪，它可真沉！”

“再见！”临走时，她朝莫罗做了个鬼脸。

没有什么人好告别的，也再没有什么人要说再见。弗兰基给房东留了张条子，收拾好一件睡袍、两条裙子、三件上衣、一个蓝色皮革睡袋——这睡袋是很多年前母亲给她的——和几件内衣及一些高洁丝卫生巾，然后就出发了。

她登上去多佛的夜车时，还有 20 分钟的时间才开车。她把手提箱和录音机放在头顶的行李架上，然后在座位上坐好。这时，她的手碰到了衣服口袋里信封尖尖的角，她把信掏了出来，翻过来看。“艾玛·费切。美国马萨诸塞州弗兰克林镇 329 信箱。”这些字让她又想起了医生的事。她盯着这信封上还没有收到噩耗的女人的名字。对这个女人来说，在消息到达之前的这段时间里，医生还是活着的。现在的她还不知道接下来要发生什么。

想到这里，弗兰基颤抖了一下，把信塞回口袋里。她会从法国寄出这封信，那么这信就会在他死亡的消息之后到达收信人手中。“他也许一直想自己掌握结局。”她想着，朝车窗外的夜色望去。

此时，他的声音又在她耳边响起。他充满希望和快乐，就像一团跳跃的火光。天哪，她一想起这个就感到头痛。

火车的汽笛声响了，火车缓缓地驶出了黑乎乎的城市。弗兰基把信往口袋里按了按，随着漆黑的火车躲避着德军的战机，迅速朝停有前往法国的船只的港口驶去。

第十五章

不论战火如何燃烧，列车和轮船仍然照开不误，它们就像小小的机械蚂蚁，忠实地工作着。这可能是战争期间最诡异的事情之一了。

你可以早晨坐船穿过英吉利海峡，从多佛去加来，然后晚上就能到达巴黎。北法地区现在仍能盛开小小的绿色和平，这简直叫人崩溃。这哪是在打仗，这哪里是在打仗啊？

弗兰基在法国乘坐的列车轰隆隆地驶进第二天的清晨。车窗外，大平原平整如新，白杨高耸入天，披着大褂子的男人在田野里劳作，丝毫不为身旁疾驰的火车而动。

6 点多钟的时候，火车抵达巴黎。蒙马特山丘上的圣心堂掩映在不远处一排尖尖的楼顶中。弗兰基一路都开着窗户，让春风吹进来，即使火车开进市镇的时候也是如此。一个骑自行车的女人跟列车并行了一段路，弗兰基一直看着她骑过镇广场飘扬着的纳粹旗。她坐得直直的，头上裹着头巾，是很典型的法国女人的装束。

她的时间很紧，因为要尽快赶往柏林。她好不容易找到一列开往柏林的火车，刚找了个位子坐下，火车就开动了。她坐在倒数第二节车厢里，渐渐远离了巴黎。

火车开出了法国，开进了敌占区比利时。进入一个小车站时，火车需要更换车头，乘客们在黑暗中坐了好几个小时，弗兰基感觉像是回到了防空洞里。太阳早就落山了，车厢里拉起了厚厚的窗帘，遮住了小小的车站。显然，轰炸也蔓延到了这里。

火车在夜色中进入德国，电线在天空中闪烁着。黎明前的时候，火车在一个岔道口停了下来，弗兰基坐的车厢外面有人在喊着什么口令，然后远处又重复了一遍。她掀起窗帘，看着夜色里的鬼影幢幢，以及刺刀和枪支反射出来的月光。“那里一定有 100 个军人在埋伏着。”她想。车身震动了两下，火车呜咽着又开动了。

快要到柏林的时候，大多数乘客就都已经下车了，很少有人要去这么靠东的地方。等到了柏林，弗兰基的车厢里只剩下了她一个人。打开车窗，外面的空气流进来，就像巴黎的一样清新。她能看见车站前伸展出去的宽阔的大道，还有高楼大厦前的绿草坪，这一切都显得如此不真实。她站起来，从头上的行李架上取下手提箱和录音机，走下火车。

月台上有几百个人在等车。她四处看看，发现车站里只有她下来的这一列火车。人们挤来挤去，没有人排队，大家都被紧闭的车门关在外面。因为这吵闹的人群，一切又都变得真实起来。弗兰基穿过人群，发现有人在看着她，她点点头表示问候，可是那些人却迅速地移开目光，仿佛她是什么危险的东西。

还有一些乘客也下车了，在月台的尽头——海关检查站那里聚集了越来越多的人。此刻，弗兰基很想洗个澡，再喝上一杯，然后在这个城市里好好地散散步。

每个检查的关卡都要看一遍她的通行证，并在上面盖章。每次她都要放下行李和录音机，递上自己的证件。

“待多久?”

“一夜。”弗兰基冲检查者微笑。他是个穿戴整齐的胖子，瞪着黑眼睛打量着她。

他接过她的证件，看了看，摊开放在桌子上。他的手指甲剪得很短，肉都露出来了。“不行，小姐。”他摇摇头说。

她皱起眉头，靠在桌子边上问：“什么意思?”

他看着她，快活地说：“要是你想明天就离开柏林，那么一定得在这里待着，等下一班火车。”

“为什么?”

“没有为什么。”他温和地说着，把证件递给她。

“我是个记者。”她没有去接，尽量保持平静。

“哦?”他上下打量着她，没有任何表情。

“你报道什么?”

“报道战争。”

“报道这个干吗?”

“让我的国人对战争有所了解。”

“战争还是老样子。”

“的确。”她看着他。

“不管你是不是记者，都不行。”他朝身后一个穿制服的人招了招手。

“我是美国人。”

“这里有好多美国人。”他耸耸肩，那个穿制服的男人走到了她的身旁。

“我能给我的上司打个电话吗？”

他抿起了嘴唇。“找谁都没用。小姐，你要是真想在你计划的时间里搭火车离开柏林，那就必须等这班火车，因为在它之后就没有车了。”

“怎么会这样？”

他耸耸肩，把手里的证件扔给她，她接了过来。“旅行愉快，小姐。”他黑色的眼睛缓缓地扫视过她的面颊。

她弯腰拎起两个箱子，转身朝人群走去，那个穿制服的男人跟在她身后。

候车室里弥漫着一种恐怖气氛。弗兰基刚一走进去，就有很多人抬起头来，不过他们的注意力都集中在她身后的那名穿制服的官员身上。他们认为他也许要来发布什么通知。他们已经在这里耗了好几个小时了。他们手上的签证很清楚地写明了他们什么时候必须离开这个国家，现在离到期的时间越来越近了，但他们还是没能出去。每个人手里都拿着好不容易才弄来的通行证——能登船的筹码。虽然他们很可能会被拒绝入境，但他们依然想去碰碰运气，所以他们必须得上火车。弗兰基刚刚下来的那列火车还在轨道上呆呆地停着，可是车门已经紧闭，士兵荷枪实弹地守在那里。

洗手间里站满了女人，弗兰基也走了进去。

“等了多久了？”弗兰基用德语问。

一个女人回过身来说：“早上就来了，火车 10 点就应该开了。”

“现在已经快下午 2 点了。故事已经开始。”弗兰基刚一意识到这点，就立刻开始在脑子里构思起脚本来。

回到候车室，弗兰基看到洗手间里走出来一个小个子女人，满头金色的卷发。她牵着一个孩子。摸着自己微微隆起的腹部，睁大的眼睛里充满了恐惧。她紧紧地牵着孩子，拉着他穿过人群。弗兰基转身望着她，想看看她的丈夫长得什么样。可是这女人在一条长凳上坐了下来，身旁是一个穿黑棉布裙子、表情严肃的老太太。没看到她的丈夫，弗兰基失望地回过身来。“也许这也是个故事。”她想。

这时，车站里突然奏起了军乐，那鼓点就像是敲在弗兰基的骨头上。候车室外面热闹起来，几个军人冲下月台，示意守护列车的士兵到前面去。另一边的轨道上停着一节燃料车厢，一个金发的工程师正在跟同伴说着笑话，几个人哈哈大笑。军乐声停了，火车开始加燃料。弗兰基周围的人开始骚动，他们觉得自己终于可以走了。人们站起来，把行李提好，包裹抱在胸前，满怀期待地望着正在加燃料的火车。

轨道的那头传来哨音和火车开动的声音，一列总共有 6 节车厢的火车开进站来。车停稳后，从上面跳下来一些男孩子。没几分钟的工夫，月台上就挤满了人。他们局促地站在那里等着，就跟候车室玻璃后面这些等待的人一样。或者是因为有人在看着的缘故，这些年轻人努力想让自己显得更像一个士兵。他们正在焦急地等待出发，等待去往更广阔的天地。

弗兰基听到了候车室里人们的议论，知道柏林在过去的两周时间里征了三次兵，这些新兵似乎要被送到苏联去。“士兵、茶叶，还有肉罐头都被送走了。”一个嘴唇很厚、眼神犀利的女人懊恼地对弗兰基说。“什么都去了苏联，还有火车！”一个男人在她后面插嘴道，“所有的火车都去了那里。”

弗兰基朝长凳那边看了一眼，发现那个带孩子的女人还坐在那里。小男孩依偎在母亲的臂弯里睡着了。

一辆闪亮的戴姆勒汽车开上月台，车上的人下达了指令。那些男孩子立刻进入了状态，挺胸立正。一个军官从车上走下来，大声地说了些什么，然后队伍解散了，孩子们继续等待。一个小时之后，候车室里的人们又眼巴巴地看着一列火车离开了月台。

弗兰基在车站咖啡馆随便弄了点儿吃的当晚饭，然后回到候车室里，和那些等在门口寸步不离的人一样，望着外面空空的月台。那个男孩睡醒了，站在母亲面前，拍着手想引起她的注意。女人时不时地将目光从外面移回来，看看他，间或微笑一下。此时弗兰基已经放弃了采访那个女人的念头，因为她的全部注意力已经集中在了不知道什么时候才会到来的火车上。

凌晨 3 点的时候，汽笛声突然响起，一列火车进站了。这列火车比弗兰基从巴黎来的时候坐的那列车还要短，只有 6 节车厢。

候车室里的人又全都站了起来，朝门口涌去。人挤着人，一点儿空隙都没有。有人打开了门，大家全都涌上了月台，在紧闭的车门前停住。车门紧紧地关着，里面没有亮光，黑得可怕。有人在车前喊着什么，弗兰基身后的人问她："那个人在喊什么？"弗兰基摇摇头。

忽然，车门就像阿里巴巴的山洞那样打开了，人们又拥挤起来。弗兰基觉得自己都没迈腿就被人流拥着往前移动起来。她听到身后有人在哭，回头一看，是那个女人和她哭泣的孩子。弗兰基把旅行箱夹在胳膊下，伸出一只手去拉那个男孩，把他拉了过来。"没事了！"弗兰基对他说，"没事的，我在这儿！我在这里！"短短的几句话，被这个女人用德语和法语分别说了出来。孩子的妈妈从后面抓住弗兰基的腰，三个人就这样一道被挤上了火车。

弗兰基经过第一个包厢时，看到里面还有半个座位，连忙挤了进去，把小男孩放在两个男人中间。“这里。”她对那个气喘吁吁的女人说。见她的呼吸痛苦而急促，两个男人中年轻一点儿的那个起来给她让了个座。她跌坐在椅子上，小男孩站起来呆呆地盯着母亲的脸。她的呼吸越来越急促，上气不接下气。弗兰基真希望自己能有点儿水给她喝。

“靠在我身上。”那个年长一点儿的男人用德语说道。他身材魁梧，收拾得很整洁。弗兰基觉得他好像已经习惯了发号施令，也许是个老师。女人没有听见男人的话。于是他站起来，扶住她的肩膀，帮她躺在椅子上。这时火车突然晃了一下，大家都被震得失去了平衡。那男人朝弗兰基这边歪了一下，但很快就站好了。然后，他又温和地对躺下的女人说了几句话，那女人看着她，点点头。

有人在外面敲车窗，弗兰基抬起头，看到一个女人激动地把脸贴在玻璃上，冲她喊着什么。火车喘息着缓缓开出车站，车外的女人无奈地放下了手臂，可是那敲击玻璃的声音却始终在弗兰基耳边回响。火车丢下了月台上的很多人，弗兰基看着后面的那些面孔，心里明白他们再也不能离开柏林，就要成为鬼魂了。可是他们不知道，或者说不相信自己很快就会成为鬼魂。他们仍在等待下一趟车，下一个晚上。

虽然他们人人都有票，虽然总是有人说会有车让他们上去，但他们的希望还是就这样溺毙在弗兰基面前。救生艇就在眼前，岸也就在眼前，但她却占掉了一个名额。她突然想跑下车，把座位让给他们中随便一个人，让出她的位置。

“请让我出去。”她对挤在包厢门口的一个男人说，但男人没有理睬她。

她皱着眉头重复了一遍："请让我出去。"

男人指指车厢的门，弗兰基这才发现门边上的人都挤在车门上，通道里也全都是人，根本没有路可以出去。她转身去看外面，心头涌起一阵绝望。火车已经开始加速了，汽笛响了起来，月台上的人这时可能已经看不见了。

弗兰基把录音机放在又破又脏的地毯上，坐在上面，然后抱着手提箱。她的脑袋靠着包厢门，看着包厢里挤在一起的小孩儿和大人。女人坐了起来，呼吸渐渐平稳，孩子紧紧地依偎在她身旁，看着其他人。他没法坐在母亲的膝头了，更没法挤到椅子上去。没有人说话，人人都在这火车的前进中静默着，也许他们都在为自己能够踏上旅途而暗自庆幸吧。

这次任务从乘坐一列难民火车离开柏林开始，是莫罗的指示。之前她一直觉得这个计划显得有些荒谬，但现在，她看了这许多，了解了许多，才开始觉得他是对的。

难民火车对这些人来说意味着希望，虽然登上火车的人还要继续逃命，并没有谁真正安全、真正得救，但他们别无选择，只有拼命地奔跑。

"小姐。"年轻一点儿的那个男人率先用德语打破了沉默。弗兰基抬起头来，看到他正示意她去坐自己的座位。他穿着一件不合身的手织毛衣，打了一个领结，手上沾满了墨水。"不用了，谢谢。"她摇摇头。他冲她笑笑，她也回以微笑。他点点头，似乎在说：等会儿再说也行。尽到绅士礼仪的他双手交叉抱在胸前，靠回到座位上，显出很满足的样子。在离开柏林的黑暗，踏上未知的远行之路时，他们仍能给别人让座，仍有谦让之心，这让弗兰基心里不是滋味。

年轻男人对面，靠近窗户的地方坐着一个圆脸的中年妇女。她把所有人都打量了一遍，然后才靠在车窗上，闭上了眼睛。她的下巴碰到了领口，一件毛呢西装夹克里露出蓝色开衫来。开衫外好像还套着一件颜色更深，但是尺寸更短的针织衫。即使闭上了眼睛，她也紧紧地攥着膝头的破皮箱。她旁边是一个很漂亮的姑娘，起先弗兰基觉得她可能是中年妇女的女儿，但很快她就发现，她们之间没有关系。姑娘旁边有一个十来岁的男孩，应该是她的弟弟，因为他们有着相同的深色眼睛，而且都是瘦瘦的身材。姑娘的头发从帽檐下露了出来，随着火车的颠簸微微晃动。

男孩好奇地看着拒绝了座位的弗兰基，用德语问她："你是美国人吗?"

她点点头。

"我们就是要去美国。"他兴奋地动了一下。

姐姐的手按住了他的膝头，示意他不要乱动。

他皱起眉头转向姐姐，姐姐把手指放在了唇边。弗兰基朝他们笑笑，察觉到姑娘身旁的那个中年妇女挪得离姑娘远了一点儿。月光照在她的脸上，她的眼睛时不时睁开一下，然后又紧紧地闭上。

姐姐默默地牵着弟弟的手，靠在椅子上。他们对面的那个小男孩已经睡着了，正蜷缩在母亲的两腿间，脑袋枕着她隆起的腹部。这时弗兰基才发现他的头发又脏又乱，腿上黑乎乎的全是泥。他的母亲很年轻，自己也还是个孩子。弗兰基看着熟睡的孩子的脸，感觉它像是一轮被乌云遮蔽的月亮。

坐在这昏暗中，弗兰基像其他旅伴一样，试图打个盹儿。可是，她一闭上眼睛就能看见医生被撞飞的情景，这让她无法入睡。在眼睛睁睁闭闭的过程中，她听到了那个中年妇女的啜泣声。隐约地，弗兰基看到泪水流过她的脸颊，她的手仍然紧紧地攥着破皮箱。妇女旁边的姐弟俩头碰头地睡着了。给她让过座的那个男人也抱着胳膊睡了，他的头歪着，像是在思考什么问题。

她摸了摸身下坐着的录音机，突然觉得应该把它拿出来，用自己并不流利的德语向大家提问：“你们要去哪里？你们从哪里来？发生了什么事？”她应该把注意力放在那位年轻的母亲身上，让她的经历成为故事的开头，用她的声音开启这一旅程。还有那对姐弟，肯定也是很好的故事。弗兰基看了看那个上了年纪的男人，他正望向窗外。他在牵挂什么呢？

自从工作以来，弗兰基还是第一次没有勇气向人提问。寻找事实，报道真相——记者的格言就是这样，但在这样做的同时，还要注意减小对别人的伤害。她觉得自己的提问也许对自己身边的每一个人来说都是一种极大的伤害。她又想起了那些没有登上火车的人绝望的面庞。“减小伤害。”她打了个寒战，“让这些人平静地度过今晚吧，明天再问也不迟。”

两个小时之后，火车开始减速，驶进了一个小村庄。如果不是看到草地上树着的一块小小的牌子和坐在轨道旁长凳上的守卫，弗兰基几乎不知道这里是一个车站。那守卫坐在长凳上，手里提着一盏灯。灯光很小、很微弱，像是一只黄色的眼睛。

包厢里每个人都坐直了，掏出证件，准备接受检查。他们的包厢在火车的正中间，所以要过一会儿才会检查到他们这里来。等待的过程极其痛苦，恐惧像一床沉沉的毯子般压在人们头上。时间过得很慢，他们很久后才听到隔壁包厢里的说话声。突然的安静之后，包厢门打开了，一个男人铁青着脸，举着一只手电筒出现在门口。“不过是例行公事。”弗兰基想着，不卑不亢地把手里的证件递给他。

“美国人？”他眯起了眼睛。她点点头。他没有看通行证，拿起了她的护照，翻过来看了一眼徽章，又还给她。他举起手电筒，照了照惊恐的小男孩，然后又看了看他的母亲。他打了个响指，示意他们掏出证件来。拿到证件后，他就再也没有看他们。

他身后的包厢门关上了，大家都不知所措地沉默着。他们坐在昏暗中，听着其他包厢的门开开关关的声音。

火车又开动了，远处出现了一丝亮光，红红的太阳露了半个脑袋出来，把斜斜的光洒在青青的草地上。他们已经闯过了第一关，可是还没有离开德国。

上了年纪的男人对弗兰基说："你是我们的护身符。"

"什么意思？"那个中年妇女突然睁开眼睛问道。

男人没有回答，只是耸了耸肩。姐弟俩重又睡了过去，弟弟的嘴巴微微张开，呈一个"O"形。

"你去哪里？"她用德语问男人。

"里斯本。"他说，"我很幸运。我的签证还有一个星期就要过期了。前两趟车我都没挤上去，还以为自己没希望了，但是我很幸运。"

他的手指又粗又短，粗糙得很，不像是老师的手——弗兰基改变了想法——也许他是个杂货商、屠夫，或者做生意的人。

她笑了："可以问你的名字吗？"

"沃纳·布克曼。"他答道。对面的中年妇女听到这里似乎松了口气，又闭上了眼睛。

到了下午，火车已经停靠过了三个小镇，每次停靠都有人上来挨个检查。有一次，弗兰基挤下车在月台上走了走，走到围栏边时，她看到外面是一个集市。在这远离城市的地方，还有土豆和新鲜的洋葱出售。一个女人戴着手套，举起三个土豆，盯着弗兰基看。5月的阳光照得这女人衣服上的金属纽扣闪闪发亮。她身后，高高的白杨正在抽出嫩绿色的叶子。

在莱比锡停下来的时候，弗兰基的旅伴们显得放松了许多。弗兰基想：也许沃纳说得很对。因为她坐在这里的缘故，包厢里的其他人一路上都是很轻松地就过了关。

年轻的母亲冲着孩子微笑，小男孩朝那个穿毛衣的年轻男人爬去。男人拿起一根绳子，绳子的一端拴着一粒糖果，他提起绳子在孩子面前晃动，像在逗弄一只小猫咪。那姐弟俩在玩儿牌，姐姐嘴里还轻声地哼着歌。见男孩流了不少汗，中年妇女把窗子打开了，外面飘进来刚割过的青草的气息。

日落时分，火车驶过了黑森林。幸运的话，晚上11点左右他们就能穿过德法边境，到达斯特拉斯堡了。然后是里昂、图卢兹，后天就能到巴约讷的法西边境了。从那里，再用两天时间就能穿过西班牙到达葡萄牙的里斯本。从现在算起还有四天多的时间，如果一切都顺利的话。

弗兰基拿出录音机，两个男孩都盯着她看。她打算从那母子俩开始，小心地发问。

“你叫什么名字?”弗兰基拧开旋钮，朝小男孩笑笑，用德语问道。

他望着她。母亲用手碰碰他，他连忙把糖从嘴里拿出来，严肃地说：“弗朗兹。”

“弗朗兹·霍夫曼。”母亲轻声补充道。

他又说了一遍：“弗朗兹·霍夫……”

打牌的那个男孩放下手中的牌，对小男孩说：“弗朗兹·霍夫曼，接着说呀。”

可是弗朗兹却摇了摇头。

“你呢？”弗兰基举起话筒，用并不流利的德语问那个姑娘。

“对着这里说，说出你的名字。”她示意道

“英伽。”姑娘有些害羞地用德语说，“英伽·博格。”

她的弟弟笑了，因为轮到他了。“我叫里特曼。”他小心地用英语说出自己的名字，节奏就像鼓点儿一样铿锵有力。

“你们从哪里来?”弗兰基问道。

弟弟望着姐姐，弗兰基看着他，不知道他是没听懂还是害怕回答这个问题。

“我们有证件的。”姑娘有些紧张地用德语对弗兰基说。

“当然，我知道。”弗兰基微笑着安抚她，暂时停止了提问。

弗兰基对着话筒用英语说道：“这里是弗兰基·巴德从德国铁路上发回的报道。大家现在听到的是火车开动的声音，列车正在朝德法边境开去。”她看了英伽一眼，继续说：“我身边有一对姐弟，英伽·博格和里特曼·博格。他们的年龄我不清楚，但看样子一个17岁，一个12岁。我现在来问一问他们的目的地是哪里。”

“跟我说说，你们要去哪里?”她用德语提出了这个问题。

“里斯本。”英伽答道。

“然后去哪里呢?”

“美国。”

“你们是从哪里来的?”弗兰基又一次提出了这个问题。

英伽拉住里特曼的胳膊不让他说话，碟片静静地转着。里特曼望着姐姐，从她的表情里看到了什么东西——总之，这东西足够让他收声了。

采访没法进行下去，因为气氛太沉重了。她跟他们之间有太多隔阂，要怎么开始这种交谈呢？弗兰基关掉了录音机，皱起眉头。

年轻的母亲从包里抽出一片面包来递给弗朗兹，每个人都沉默地看着他吃。窗边的中年妇女一动不动地盯着窗外，弗兰基在想她是不是聋了。

穿毛衣的年轻人从口袋里掏出一根绳子来，玩儿起了翻绳游戏。他把翻好的绳子递到里特曼面前，但里特曼摇了摇头，显然对这种小孩子的游戏已经没有什么兴趣了。年轻人冲他大笑，露出一排参差不齐的坏牙。他转向弗兰基，举着手里的绳子。她笑了，手指动了两下，把绳子翻到自己手上来。

“那你呢，小姐？你要去哪里？”他重复着弗兰基的问题。他的德国口音很重，但是英语说得还算流利。

“和你们一样。”弗兰基答道。

他翻绳子的手停住了，皱起了眉头。

“我来乘坐这列列车，就是想告诉美国人，车上都坐了些什么人。”

“这样做有什么意义？”他盯着她问。

“这样人们就能知道真相。”

“你是干什么的？”

“记者。”

“哦？那盒子里是什么？”他垂下手，手上的绳子随之滑落。

“是能记录声音的录音机。”她重新坐好。

“美国人是怎么想这战争的？”

“美国人不知道该想什么。”

他点点头，抱起了胳膊，目光黯淡下去。

“我可以告诉美国人该想什么吗？”

“但说无妨。”她望着他下巴上露出的几根金黄的胡楂儿，微笑道。

但是，他又迟疑了。

“开始吧。”她用鼓励的眼神看着他，拧开了录音机上的旋钮。

“我叫托马斯·克兰曼……”

她抬起头，看到了他伸过来的手。她握了握这只手，向他自我介绍道：“我叫弗兰基·巴德。”

他放下手，又靠回去。

“我从奥地利来，以前和父母一起住在基茨比厄尔的山间。”说到这里，他停住了。弗兰基点点头，示意他继续。

“德奥合并之后的几个月，奥地利彻底被纳粹占领了。针对犹太人的法律颁布后，我母亲越来越为我在慕尼黑读书的弟弟担心。最后，她派我去接他回家。我坐了一夜的火车，一早抵达了那里。我找到了他住的公寓，可是他已经走了。邻居说他才走不久，我们刚好错过。我坐在他的桌子前，打算写封信给父母，告诉他们这里的事情，可还没动笔，外面就响起了敲门声。我去开门，门外来的是警察，他们来找莱因哈特，也就是我弟弟。我问他犯了什么罪，他们不回答我。因为没有找到他，他们就把我抓走了。对他们来说，抓哪个犹太人都是一样的。”说到这里，托马斯耸了耸肩膀。

窗边那个中年妇女的呼吸声突然重起来，弗兰基抬头瞥了她一眼，意识到她什么都听在耳朵里了。

托马斯继续说：“我和其他 20 个犹太人一道，被关在警察局的一个房间里，等着他们给个说法。等在那里时，我从口袋里掏出原本要用来给父母写信的信纸，那上面有我弟弟的教授的电话，还有电机学院的地址。我用那张纸给自己写了一封介绍信，交给了屋子那头的警察。那个警察看了我写的东西，让我去一个地方。我朝他指的方向走去，进入了一个小房间。房间里有一个高大和善的男人，坐在一堆文件后面。他看了我的介绍信，又看看我，然后把那张纸撕成了两半。‘出去。’他指了指另外一扇门对我说。那扇门通向警局大院，外面坐了六七个警察，没有人看我一眼，我一直走到围墙那里。那时候已经是下午了，阳光很强烈。我沿着围墙走到一小片屋檐的阴影下。两个小时之后，有个人叫我走到院子中间待命。‘喂!’我听到有人在我身后喊。我转过头去，看到了早上跟我说过话的那个警察，也就是第一个看我的介绍信的那个人。他站在墙边的门那里朝这边招呼着。我以为他在叫别人。但四处看看，我身边没有其他人。于是，我走到墙边，走到门那里。那个人把门打开了，我觉得这简直就像做梦一样。‘电子工程?’他给我打开门，朝我咧嘴笑，‘彼得·施密特教授?’我点点头，不知道该说什么。他给我指了指外面的另一道门，在 10 米之外，那里还有一个警察看守。我看了看他，他点了点头，然后我就出了门。我朝前走，几乎不敢呼吸。当我走到第二扇门那里时，我能看到警局外面的河流、人家屋子后面的花园，以及从市场里出来的人们。我停下来，看看守门的警察。他看也没看我就打开了门。我径直朝前走了 20 米，当时我在想：会有人叫住我吗?会有人在我背后开枪吗?30 米了，我继续朝街上走。走出 40 米后，我知道我自由了。我转过街角，朝弟弟的公寓跑去。我明白了——是的，我被放出来了。当时我忽然想到，也许那个坐在文件堆后面的人也是学电子工程的。”

他抬头看着弗兰基，看得出来他脸上的疑惑。

“你可真是幸运。”窗边的那个中年妇女忽然用德语插了一句，好像一个影子突然开了口。接着她又用英语重复道：“是因为有上帝在每一个当口看顾着你。”她的语气很坚定。

“是有人在看顾着我，”托马斯清了清嗓子，“但不是上帝。”

“怎么不是上帝?”中年妇女有些不悦。

托马斯摇摇头，转向弗兰基说：“没有上帝。只有我们自己。”

他的声音变得非常低沉。

车身颤抖了一下，火车进站了。弗兰基拧了一下旋钮，把磁头从碟片上提了起来。

他们到达的是德法边境的小镇凯尔，马上就要进入法国了。斯特拉斯堡、里昂、图卢兹，然后是葡萄牙的里斯本，这些地名从没让人感到这么亲切过。

月台里灯火通明，车上的人们接到了下车的命令。弗兰基站了起来。

“美国人不用下车。”弗兰基惊讶地抬起头，看到说话的德国军官已经走了过去。

“再见。”里特曼朝弗兰基挥了挥手。她困惑地点点头。难道他们不会再上来了吗？究竟发生了什么？

里特曼和英伽是最先下去的，然后是沃纳·布克曼和那个年轻的母亲，他帮她提着包，她则抱着熟睡的弗朗兹。那个不知道姓名的中年妇女也慢慢地站了起来，她坐了太久，整个人都僵住了。她活动了一下身子，转过身来看着托马斯，好像要牢牢地记住他似的。托马斯冲她点点头，去行李架上拿箱子。弗兰基站起来坐到了窗边的座位上，那里还微微有些余温。她伸手打开窗户，夜晚的空气吹进车厢。

中年妇女出去之后，托马斯把包厢门微微关上了一点儿，然后急切地低声对弗兰基说：“我得求您帮我打个掩护。”

弗兰基没有说话。

“我有通关文牒，”他说，“可是没有签证。”

她凝视着他。

“明白吗？”看得出他很焦急。

弗兰基点点头，但是心开始狂跳。他又看了她一眼，然后跳上了行李架，躲在几个箱子后面。弗兰基强迫自己不去看他，而是朝窗子外面的人群看去。她的那几个旅伴好像已经融在人群里，消失不见了。过了几分钟，她找到了那个年轻的母亲和她的孩子，心里觉得舒服了一点儿。

弗兰基盯着他们，看着他们在昏暗的光线里一点一点前进。现在还不知道他们的命运到底会怎样。就算历经千辛万苦走到了这里，也有可能就此停下，这是常有的事。

人群停下来后，个别人充满希望地朝候车室里张望，好像那里有什么答案和允诺。大多数人却没有那么乐观，只是静静地在那里等着。

行李架上，托马斯一动不动。弗兰基则闭上眼睛开始打盹儿。她不时地睁开眼，看看下面那位母亲和孩子怎么样了。

一个多小时之后，三辆黑色汽车停在了人群旁边，边境守卫开始驱赶人们继续往前走。弗兰基看见那个母亲跌跌撞撞的，紧接着摔了一跤。她站起来的时候，疯狂地四处寻找，因为弗朗兹不见了。

人群朝前涌动，弗兰基站起来，想要瞧个仔细，找到那个孩子。可是，她只能看到那个母亲在人群中被推搡着。她身后的男人朝她大吼："快走呀，大家都在走呢！"这时，响起了哨声，两个守卫朝她大声叫喊。这时，弗兰基看见了弗朗兹，他离母亲只有五六米远。

"那里！"弗兰基大叫道，"弗朗兹在那里！"

母亲此时也听到了孩子的哭声，她喊着他的名字推开周围的人，人们却把她挤了回去。弗朗兹听到母亲的叫声，大声喊道："妈妈！妈妈！"

"在那里！"弗兰基继续疯狂地大叫，"他在那里！"

“别叫了，小姐！”托马斯从行李架上探出头来，小声地冲她说道，“再叫他们就要开枪了！拜托，别再叫了！”但是，弗兰基没有听从托马斯的劝告，继续敲着窗玻璃大喊。

一个德国军官被这里的混乱弄得很是心烦，转过身来开了一枪。人群顿时安静下来，挥舞的手臂纷纷无力地下垂。弗兰基明白了，人真正害怕的时候是不会喊叫的——他们很安静，很小心。

他那一枪是朝着人群开的吗？他射到了什么人吗？那个母亲现在在哪里？弗兰基站在打开的窗口旁，大张着嘴巴，紧张地思考着。

那个离弗兰基的窗口只有不到半米远的德国军官朝她这边看过来，用他的枪指着她。她看着他，两手按在车窗上，一时间无法呼吸。托马斯小声地提醒她坐到离窗口远一点儿的地上，她这才回过神来，照办了。

车厢外面还是很安静。弗兰基捂住脸，啜泣起来。她不能忍受这安静，她不知道自己刚才都干了些什么。她的心跳得好快，她觉得自己就要吐了。

很快，车身震动了两下，火车带着弗兰基和托马斯缓缓开动。外面有人在叫，她看到托马斯在行李架上坐了起来。弗兰基迎着托马斯的目光，他摇摇头。

车站的屋顶在窗外渐渐远去，火车就这样丢下了那个男孩，丢下了他的母亲和其他人。“停下！停下！”月台上响起了叫喊声，弗兰基听不清楚究竟是那些等候的人在叫还是士兵在叫。

火车继续前进，一直朝前开去。

弗兰基的胸口剧烈地起伏着，她看到托马斯坐到了她对面的地上。在这黑暗的车厢里，有好一会儿他们都没说话。她正要开口时，一声哨音响起，包厢的门“砰”的一下被打开，有人走了进来，过道里响起了杂乱的脚步声。她抬头看着走进包厢的盖世太保，发现他身后还站着一个人。盖世太保弯下腰，叫他们站起来。

她和托马斯被非常恭敬地请出了包厢。这些德国人很有礼貌，没有掏枪。他们说列车的引擎出了点儿问题，所以过会儿要请他们乘坐一辆大巴继续旅程。弗兰基木然地拎着箱子和录音机走在列车的过道上，她后面跟着三个男人。

火车刚驶出一个车站，就在田野里停了下来。弗兰基下了火车，站在铁轨旁的草地里。这里的确有一辆大巴停着，弗兰基看到里面坐了三个德国军官——他们负责检查乘车人的身份。

“有什么问题吗？”她问检查完自己证件的那个人。

“没，没问题。”这个军官温和地答道，“没什么事。”虽然他嘴里这样说着，可弗兰基却分明看到他已经把枪推上了膛。弗兰基心里一阵紧张，转身去看后面的托马斯——他闭上了眼睛。“不！”弗兰基低呼了一声，伸出手来抓住托马斯的胳膊，他的胳膊竟是如此瘦弱。

“小姐，请往后站一点儿。”军官继续温和地说。

弗兰基背对着军官，没有理睬他，而是离托马斯更近了一些，盯着他紧闭的双眼。“托马斯！”她紧紧地抓住他的胳膊喊道，“托马斯？”

“快走吧。”他闭着眼睛摇摇头。

“托马斯，”她低声说道，“请你就让我……”

“小姐！”军官用德语喊道。

托马斯睁开眼睛看着她，与此同时，那军官把弗兰基推到一边，开了枪。托马斯呻吟了一声，倒在弗兰基脚下。

弗兰基身后的军官向大巴走去，她止住眼泪，目光越过刚才托马斯站着的地方，朝远处的空旷凝视了一会儿，然后缓缓地转过身来。

军官的目光从托马斯看向弗兰基，她也回望着他。

“再不走就把你关起来。”军官的语气依然很温和。

远处的车站里响起了电话铃声，那声音仿佛来自另一个世界。两声，三声，四声……终于有人接起了电话。

那军官抬头看了一眼弗兰基，脸上现出厌烦的表情，挥手叫她上车。弗兰基颤抖着蹲下来，拎起箱子和录音机，最后看了一眼托马斯。他的耳朵里涌出血来，流到了他脖子旁边，染红了草地。她忍不住呜咽起来。

“走呀。”军官催促道。

她转过身去，走远了，远离了托马斯，远离了在车站月台上某个角落里的那对母子。她走出几米远，然后停了下来，又走了一步。她等着背后有枪声或者喊叫声，随便什么都可以，但是一切都很安静。在这国境线上的旷野之中，在前方的大巴和她身后的火车之间，只有她自己的呼吸声。她抬起胳膊，用袖子擦干眼泪。一块石头绊了她一下，她跌跌撞撞地扶住金属把手，爬上了大巴。

第十六章

“下面是弗兰基·巴德从法德边境的法国米卢兹发回的报道。”收音机里传来熟悉的声音。

艾玛转身打开邮箱，拿出一封信。

邮局里，艾里斯身后的胶木盒子里继续传来那清脆的女声：“对于谁要离开德国，我们有了更多的猜想。而且，我们得知德国国内的情况丝毫没有好转……”声音停了一下，然后继续：“那里，真的有很多枪炮。很多人仍然在离开，不断地尝试离开。想象一下那种场景吧——走出公寓，关上门以后就再也回不去了。手里就拎着一个箱子，或者用超市的袋子提着一根香肠，也许还有一点儿奶酪，他们也只能买到这点儿东西了。每个人都依靠一点儿希望支撑着，走到边境，冲向一个逃命的窗口……”

弗兰基的声音减弱了，然后又突然响亮起来：“如果足够幸运，那么你也许能得到一张去美国、古巴、阿根廷，或者巴西的签证。

但是，有了签证还不够，因为它的期限只有 90 天。你必须赶在签证到期之前登上一列火车，到达里斯本或者波尔多港。只有 90 天，火车又很少，所以到处都是人。那个逃命的窗口随时都会关上。”她的声音颤抖起来。

“欧洲不再像以前那样，乡村的田野里到处是人们世世代建起来的小房子。人们无家可归，上无片瓦蔽日，下无寸土立锥，人们四处漂泊，竭尽全力地逃命。现在的欧洲，到处都是涌动的人潮。要是现在给那里的人写一封信，根本无处投递……”艾里斯转过身，关掉了收音机。

艾玛看着艾里斯问：“最后一句是开玩笑的，对吗？我感觉她好像一直在微笑，虽然声音里也有焦急的成分。”

艾里斯平静地对艾玛说：“她播音时该学着控制一下自己的情绪。”

艾玛紧张地望着收音机，好像生怕那声音又传出来。

“他不会有事的。”艾里斯轻柔地劝慰道，“没事。你知道他在哪儿，他这不是给你写信了吗？”

艾玛低头看看手里的信，说：“是的。”

“所以嘛，我就说。”艾里斯说。

“我就说”是威尔最经常说的一句话，艾玛不禁在心里呼喊道：“上帝啊！”

火车缓缓开进米卢兹站，停了下来。车上有几个人一直盯着站在月台上等车的弗兰基看。她没法阻止他们这么做，于是弯腰去拿行李。在他们的注视下，弗兰基走到一扇开着的车门那里。她是这站唯一一名上车的乘客。

火车震了两下，朝前缓缓驶去。弗兰基沿着过道走着，一直没找到座位。车开出了米卢兹站，沿着主干线一路向西开去，经过贝尔福，驶入贝尚松。

在贝尚松，弗兰基睡了这几天来第一个好觉。她买了一瓶酒、一条面包还有一些奶酪，拿回房间后坐在小床上，刚解开鞋带就睡着了。

第二天早晨，她醒来的时候发现自己横躺在床上，脚还在地上，鞋子都没来得及脱下来。她迷迷糊糊地脱了鞋子，钻进被子里，望了几眼石灰天花板，又睡了过去。

下午的时候，弗兰基被教堂的钟声吵醒了。她在楼上这小小的房间里，躺在床上，听着外面法国偏远小镇上的世界，那个没有她的世界。“啪”的一声响过后，她听到一个男人冲一群孩子喊着，窗子外面传来他们说笑的声音。“啪!”她皱起了眉头，不知道这“啪啪”声是哪里来的。“啪!”声音又出现了。这时她才明白过来，是百叶窗打在窗棂上的声音，窗户没有关牢。她躺在那里，像个孩子一样滚来滚去。这里没有人认识她，没有人要找她。她觉得一身轻松，因为她要改变计划。

莫罗让她在斯特拉斯堡待到月底，然后去里昂和里斯本，但是她要改变一下这该死的计划，想办法直接去里斯本。她得打个电话给莫罗了。

终于，她坐了起来，脱下裙子。裙子跌落在地上，一封信露出了一角。弗兰基不经意地看了它一眼，现在这封信越来越像是一件遗物了。她应该把它寄出去还是就这么一直保管着？谁知道。

她塞上塞子往水池里放水，看着水池渐渐被灌满。她试图回忆一下这几天发生的事情。威尔是什么时候死的？托马斯呢？她好像已经记不清了。

弗兰基哼了一声，摸到一块海绵和一块洗手皂。她脱掉上衣和胸罩，赤裸裸地站在地毯上，准备用海绵给自己擦个澡。她看着镜子里的自己，用海绵擦过胸口，一直擦到腹部，然后下面就看不见了。她盯着镜子里的自己看了一会儿，然后弯腰用海绵顺着腿擦下去。

“你一定很坚强。”威尔曾在黑暗里跟她这么说过。她打了个冷战，想起来当他问起比利的事时，她有多么不安。她拉下水池左边的毛巾，擦干身子。

她把毛巾搭在肩膀上，坐到床上去，抽出了一根香烟。烟雾一下子冲进她的肺里，她闭上眼睛，吐了口气。她躺倒在床上，拼命抽着烟，直到烟头都快烫到手指了她才站起来。她穿好裙子，把腰带在腰间系牢，扣好领口和袖口，披上夹克。那封信躺在地板上，她把它捡起来，塞回口袋里。

广场上，商店都开门了，一些老妇人和家庭主妇进进出出。一个老男人坐在广场中央的长凳上，身旁是一棵大树。看上去似乎屠户的店里还有肉，面包店也能买着面包。虽然弗兰基看不出来这里有被德军占领的迹象，但每家每户都挂着元首的画像。

广场的边缘，一家商店关着门，墙上的金属牌子上有人用粗粗的字体写了一句法语：谁在犹太人这里买东西，谁就是叛徒。弗兰基在门口站了一会儿，猜测商店里的这家人逃出去了没有，有没有上火车，有没有到达安全的地方。

这时，在凯尔火车站下车的小男孩的脸又浮现在她眼前。英伽和里特曼现在在哪里？还有那个中年妇女和沃纳·布克曼呢？她都不知道。她只知道托马斯消失了，倒下了，就在她眼前被打死了。弗兰基闭上了眼睛。她颤抖着从大门紧闭的商店前转身，朝自己住的地方走去。

“跟踪采访一家人，进入并沉浸在他们的故事中，然后再为听众讲出来。”莫罗这样说过。但是，她现在不但没法跟踪采访任何人，而且根本不知道自己的旅程还能不能有始有终。

昨天买的酒和奶酪还在桌子上。她拔掉软木塞，倒了一杯，然后站在那里看着自己的便携式录音机。她把录音机抱出来，拧开了播放旋钮。

碟片缓缓地转着，唱针沙沙地在碟片上读着。她放下杯子，听到托马斯的声音传了出来。她一直听着，直到机器里再也没有他的声音，碟片沙沙地空转。

那里，他们就在那里。她和他的声音，在夜晚的火车里。他看着她，讲述了他的故事。他窄窄的肩膀从毛衣里露出来，那姐弟俩也听着。托马斯死了，可他的声音还在。在这里，他又活了过来。

窗外，远处是映在蓝色天空下绵延不断的雪山。教堂的钟又开始半点报时了，那声音一下一下敲在弗兰基的心上。她看着明亮的雪山，站了好久好久，想象自己正在那山里找路——进山后，她一直朝东北方向走，翻过几座山峰，从一个白色的尖顶到另一个白色的尖顶，终于进入了瑞士。沿着阿尔卑斯山宽阔的山脊，她进入了奥地利，来到了托马斯的家——他的父母正在焦急地等待儿子的消息。他在哪里？他们的儿子在哪里？他们永远不会知道了。弗兰基很想变成一只鸟，去打破这沉默，告诉他的母亲——他差点儿就回去了。可是，她不能，她的消息无法送到那里。

上帝为什么不俯身看看这破碎的故事——不知怎么，一个好端端的故事就被分成了不相干的几个部分。他怎么能对此袖手旁观呢？他怎么能任由无数欧洲人就这样消失在自己眼前呢？

这时，哈莉特站在厨房门口摇晃一把叉子和弗兰基开玩笑的记忆猛地击中了她，这让她得抓牢床沿才能站稳。“让·斯坦巴赫，你还在吗？”弗兰基觉得这句话是对席卷欧洲的沉默的最好回应。

弗兰基坐在那里，想找到一个故事，让全世界都坐下来听她讲这个故事。她想讲述在欧洲的犹太人身上正在发生着什么事情，请人们投以关注。可是，她没有什么故事可讲。

她从窗口收回视线，看着便携录音机。那里面没有一个能从头到尾讲完整的故事，故事都在故事之外。她深深地吸了一口气，感觉医生的话正在她的脑海里回响，还有那些黑暗中的低语、车厢里姑娘的哼唱、车窗边女人对上帝的感恩，以及孩子偶尔迸发出的笑声。声音戛然而止，她的眼前又出现了那个烦乱地看着月亮的母亲，她的手搭在熟睡的儿子的脑袋上。这些散落的细节，拼凑出了残酷的现实。

第二天，弗兰基搭上了第一班往南开的火车，在三等车厢找了一个角落坐下来。她的通行证还有十几天过期，她还有几十分钟的空白碟片可以录音。她现在没有什么计划，就是想尽可能多地录下别人说的话。

她突然不想直接去里斯本了，她想就这样一站接着一站地和别人待在一起，尽可能多找些机会和他们交谈。

她打开录音机，插上话筒。她做这些时，一对带着孩子的年轻夫妇好奇地看着她。她弄好了，抬起头用法语说：“请吧！”那女人看看她的丈夫，点点头。弗兰基拧开旋钮，做好了用法语和她进行交谈的准备。

“您叫什么名字？”

“埃莉诺。”女人微笑道。

“你们要去哪里?”弗兰基把话筒对着她。

“图卢兹。”女人说着，把孩子身上的小毛衣抻了抻。

“犹太人?”弗兰基又问。

“是的。”

弗兰基把话筒转向女人的丈夫，他却看着弗兰基腿上的机器皱皱眉，摇了摇头。弗兰基拧上旋钮，把磁头提起来，走到车窗前。车窗外的景物快速掠过，火车经过一个小站时没有停，站名一闪而过。

一路行来，弗兰基就这样向不同的人提着问，但问题都是相同的：你叫什么名字？你要去哪里？你从哪里来？5天之后，弗兰基在里昂下了车。

她推开一扇门，走进一个亮着四盏灯的播音室。一个穿着褐色的亚麻西装，和她年纪差不多的男人看了她一眼，坐直了身子。

“美人儿，你好。”他用英语说。

在这么多天的旅行里，弗兰基要么说法语，要么说磕磕巴巴的德语，所以听到这个胖子说出自己熟悉的英语，她简直激动得要泪流满面了。

“你好。”她也用英语说了一句。

“我是吉姆·荷兰。”他站起来伸出手，“我一直在等你，头头儿们也很担心。”

“我是弗兰基·巴德。”她握住他的手，“你这里能不能洗澡和吃饭?”

“你要是愿意的话，可以在这里稍稍擦洗一下。”

他拿起自己的外套和帽子，引她进了洗手间。弗兰基擦洗时，他坐在洗手间外面一把靠着门的椅子上，把他内布拉斯加人的长腿都伸到客厅里去了。

等她洗完，他带着她回到播音室，坐在熟悉的广播设备前，把她写的草稿整理出来准备接受审查。然后，两个人坐在麦克风前连线伦敦。

“弗兰基。”很快，莫罗的声音传了出来。

“你好。”她点点头，冲这个熟悉的充满担忧的声音微笑。

“你在斯特拉斯堡怎么样？”

“别提了。”

“你还好吧？”

“还凑合吧。”她说着，看到德国审查官走了进来，坐在门边的椅子上。

“搜集到你要的材料了吗？

她迟疑了一下后说：“差不多都有了，头儿。”

“好孩子。”他说，“你要讲什么故事？”

弗兰基还没来得及回答，线就断了。

严肃的审查官两手拿着她的稿子，准备一会儿在播音时同步阅读，时间就这样一分一秒地过去。

播音的时间很快到了，弗兰基朝前倾着身子，把麦克风拉近了一点儿。

“晚上好，这里是哥伦比亚广播公司的弗兰基·巴德从法国里昂为您发回的报道。”说到这里，弗兰基对审查官挤出一丝微笑，可是他只顾着看稿子，丝毫没有注意到她的语气和表情。

“很多年前，著名的玛莎·盖尔霍恩小姐去我的母校史密斯学院做过一次演讲。她说起在大萧条的头几年，有些人过着怎样可怕的生活。当时我很震惊，因为我从来没有听说过还有人过着那么扭曲和痛苦的生活，经受了那么多的苦难。她讲完之后，有个姑娘举手问道：‘盖尔霍恩小姐，那我们能做点儿什么呢？’盖尔霍恩小姐沉默了一下，思考着答案，下面有人窃窃私语起来。‘保持关注。’最后，盖尔霍恩小姐答道，‘看在上帝的分上，对他们保持关注。’”

听到收音机里传出来的声音，弗兰克林邮局里的艾里斯转过身来。

“有差不多 10 天的时间，我一直在火车上，车上有很多人——男人、女人、老人、孩子……我挤在车厢里，问了他们许多问题，听了一个又一个故事。在一个个车站，我看到了无数等待少得可怜的火车的人，他们排着队等着逃命。他们脸上的表情总是出现在我的脑海里，挥之不去。我有很多没有讲完的故事，因为讲述者还没来得及说完就已经消失了。我经常会想起上个月自己遇见的一个人，他是一个美国医生。”

艾里斯盯着收音机。

“在他对我说过的话里，有很多是早已被我遗忘的、哺育我长大的所谓美国精神和盲目的乐观主义。他对我说：‘所有的一切都有意义。’”

“什么美国医生？”艾里斯在心里问自己。她站到收音机前，两手扶住它摇了摇，好像要摇出一个答案来。

“一开始我不相信他的话，后来在巴约讷的一个集市上，我开始相信了。我走进集市，是因为我又渴又饿，所以看到一个女人捧着一盒草莓叫卖时，我很兴奋，我去那里就是想找草莓的。天很热，集市上也没什么人，除了我还有一些德国军官，他们看起来也是去找水果的。他们静静地穿过人群，朝草莓贩子那里走去。这时我听到远处不知哪里传来了音乐声，好像是有人在练习小提琴。旋律不断地重复，声音越来越大。我意识到拉琴的不止一个人，大约有五六把小提琴。他们演奏的是贝多芬的c小调第五交响曲。这音乐声飘荡在我们头顶的空气中，重复着，重复着。然后不知从什么地方传来了一个人的口哨声，小提琴声和口哨声混在了一起。集市里慢慢安静下来，那个卖草莓的女人直直地站在那里，看着德国军官挑拣草莓。渐渐地，那些军官也都抬起头来，相互看着，因为集市上安静得可怕，而那小提琴发出的音乐声正在不断地传来。”

弗兰基朝坐在那里的审查官瞥了一眼，只见他的一个手指正搭在控制麦克风的开关上。他抬起头，她连忙微笑了一下，继续自己的播音。

“如果你手头有充满德国激情和信念的胜利之歌——c小调第五交响曲，那就赶快拿出来听听吧！”她对着麦克风这样说着，眼睛看着审查官，他的手离开关更近了一点儿。

她大声地哼唱起来：“嗒嗒嗒嘀——嗒嗒嗒嘀——”

听到这里，审查官立刻关上了麦克风。

她靠到椅背上，毫无畏惧地看着他。她很清楚自己刚刚哼的是什么。那4个音符用莫尔斯电码符号表示出来就是“. . . —”，而它们代表的是字母“V”，是胜利！

“小姐，刚才你在干吗？”审查官盯着她，用德语问道。

她坦然地看着他，回答道：“我喜欢贝多芬的音乐，所以哼了两句。”

她面前的这个男人上了年纪，衣着考究。“也许他曾经是个教授——语言学教授。”弗兰基想。她看不出来刚才他关掉麦克风是因为已经知道自己干了什么，还是遵从了她一不按稿子讲话就立即让播音停止的原则。看得出来，他在犹豫。“我是不是会惹麻烦？他们会不会审问我？”弗兰基有些紧张。

这时，吉姆·荷兰推开了播音室的门。他装作若无其事的样子对弗兰基说：“播音结束了？去喝点儿东西怎么样？”

她抬头看着审查官，就像小学生等着老师发话。

审查官沉默了片刻，然后一脸嫌恶地挥了挥手，让他们走出了播音室。

吉姆领着她走下楼梯，来到大街上，一只手攥着她的胳膊。她拎着录音机，任由自己被他带到街上。走过街道转角，他们走进一个小小的酒吧。吉姆找到一张桌子，点了两杯酒，拿来一个烟灰缸。她一屁股坐了下去。

“天哪，刚才真是太悬了。”

“哼第五交响曲？”

他点点头说：“你肯定把他吓坏了。”

“很好。”她咯咯地笑着，“还有很多人在哼，不停地哼。”她笑着啜了一口酒，满意地朝后靠去。

“你来这里多久了？”她拿出一根烟来。

“几个月了。”

“一直在法国？”她朝他的打火机凑过去。

他点点头。

“看了不少吧？”

“是不少。”他看着她，冲她微笑，目光流连在她颈部的曲线上。他知道她是莫罗派来的人，知道她刚才很勇敢，也知道她的稿子写得好极了，更知道她是从伦敦来的，见惯了大场面。可他在乎的不是这些。她的腿真漂亮，他也好久没见过这么翘的臀了。他问着问题，但是一点儿也不关心她的回答。无论她说什么，他都会煞有介事地点头。他此刻想的是要把她拉进自己的怀里，双手放在她的屁股上。

她抬起胳膊，露出腋毛，他凝视着。她双手抱在胸前，他才把注意力暂时放回到酒吧里嘈杂的人群上。

“听着，”她说，“跟你说个事。”

“什么？”

她喝得有点儿高了。“你得听听这个人说的话。”她伸手从脚边提起录音机，朝酒吧四处看看，“找个安静一点儿的地方。”吉姆站起来，拿着他们的酒，走到角落里的一张桌子旁。这桌子靠近电话，在楼梯下面，远离了吵闹的人群。

弗兰基坐下来又点着了一支烟，打开箱子，从箱子盖上的口袋里抽出一张碟片放好。然后她看着他，打开开关。

他的耳朵几乎要贴到碟片上才能听清托马斯的声音，他就一直保持这样的姿势听完了录音。他抬头看着她。

“他讲完这个后没几个小时就死了。”弗兰基说。

吉姆扬起眉毛。

“没有什么故事比这个故事更能打动人心。这是一个男人说的话，在被杀之前说的话。我们要把它播出来，没有哪个报道会比这个更真实。”她说着，关上录音机，合上盖子。

吉姆摇摇头说：“如果只播出这些话，那就不是报道。必须得添加一些解说之类的东西，让人们知道重点。我们得挑些重点出来。”

“如果我们那样做，会显得多余，你不觉得么？”

“你不能这样挥挥你的话筒就走开，然后指望那些话去完成一切。你得讲一个故事出来，这样才完整。”

“有这些声音不就足够了吗？”

“你是个记者，巴德小姐!”吉姆反驳道，“你不是资料搜集员，你必须让人听到真正的报道。”

“我不知道。”弗兰基显得有些疲惫，“很多人在说话，就在那里，你本来可以活生生地听到他们，但是……这是让人们看清真相的唯一途径。这就是故事。”说完，她又加上一句：“没有办法再加什么素材进去了，没有了。”

“听着!”吉姆又拉近了一点儿他们之间的距离，“你长得这么漂亮，怎么不知道好好利用呢?”

她眨了眨眼睛。

“我知道。”她一边回答一边拎着录音机站起来，头也不回地走出了酒吧，找到了通往车站的路。一个小时之后，她又在火车上了。这一回，她是往西走。

第十七章

1941 年　夏

接下来的日子里，弗兰基不停地上火车、下火车，让列车带着她穿过法国的高地和中央平原，朝着西南方向一路前行，最终来到了里斯本。然后，她又掉过头来，回到了法国的波尔多。这一路上，弗兰基遇到了使用各种语言、操着各地口音的男男女女，她的麦克风不停地伸出来，提出自己想知道答案的问题：你叫什么名字？你要去哪里？你从哪里来？要坐多久的车？你带了些什么？有人接你吗？“小姐，谢谢你。”有一次她问完问题后，一个男人对着话筒小心而缓慢地用法语说出了这句话。“不客气。”她喃喃地用法语回应，声音有点儿哽咽。

弗兰基在笔记本上为每一段录音都写了一段话，描述讲话人当时的神态。

“这个男人说话很小心，好像生怕句子会消失一样。他说完后，抬头微笑着看了我一眼，然后望向别处。”

“这个小孩说话时手里一直摩挲着一块小木片，它光滑极了，上面用笔画着一张小脸。”

“她是一位母亲，无名指上松松地套着一枚戒指。说话时她从不看我，总是用手拨弄着戒指，望向窗外。”

她就这样疯狂地搜集着各种声音，却不知道自己究竟要带些什么回去给莫罗。她只知道自己急于打破这欧洲的沉默，想把收集到的声音传播出去，让它们自由飞翔。

日子像线上的串珠，线断了，它们也就滑落了。

有一天，弗兰基在火车上忽然听到一阵女人的哭号声，她哭喊着说自己就要被送到古尔去了。古尔？这个集中营的名字没有一天不在她的脑海里盘旋，她一直想让在那里发生的故事成为所有故事中的最强音。可是，当弗兰基要去寻找时，那哭喊声一下子消失了，就像沉入了久远的记忆里一样。

夜半时分，火车进站停靠。此时弗兰基已经记不清自己去过哪些地方，在哪里睡过觉了。有时候她闭上眼睛，火车、哨音、周围的人，一切都消失不见了。可等她睁开眼睛的时候，却会有一瞬间感觉托马斯正坐在对面，活生生地看着自己。这一切都让她感到糊涂，失去了方向感，不知道自己要去的是哪里。她只记得那些面孔、声音，还有手上的话筒。她不停地问，不停地记录，好像唯有这样才能留住一切。但是她知道自己的时间不多了，而且昨天她用完了所有碟片。

坐在包厢角落里的一个女人着看弗兰基，看着她提起磁头，凝视着一张碟片。“小姐，你怎么了？”那女人用法语关切地问道。弗兰基听见了她的问话，听见了对面熟睡着的那个男人在梦中的叹息，听见了夏天的雨水正冲刷着车身，也听见了月台上浑身湿透的人们急切的声音——她无法停止录音。她毅然决然地把碟片翻过来，把磁头放上去。

“好了，开始吧。”她用法语说着，并朝那个女人点了点头，把话筒送到她嘴边。弗兰基这样做很可能把碟片弄坏，那样不但之前的录音会被洗掉，现在女人说的话也无法录下来。可是这对弗兰基来说已经不重要了，她祈祷自己能够幸运地让声音和声音叠加在一起，形成一种力量强大的和声。

“小姐?”一个男人用法语喊道，并摇了摇她。

弗兰基被摇醒了，她挣扎着从硬板凳上爬起来，试图迅速恢复清醒。她眯着眼睛看着面前的男人，用法语问道：“什么事?”

“火车来了。”男人指着候车室外面说。弗兰基朝外看了看，发现在炽烈灯光照射下的月台上挤满了人。她摸到录音机和行李箱，疲惫地笑了笑，并对男人说：“先生，谢谢你。请问这火车是开到哪里去的?”

“图卢兹。”男人的回答很简洁。

人们分别挤到几扇车门前，站在那里等着。他们抬头望着金属车厢，脸上写满了渴望和焦虑。在过去的几周里，弗兰基看到了太多这样的面孔。一个婴儿被放在篮子里，提着篮子的女人踮起脚来朝车里张望，急切地想要挤上前去。但是火车还没有动静，车门还没有打开。

弗兰基看着焦急的人群，猜测他们中的大多数都是要去西海岸的波尔多搭船的。有些人可能会走得更远——从波尔多往南去巴约讷，然后越过比利牛斯山，前往里斯本。

火车站茶室的收银台那里挂着一张日历，上面显示今天是6月5日。弗兰基的通行证还有4天就要到期了。“入夏了。”她盯着日历想。不知为什么，这时她开始试图回忆曼哈顿百老汇大街上的机车声、街头叫卖可口可乐的吆喝声，还有街边赌骰子的人兴奋的大喊声。

车门终于打开了，弗兰基挤上车，找到一个空包厢，坐在角落里。录音机放在她身旁，承载着七十来个人的声音的16张碟片挤在封套里。她的手提箱里放着笔记本，上面写着那些没有录完全的故事。前天，一个说德语的老人语速太快，她没法和他交谈，就干脆把本子递给他，请他把自己想说的写下来。“该死的吉姆·荷兰！”她在心里骂着。她知道，自己所做的这一切并不是没有意义。

火车行驶途中，一声尖锐刺耳的哨声把弗兰基吓了一跳。一个同样被吓坏的男人大声喊叫着。弗兰基朝外望去，看到了不远处一个乡村教堂的尖顶。火车缓缓开进一个小站，月台上孤零零地站着一个女人和一个孩子。女人牵着孩子的手，那男孩看上去有十来岁了。

车门“砰”的一声打开了，他们走进了车厢。随着脚步声和窃窃私语声的靠近，包厢门打开了。弗兰基看着他们走了进来。女人把一只箱子放在行李架上，然后拉着孩子坐了下来。那孩子兴奋地看着窗外。

火车呼啸着开动了。窗外，太阳照耀着的原野奔驰在湛蓝的天空下。那女人闭上眼睛，仿佛在祈祷。过了一会儿，她睁开眼睛，望着弗兰基，然后转过头，让视线落在孩子身上。

“妈妈，快看！”孩子指向窗外，用法语大叫着。她朝着孩子手指的方向看去，只见一个男人骑在马背上和火车并肩而行。她刚看到这一场景，立刻就收起了唇边的笑容，紧紧地拉住了孩子。孩子挣脱母亲的手，扑到窗子跟前。母亲无奈地放下手，扶住了自己的膝盖。

“你们去哪里？”过了一会儿，弗兰基友善地问道。

“里斯本。”孩子答道。那母亲点了一下头，并没有看弗兰基。

她那种异样的安静让弗兰基没法继续发问。

他们就这样坐着，有两个小时没有说一句话。母亲的手一刻也没有离开过孩子。这趟车是慢车，要在很多和他们上车的地方一样的小站停靠。窗外阳光和煦，日影在车厢里不停地移动。

快到图卢兹的时候，火车减速了。车里的很多人都站了起来，他们不是要换乘去南方的车就是要换乘去北方的车。没动的那些人会继续留在这车上，过境前往西班牙。

城市的房屋依次映入眼帘，人们已经能清楚地看到屋内架子上的餐具和窗上窗帘的图案了。母亲松开了一直握着的孩子的手，让他站到自己面前。她双手攥住他的肩膀，孩子定定地看着她。

弗兰基一下子明白了——这母子俩是要分开了。也许他们只得到了一份通关文牒，也许在目的地只有一份可供孩子活下来的救助，也许……弗兰基知道有太多的也许，现在她唯一可以确认的是，母亲要让这个孩子独自去残酷的世界闯荡了。

她的绝望在包厢里蔓延，让空气凝重得好像就要滴出水来。她检查了一遍孩子口袋里的证件，站起来，从头顶的架子上取下行李，检查她放进去的食物。孩子坐在那里一动不动，看着母亲翻来覆去地倒腾那些东西。收拾好东西，她坐了下来，拉过他的手，把它捂在自己的胸口上。他们就这么面对面地看着对方，看了很久。孩子有些颤抖，她连忙去吻孩子的脸颊，两边都吻了个遍。她的视线慢慢地滑过他的脸，然后一把搂住了他。

车门摇晃了两下，打开了。月台上有哨声响起，还不时传来几声喊叫。终于，母亲放开孩子，站了起来。男孩紧紧地抓住母亲的手，她迟疑了一下，然后轻轻地把他的手掰开。两人都没有说一个字。她走向车门，他连忙站起来跟在后面，抬手碰到了母亲的后背。

母亲转身微笑着，静静地看着他，孩子把手放了下来。

母亲走出车门，登上月台。孩子站在车厢里望着她的背影。她走到一半儿的时候，突然转过身来，把手指放在嘴边，似乎是在说：“嘘！”然后，她给了孩子一个飞吻，转身离去。

孩子一直站在那里，盯着母亲消失的地方，一动不动。

应当录下这令人心碎的沉默。没有人知道那位母亲究竟积聚了多大的勇气，才能在这离别的当口挤出最后一丝笑容，留给孩子莫大的安慰。弗兰基低头看看自己的双手，那孩子还紧贴在窗玻璃前，呆呆地望着吞噬了母亲的人海。

过了好一会儿，孩子才坐回到椅子上，不再朝外看。他的脸上很平静，没有一滴眼泪。他没有说话，弗兰基也没动。火车一边加着燃料，一边上人，而他们俩就这样静静地坐着。又有两女一男走进了包厢，火车慢慢地开动了。

火车继续朝前开去，他们始终保持着沉默。男孩闭上了眼睛，弗兰基看到他口中念念有词，像是在数数。

很快，他睁开眼睛，转头看向窗外。

“别担心。”弗兰基用法语艰难地说出了这句话。

他看了她一眼，又望向窗外。接着他站了起来，随着车身的晃动摇晃了两下，坐到了弗兰基的身边。弗兰基看了看坐在对面的女人，那女人也盯了她一会儿，然后低头看着自己的手。弗兰基瞥了一眼身边的男孩，他又闭上了眼睛。过了一小会儿，这男孩的呼吸均匀起来，弗兰基知道他睡着了。见他的脑袋很不舒服地歪着，朝前直冲，她连忙让他靠到自己的肩膀上来，支撑着他。弗兰基也靠在了椅背上，却怎么也睡不着。

天快要亮的时候，他们到达了法西边境的巴约讷。弗兰基睁开眼睛，发现车门已经打开，人们正纷纷拿好行李下车。月台的一头是负责边境检查的官员，很多人向他们走去。

“你和你妈妈，你们去哪里？”弗兰基对面的那个女人用法语问那男孩。

“她不是我妈妈。”

那女人朝弗兰基皱了皱眉头。

“你去哪里？”她又朝男孩问了一遍。

“里斯本。”他答道。

女人点点头。“小家伙，祝你好运。”她低声说着，站了起来。

“来吧。”弗兰基对男孩说，“我们下车。”

队伍一直排到月台的另一头，快和火车差不多长了。弗兰基和男孩也加入其中，缓缓地向前挪动。

“你要去哪里？”官员们不断地重复这个问题，人们则用“马德里”、“里斯本”等地名给出最简单的回答。突然，排在队伍前面的一个女人失声痛哭起来，男孩紧张地抬起头看着弗兰基。“不——”他们听见她在用法语大喊，“我还有一个星期的时间！先生，别！别！”弗兰基站到队伍外面，想看清楚那个女人，但很快又被推回了队伍中。

他们已经排了 3 个小时的队，男孩累了，静静地坐在行李箱上，就好像坐在学校的书桌前。他跟着弗兰基默默地朝前挪动，虽然不说一句话，但看样子也不想离开她。

终于轮到他们了。弗兰基走到官员面前，递过去自己的证件。那人看了一眼就扔回来说：“过了今夜，去巴黎的火车就要 3 天之后才会来这里了。”

弗兰基皱起眉头说：“可是我不去巴黎，我要穿过西班牙去里斯本。”

他指指她的通行证，那上面用蓝色的墨水清楚地写着：有效期自 1941 年 5 月 19 日至 6 月 9 日。

“今天几号？”她问。

“今天 7 号。所以，你没时间了，小姐。”他有些幸灾乐祸地回答道。

几名侍卫把弗兰基从队伍里拉出来，并告诉她：“你必须坐今夜的火车回巴黎，然后尽快离开法国。”

官员要开始检查男孩的证件了，但那孩子困惑地看着队伍外面的弗兰基，几乎忘了掏出证件。

“快拿出来！”官员喝道。

男孩吓得连忙解开口袋上的纽扣，掏出证件，他的手不停地颤抖着。那官员看都没看就在证件上敲了个章，然后指着旁边打开的大门说：“去那儿。”

男孩盯着站在旁边的弗兰基，然后又迅速地看了一眼那扇敞开的大门。弗兰基能感觉出他的焦虑。

“喂！快走！”有个侍卫走过来推着男孩离开。

“去吧。”弗兰基大声说。

“你不走？”

她摇摇头。

男孩皱起了眉头。他弯下腰，提起行李，慢慢地朝大门走去。

看着那副小小的肩膀孤独地远去，弗兰基的眼睛被泪水模糊了。“我要去哪里？”她想象着他在这样问自己，“我要去哪里？什么时候才能到？谁会来接我？”

就要走到大门口时，他转过身来看着她。她点点头，对着这不知名的孩子挥手作别。

她跟其他那些被扣留的人一道站在桌子旁边。男孩走了很久之后，她还试图在脑海里寻找他的身影。那扇门早就关上了，她想象着他登上了另一列火车，列车又开动了。她想象着列车带着他穿过西班牙边境，进入毕尔巴鄂，然后朝南进入马德里，再朝西开进葡萄牙，到达里斯本。只身一人的小家伙一下火车就能直接跳上船，简直幸运极了……她试图想象出他一路上所有的美好，好像这样她就能代替他的母亲照料他，就能像一个阿姨或者教母那样亲手把他带上船，送他踏上一条美好的前路。

从一扇开着的大门里，弗兰基能看见广场上炫目的阳光。今天是集市日，广场上有很多支着凉棚的摊位。桶上面的小篮子里堆着甜瓜，还有萝卜，有个人在叫卖土豆。男男女女都在那里弯下腰看东西，直起身子聊着什么。一个女人一头钻进一个人怀里，是男是女，弗兰基看不清楚。

她又回过头去看那扇关上的门，不知道它后面的男孩遇到了什么人，正在经历什么事。

弗兰基很快获得了自由，但离上车还有一段时间，于是她一手拎着一个箱子，踩着车站冰冷的大理石地面，走到了外面的夏天里。

广场那头邮局大楼的角落里有一间小屋子，外面竖着一块公用电话的标牌，弗兰基走了过去。屋里坐着一个女人，头发烫得就像一只卷毛狗。弗兰基数了数手上的硬币，递给女人，准备打个电话。

“要买邮票吗？”女人的手指在桌子上敲着，她扬起眉毛，不耐烦地问。

“邮票？”弗兰基不解地瞪着她。

“小姐，你这不是在邮局么？”

弗兰基累极了，懒得跟她争辩。这时，女人身后的电话响了起来。她这才给弗兰基指了指柜台角落里的一部电话机。

“莫罗，你好。”

“弗兰基？你在哪里？”

她笑了，用轻松的语气说：“在巴约讷。我今晚就回巴黎。”

“谢天谢地。”他松了口气，“你这几天在干吗呢？”

“还能干吗？录音呗。”她说道。

“都录了些什么？”

她耸耸肩膀说：“我也说不清楚——反正就是录音。”

电话那头沉默了。

“你得回来。”

“我马上就回去了。”

“我是说现在，弗兰基。”

她听到他身边有人在说话，可是她听不清楚说了什么。

“我从巴黎直接回去。”

“你保证？”他好像有些不相信。

“我保证。”

“好吧。巴约讷有一个很好的无线站点，要不你在那里做法国境内的最后一次报道吧。”

她点点头，没说话。

“我让他们把 68 频道留给你。”

“好的。”她低低地说道，“莫罗？”

“什么事，弗兰基？”

“你旁边有人吗？”

“什么意思？”

“有人在听我们说话吗？我是说，我们的话是不是全都被人听到了？”

“弗兰基。”莫罗的声音里明显带着几分忧虑。

电话两头都沉默了。

“赶快回来吧。”

“我会的。就回来了。再见。”弗兰基一边点头一边说着。她小心地把听筒挂好，然后坐在逼仄的小屋里，泪水成串地滑落下来。

她摇摇头，用手抹去眼泪，站起来推开门。外面，一辆农用车被一个农民推了过去，上面堆的全是草莓。

“去收集故事，然后回来。”莫罗的话在她耳边响起。她现在终于要回去了，她还能回去，还能回到家里，最重要的是她还能播音。她的故事就是他们的故事——集市上的顾客、那个推车过去的农民、邮局里的女人、独自前往西班牙的男孩，还有那独自面对空荡荡屋子的母亲。她一路上遇见的所有曾经与她的生命交会过的人都有故事——她要把这些全都在电波里讲述出来。

她走进巴约讷的播音室，这里的审查官脱帽向她致意，并伸出手来索要广播稿。她微笑着摇摇头，把录音机放在桌子上，指着麦克风前面的椅子用法语说：“可以坐吗？我没有播音稿。”

他皱起眉头，不过没说什么。

她一直冲他微笑着，打开装录音机的箱子，挑出一张碟片来放在机器上。审查官身后的导播向她挥手示意，她做了一个深呼吸，开始说话：“这里是哥伦比亚广播公司的弗兰基·巴德从法国巴约讷为您发回的报道。下面您将听到的是一趟法国列车上几个人的声音——一个男人，三个女人，还有一个孩子。他们都是逃难的人，都要往西边走，希望能够顺利到达你们现在坐着的地方——美国。”这时，坐在她对面的审查官看着她，连眼睛几乎都不眨了。他看着她站起来，轻轻地把金属针放到碟片上。

“我叫毛里斯。”一个男人的声音从录音机里传了出来，“毛里斯·德尼斯。我要去里斯本，然后去美国。”说到“美国”时，他的音调明显高了一点儿，似乎充满了希望。弗兰基的本子上记着，这个男人说完这些之后就瘫坐在了车厢的角落里。他只带了一个软皮小包，手上有一枚结婚戒指，但是只身一人。

弗兰基看了审查官一眼，他连忙把目光转移到旋转的碟片上。

接着，两个女孩子的声音响了起来，其中一个迅速地低声说出自己的名字，好像说出了一个什么秘密。“是的，女士，”她对弗兰基说，“我叫劳拉。”接着，她又说了自己在哪里出生，要去哪里。“是的，和他们一样，我也是犹太人。”她的声音听起来有点儿颤抖，“我姐姐还有我，我们都是犹太人。”碟片沙沙地响着——弗兰基趁着这中间的停顿，把女孩子们说的法语翻译成英语，好让听众明白。然而，女孩子们的声音很快就再次出现，压过了她的声音，它们就像是一条自由的彩线，从一团乱麻中跳了出来。这饱满圆润的女孩子的声音，竟像有了生命一般。

“这就是广播的要义。”弗兰基想着。她觉得这传到空中的人声结成了一个穹顶，一个声音的殿堂。

弗兰基看着表，整整60秒时，她让碟片停止了转动，拿过麦克风说：“刚才说话的都是在欧洲的犹太人。他们每时每刻都在逃亡，今夜他们也许还在火车上，也许仍然活着……”

“够了！”审查官有些气愤地按下了麦克风的开关。

审查官坐在那里一动不动，弗兰基从桌边站起来，心怦怦直跳。她没有逃走，他也没有来逮捕她。他站起来，慢慢地走到桌边，在她面前停下。他们俩之间的距离不超过半米，她甚至能闻到他身上和古龙香水混在一起的汗味儿。他盯着她看，有好一会儿弗兰基都不能确定他到底有没有想好该拿她怎么办。她的眼睛盯着他衣领上的银纽扣，等待着。最后，她抬头看着他，他的目光却移向远处。

突然，他揽过她的腰，一下子把她拉了过去。她惊得大叫一声。他的手伸进她裙子的口袋里，贴着裙子的衬里碰到了她的腹部。他摸到了一封信，脸上闪出一丝微笑。他打开这封信，看了一遍，又折好放回信封里。他检查了她的护照，一页一页地翻着，最后把信塞进护照里。然后，他看着护照里的信，看了好久。

“这是什么?”他指着信说。

“没什么。”她耸耸肩膀，“一封信。”

“给谁的?”他的目光很平静。

“我妹妹。”她轻轻地说道。

他摇摇头，视线落在麦克风上，得意地笑着。弗兰基不知道导播有没有在看他们，她的注意力全都集中在面前这个人身上了。他收回目光时，弗兰基知道他是打算放过她了。她长长地呼出一口气，听起来却像是有气无力的一声叹息。

“真的?”他朝她弯下腰。

弗兰基盯着他，点点头。他递过护照来，弗兰基伸手去拿。他猛地一缩，弗兰基赶紧伸手去够。他迸发出一阵大笑，朝门边走去。她把护照塞回口袋里，开始收拾箱子和录音机。

她小心翼翼地走出播音室的门，目不转睛地盯着楼梯，径直走过去。经过楼梯的第一个转角时，她觉得冷极了，开始颤抖。走到第二个转角的时候，外面的阳光从窗子里照了进来，让她感到了一丝温暖。她推开楼门走出去，走进那无力的蓝天下。

第十八章

大家都在说开始打仗了，虽然并没有什么根据。窗外，海鸥和燕子在天空里划分着领地；水天相接，一天比一天热了起来。

进入6月，弗兰克林和天气一样，渐渐喧闹起来。乘着波士顿游船来到这里的游客涌进前街，街上还有成群结队的水手。晒得发烫的沙滩上竖着各种颜色的遮阳伞，海湾外面仍漂着许多军舰。

“有人吗？”邮局大厅里一个男人喊道。艾里斯跳出来看了一眼钟。

“来了。”她答道。

要是有人研究过度假时人们的心理就会发现：虽然他们来度假了，来到这么远的地方晒太阳、闲逛，或者只是躺在那里，但他们还是习惯早起，就像狗的条件反射一样。他们每天醒来后就会冲进邮局收发邮件和卡片，想赶在早晨把因为度假耽误的工作处理完。只有这样他们才能安心地在剩下的时间里吃吃喝喝，让一天就这么混过去。

艾里斯站在柜台后面分发邮票、处理信件，并不断地抬起头和游客交谈。

“是的，沿着小丘可以到后滩去。不过得带点儿水，因为路不近。”

“是的，今天看起来很热。”

邮局里的人群像潮水一样涨落，艾里斯认真地敷衍着每个唧唧喳喳说话的人。

“你觉得今天会下雨吗？”一个老人问。

“我也不是很清楚。”艾里斯实话实说。

“小姐，”老人越过她的肩膀，看了一眼邮局公告牌上印着的她的名字，“詹姆斯小姐，你怎么能不知道这里的天气呢？”

“抱歉，先生。”

艾玛仿佛没有看见这个老人，径直走了过来。她也没看艾里斯，神情专注地朝邮箱走去。她从包里掏出钥匙，小心地开锁。虽然她稍稍踮起脚就能看见里面有没有信，可她还是喜欢用钥匙把邮箱打开。

艾里斯看着艾玛打开门，把手伸进去。艾里斯知道她马上就会发现没有信在里面。

艾玛关上门，缓缓地转动钥匙。又是一天——已经是第 14 天了——没有一封信。

“等等。”艾里斯平静地叫住她。

艾玛无精打采地站在几米开外，转过身来。

“还好吗？”艾里斯接着说道。

“还好。”艾玛点头，“挺好的。”她垂下目光，在这个年长女性的注视下，她显得有点儿紧张。

“明天就有信了。”

“别说了。”艾玛的声音有点儿冷淡，“求你了。”

大厅的门被推开，几个男人说笑着走进来。“哎，瞧这是谁在聊天儿呢?”其中一个男人笑着大喊。

“詹姆斯小姐，”强尼·克里普斯对艾里斯喊道，“早上好。”

艾里斯对着这些人点点头，但眼睛却看着艾玛。

“费切夫人，你好。”强尼说道。

“你好。”艾玛说着，显得有点儿局促。

“看那里。”汤姆·杰克斯指向艾玛旁边的那面墙。

大家看着艾里斯前天贴上去的海报，陷入了沉默。海报上画着一个穿水手服、戴水手帽的姑娘，她的手指勾在裤带上，屁股朝后翘着。她旁边还写着：喂！我要是个男的就好了，那样我就能去海军服役了！

“天哪，如果她去参军……”强尼喃喃道，“那我一定也要去。”

艾玛转过身去，她得回家坐下，她得回家躺着，她得回家脱下所有的衣衫。总之，她要赶快逃离这里的谈话。

“詹姆斯小姐，再见。”她抬头对艾里斯说，然后冲强尼点点头，转身走开。

“再见。”艾里斯喊道。

男人们看着她走出去，都没说话，邮局里只有电报机滴滴答答的声音。

“该死。”艾里斯小声说道。她推开隔板走进邮局大厅，透过窗子注视着威尔的妻子慢慢地走上人行道，手里提着她的棕色小包。那个轻轻地撞着她膝盖的小包使得这个小妇人看上去更小了——她这样拿着包，就像个小女孩。转弯的时候，她停了一下，谨慎地朝两边看看。艾里斯的喉咙像被什么堵住了一样，她转过脸去，不再看那女人小心翼翼的样子。“万能的主啊!”她忍住眼泪低语道。等她再回头时，艾玛已经走向另一个街区了。她的背挺得直直的，像是有人专门叮嘱过她必须这样做似的。

“砍断它的主意可真愚蠢。”强尼走到艾里斯身旁，看着外面的旗杆说。

“不好意思，你说什么?”

“砍断旗杆，瓦勒先生说的。”

“他不是说要砍断旗杆。”艾里斯小心地说，“他是说要把它弄得矮一点儿。”

“你觉得他说的有道理么，全是胡扯吧?”汤姆凑过来问。

“绝对是胡扯。”强尼毫不犹豫地说，“德国人怎么可能跑这么远来打我们?”

“你今晚去开会吗?”瓦伦问强尼。

“什么会?”

“防御大会。瓦勒先生要求每个人都参加。”

“我想不包括我这样的人吧?”强尼大笑起来，“他指的一定是那些能干的人。瓦伦，我不是针对你。”

“没事。”瓦伦无所谓地说。

几个男人闲聊够了，转身准备离开邮局，艾里斯冲着他们的背影喊道：“你们都去吧，就当帮个忙。”

艾里斯穿过大厅，走进分拣室，重重地关上门。她抓起水壶走到水槽那里，打开水龙头，让水流浇在自己手上。冰凉的水浇在她的手上，让她恢复了清醒。最近，关于旗杆的话题总是挂在他和哈里的嘴边，她都快觉得这件事像情话一样私密了。她知道这么想很傻，因为旗杆是邮局的，不是她的。邮政部门还没答复她关于旗杆的事情，她也没法私自做主。她把水壶装满水，放到电热炉上，然后塞上水池。她把塞子从上面紧紧地按下去，好像在发泄什么。她觉得不舒服，因为听到那些年轻人说出那样的话来。

艾里斯想：关于战争的看法是不是跟基因有关？也许当父亲在母亲身上播种的时候，就已经注定了这一切？

在过去的几周里，哈里似乎越来越心急，不停地说着战争的事。他甚至不去车库和奥都一起干活儿了，因为他坚信德国潜水艇已经靠近了美国的海岸线，他必须时刻监视海面。当然，也有像刚才的强尼·克里普斯那样的人，他们总是聚在一起嘲笑这个嘲笑那个。还有那些母亲，没人的时候，她们就会站在邮局里闲聊，庆幸自己的儿子没有通过体检。比蒂·格林说："天哪，我真希望自己的儿子有点儿残疾。"但这只是她美好的愿望罢了，因为她的儿子哈里·格林年轻高大，浑身有使不完的力气。夏天的时候，他站在最高的跳台上跳进水里——艾里斯从邮局的窗户里看见过他——用手划开水面，那劲头就像造物主在开天辟地。

艾里斯站在邮局分拣室的窗旁，窗外正是港口和跳台。现在潮水退了下去，渔船一只接一只地缓缓出海。她一直盯着渔船驶过兰德角，驶入广阔的海面。渔船消失在视线中，她仍然耐心地看着，好像这样就能看到未来。

艾玛一边走一边心不在焉地看着镇外的道路，邮局里那些男人的话让她觉得心烦。那些人和他们说的话让她觉得自己像是透明的气球——一个用很长很长的线拴着的气球。但是那线没有人牵着，任由气球自己飘荡。

她听不见另一个呼吸声，感觉不到他的身体。她觉得自己快要消失了。陷入一片混沌中的她继续着生活，但这一天和那一天有什么不一样？就像在遇到威尔之前一样——她没有灵魂。

“瞧你。”她学着威尔的口气说道。在街上、在家里、上床之前、做完爱之后，他都会这么说。“啊，你在这里。”他这样说着找到她，她因此而存在。遇到威尔，让她一生中第一次看到了自己。

他注视她的目光就像让睡美人醒来的那个吻，也像能让小美人鱼生出双腿走路的药水，或者随便什么故事里的东西，总之它们都能让奇迹发生。

她低下头，看到了自己——她的腰、她的胳膊、她手腕上的骨节，这些都曾放在他的手里。

快要到家的时候，她感觉空中出现了一个人。他逆着光，像一个黑黢黢的“I”字。可是，她很快就意识到，那是奥都——奥都·斯切林。他的腿微微分开，在梯子上站得牢牢的，稳当得很。他的身体靠在二楼窗户旁，裤管被风吹得鼓了起来。高高瘦瘦的他干活儿很仔细，拿着刷子的样子就像拿着一支画笔。他在认真地涂抹窗台，小心而用力。

她后来终于决定粉刷房子了。那天她站在厨房的窗旁时，忽然就想通了。她不应该害怕，不应该拒绝面对她和威尔之间的距离。她要把房子刷成明亮的白色，好让他能找到回家的路，回到她身边。也许他已经在船上了，她要给他一个惊喜。这个决定让她在一团迷雾中忽然看到了光亮。

她走到家门口，坐在台阶上，背对着门廊，伸直了双腿。太阳已经爬到了正中，高高地挂在那里。海湾里的船几乎一动不动，桅杆伸向炽热的天空。

奥都从牙缝里挤出一个声音，像是哨音，又像是叹息。他刷到窗子边框的时候，停下来回头看着她。

“没事。”她迎着他的目光答道，“没什么。”

他点点头。

她看着他。她知道他在家乡有个妻子；她知道他给家里寄钱，在邮局的时候他经常排在她后面；她还知道他只有一件衬衫和一条裤子，因为过去的 5 天他每天早晨都是同一身打扮出现在这里。

“奥都，你从哪里来？”她眯起眼睛看着他。

“这里。”

她挑起一条眉毛，不解地看着他。

他朝她眨了一下眼睛说：“连你也是这样。”

“什么意思？”她的脸红了。

“这里人人都觉得我是德国鬼子。”他说到“鬼子”的时候，微微颤抖了一下。

“这是什么话？”她不解地问。

他摇摇头，用刷子戳了一下角落。

“有人跟踪我。”他说。

她皱起眉头问：“什么人？”

他用下巴指指镇子那边说：“咖啡馆里的那些人。那些小伙子。”

“你怎么知道？”

他的手放下来，扶住梯子的横档，然后指指天际，没有说话。

“德国人就要来了。”她抬起头看着前面的大海，“瓦勒先生说的。”

“你怎么想？ “

“都是胡说八道。”艾玛大声说道。

他大笑起来，露出牙齿和舌头。她皱起眉头，可是他笑得更厉害了。

“干吗呢？”她也忍不住笑了起来。

“真是孩子气。”他用德语说道。

她继续眯起眼睛朝他看，他仍在笑着。

“有时候走在路上，我觉得你在跟着我。”她轻轻地说着，装出不经意的样子。

“是的。”

“为什么呢？”

他用刷子指指她的腹部。

她脸红了。事实上，她经常一整天都想不起来自己怀孕的事。直到晚上躺在床上，鼓鼓的肚子像身边躺着的一只小狗，她才会想起来自己是个孕妇。

他朝下爬了爬，开始刷窗台的下面。梯子伸向天空，她望着他。一个长长的人影站在那里刷窗台，显得那样孤独。

“奥都，你的妻子在哪里？”她温和地说。

他低头看了她一眼，她抬着头看着他。他拿起刷子在桶里蘸了一下又提起来，刷子末端白色的漆流成了一条线。他把刷子提得很高，然后又放回去。

“我的母亲把房子漆成了绿色，”他说，“邻居们个个都有意见。”

“在德国？”

“在奥地利。”他停下来看着她，“萨尔茨堡。”

“哦。”她说着。

他沉默了一会儿，手搭在梯子上。

“我不知道安娜哪里在。”他摇摇头。很快，他意识到了自己的错误，连忙纠正道：“我不知道安娜在哪里。”

“也许她在伦敦。”艾玛眯起眼睛，不再看他，“也许她和我丈夫在同一个地方。”虽然她知道这不太可能，但还是想这样说，他没答话，也没再拾起刷子，一动也不动。

最后，艾玛默默地站了起来，走到通往门口的小径上，她忍受不了他这样沉默，也忍受不了在自己上方有那么悲伤的一个身影。她朝前走去，一直走到门外的小丘那里，忽然感觉腹中一阵收缩。她停住了脚步，站在自家屋子和大海的中间，心怦怦直跳。她朝屋子看去，看到奥都仍站在梯子上，但身子倾斜着，和地面形成了一个钝角。

第十九章

哈里坐在市政厅里，举着望远镜，朝大海望去。望远镜里的大海一分为四，哈里把每一个象限依次看过，然后又整体扫视一番，保持着警觉。他这样看了整整一个小时了，打开的三明治放在膝头，他不时拿起来吃几口。虽然眼前始终是这片茫然，但他仍像守候着鳕鱼的渔夫一样，把粗粗的绳子挽在手上，眼睛看似悠闲地盯着外面，其实浑身都保持着高度的戒备。

这样盯着海面的时间久了，一切就都变得不真实起来。哈里盯着大海，看着水、灯光还有船只不停地起伏。有时候他确信海水马上就会分开，露出他一直等待着的德军潜水艇。但有时他又觉得自己这样做很愚蠢，傻极了。可不管怎么样，如今到这里来，这样看着，已经成了他的一种习惯。

哈里放下望远镜。捕捞龙虾的船只渐渐靠岸，船头闪着明亮的灯光。一个孩子从舵手室的下面钻了出来，站在甲板上。在这船的后面，远处，是海军的军舰，它们漂浮在蔚蓝的海水里。

就在昨天，有传言说一队美国潜水艇入驻了冰岛，守卫那里的海岸线。据说海军上将布雷顿还向那里派出了2艘战舰、2艘巡洋舰和12艘驱逐舰。美国军队会为所有往来于冰岛海域的船只护航。显然，美国已经卷入这场战争了。

“你怎么知道球被击中了？”一个记者用仰慕的语气问那个著名的棒球解说员李德·巴勃，“你怎么知道球会往哪里飞？”

“因为我不是看球，而是看外野手。”巴勃答道，”如果他们开始跑，就说明球被击中了。如果是右边的外野手开始行动，那球一定在往右边飞。”

哈里一直觉得巴勃的这番话很有道理。他和巴勃一样，不管用什么方式，也要确保自己能抢占先机。

想到这里，哈里又拾起了望远镜。

在邮局附近的草地上，克里普斯太太绕着一大堆闪亮的东西转圈。这堆东西全是铝制品，堆在一起有1米高。咖啡壶、茶壶、华夫机、洗碟盆、烤盘，还有一对小锅炉全都堆在一起，形成了一个形状奇怪的小碉堡。克里普斯太太不时弯腰拾起从“小碉堡”上滑落下来的东西，把周围拾掇干净。她热得头发紧紧贴在脑后，脸也涨得通红。

艾玛坐在亚当咖啡馆里，看着克里普斯太太在草地上用两个手指头钩起一把茶壶，就像拎着一只死老鼠。这个时间咖啡馆里没什么人，所以她进来喝杯咖啡，写封信给威尔。头顶上的电风扇把她面前的杂志吹得翻飞起来。“怀孕不是一种病。”杂志上面用黑色粗体字印着，“怀孕时女人的身体会发生奇妙的变化，为了迎接孩子的到来……”艾玛合上这本《女性家居月刊》，把它放回苏打水水罐旁边的架子上。

艾玛手下压着的纸被汗浸湿了，她移开手掌，看着纸上的那些字——“斯切林先生觉得不止是外墙要粉刷，其他地方也需要，否则屋子会朽败得更快。”

她已经38天没有收到一封信了，一个多月没有一点儿消息。但她还坚持写信给威尔，每天如此，就像是在祈福一般。

麦吉的孩子从窗外走过，最大的那个抱着用毯子包裹的小女婴。艾玛想：他们一定是去码头。每天下午他们都要到码头等父亲的船回来，艾玛在那里见过这一家子——大孩子帮忙洗船、处理打回来的鱼，小婴儿就被放在鱼食箱子上。

现在艾玛看见这群没有娘的孩子，已经不像以前那么尴尬了。可是，她仍然无法同吉姆·汤姆说话。每次看见他走过来，她就点点头、挥挥手，然后匆忙离开。

信该收尾了。艾玛低头看看信纸，在心里呼喊：“威尔，你在哪里?”然后她俯下身，把嘴唇贴在末尾的句子上，留下一个淡淡的唇印。

她把信折起来，塞进信封，从凳子上站起来，走出门外，走到外面草坪上那一大堆东西跟前。

“你好。”她打了声招呼。

克里普斯太太转过身来，小心地说：“呃，你好。”

仿佛商量好了一般，现在整个镇上的人和艾玛说话时都很小心翼翼。而且，经常是她一走近，说话声就立刻停止，等她走开声音才又响起来。

看着脸色苍白的艾玛，克里普斯太太心想：得让她离这些东西远一点儿。

“收集了多少了?”艾玛问。

克里普斯太太看了看这堆东西，有些兴奋地说：“弗兰克林有3/4的人都做了贡献。5000个洗碟盆、10000个咖啡壶、2000个烤盘和25000个茶壶加在一起就能造一架飞机了！所以，要是镇上每一个人都出一分力，我们就可以造……”说到这里，她停顿了一下，在心里飞快地计算着。

“就可以造一只机翼了。”说这话时，克里普斯太太有些沮丧。

“更准确地说，是造一只机翼的前端。”哈里突然从她们身后冒了出来。

克里普斯太太伤心地垂下头说：“也许这些只够做一些头盔。”

他们都不再说话，最后还是克里普斯太太打破了沉默：“别这么悲观！想想吧，吉尔森太太的对壶也能参战了!”说到这里，她立刻后悔起来。因为她想到威尔医生至今没有消息，而哈里也曾经因为战争的缘故错过了一次婚姻。她偷偷地瞥了他们一眼，可是他们好像并没有对她的话太在意。

哈里在这堆东西上摁灭了手中的香烟，然后从里面拣出一块汽车轮毂盖来。

“弗洛伦思，这个不是铝的。”

克里普斯太太盯着这个塔拉瓦尔家的孩子骄傲地交上来的轮毂盖，没有说话。

“而且还是偷来的。”哈里接着温和地说。

“偷来的?”克里普斯太太不敢相信。

“从我那里。”

艾玛露出一丝微笑来。

“它看上去就是铝的。”克里普斯太太坚持道。

哈里没有反驳她。

克里普斯太太弯下腰去，从脚边拾起3个不锈钢茶匙来，思考着这堆东西里还有什么是不合格的。

“我看你请了那个德国人干活儿，艾玛。” 克里普斯太太说道，“你得小心。”

“你是说奥都？”艾玛红了脸。

克里普斯太太点点头。

艾玛解释道：“克里普斯太太，奥都·斯切林是奥地利人，不是德国人。”

“反正不是美国人！而且他也太不爱说话了。”

艾玛皱起眉头说：“很多人都不爱说话。我也是。”

“你别忘了现在是你一个人在家。”克里普斯太太抬起头，严肃地说，“总之你得小心。”

“是的，多谢，克里普斯太太。我知道。”艾玛又红了脸，气得连再见也没说就走了。

“好多个下午他都在她家。”克里普斯太太对仍然站在这里的哈里说。

“你怎么知道？”

“不是只有你一个人关注着我们的镇子。”她回道。

“也许他是想练习英语。”哈里温和地说着。他的目光尾随着朝渔屋方向走去的艾玛。

“奥都不是间谍。”艾玛对自己说，“他就是一个粉刷匠。”过去的两个星期，他每天早晨都出现在梯子上，这还不能证明一切吗？

威尔在哪里？她现在只想一抬头就看到威尔朝她走来。她只想要威尔。

曼尼和阿拉瓦赫兹还在海里捕鱼，不过曼尼的表兄倒是早早地回来了——艾玛从停在港口的渔船上获得了这些信息。

她过去敲门，他开了门让她进去，她不知道他的名字。他身后站着一个男孩子，穿着红色的工装裤，有点儿短。她的注意力被面前冰块上放着的鳕鱼吸引住了，眼中泛出金属般的光泽。

“要多少？”

“一条。”

她回答的同时想起来还要做一碗汤，所以急忙说：“不，两条。”

渔夫拎起两条鱼来，放进秤盘里称了一下，然后从身后的架子上拿起一张纸来。鱼在她面前活蹦乱跳。

“要吃糖吗？”男孩问艾玛，他说话时逻辑重音显得有些怪。他的皮肤很黑，窄窄的衬衫袖口里伸出大得和年龄不符的手来。

“不了，谢谢。”她仔细打量他。他长得比同龄人要高，工装裤的口袋用红色的灯芯绒镶着边，上面绣着两艘蒸汽船。

她的心忽然剧烈地跳动起来，忍不住问道：“你这裤子从哪儿来的？”

男孩不解地看着她。

她又焦急地指指裤子，重复自己的问题：“这条工装裤，你从哪儿弄来的？”

孩子仍然没有作声。渔夫停止了手上的动作，转过身来，面无表情地看着艾玛。她朝前走了一步，努力挤出一丝笑容。她看着这个挤在工装裤里的男孩，恍惚间觉得他已经变成了威尔。

威尔家的壁炉炉台上有这么一张照片——艾玛的丈夫 5 岁的时

候穿着这条裤子，对着相机，迎着太阳，眯着眼睛。“威尔的母亲一定是把这裤子捐给了教堂。这些年它不知道经过了多少人的手。”艾玛想。

“你还要不要这鱼？”渔夫一只手搭在儿子的肩膀上问。

她慌忙退后一步，点点头。

艾玛在父子俩的注视下把鱼放好，然后把数好的钱交给渔夫。临走前，她还想再说点儿什么。“听着。”她温柔地对孩子说，那声音里有一些什么东西引得男孩凑了过来。“告诉你妈妈，”她低声道，“这条工装裤以前是我丈夫的。”

这男孩的眼睛里顿时充满了绝望。他朝后退了一步，用葡萄牙语说：“死了。”

艾玛听不懂他说的话是什么意思，于是又说了一遍：“告诉你妈妈……”

“走开。”渔夫打断艾玛，不耐烦地朝她挥了挥手，赶她离开。

“我妈妈死了。”男孩依然用葡萄牙语说道。

艾玛愣住了，转过身朝门外走去。看到码头上装满鱼的箱子时，她又想起了那父子俩的眼神。

她觉得今天威尔的工装裤忽然出现在那个葡萄牙男孩的身上，就像一个预兆。她呆呆地走到路的尽头，拐入前街，走进邮局。

邮局里的百叶窗遮挡住了夏日炽烈的阳光，让这里就像是孩子午睡的房间。看到从缝隙里射进来的阳光，艾玛觉得这屋子很适合睡觉。金属百叶窗被风微微掀起来，轻轻地敲打着窗沿——“嗒，嗒。”艾玛忽然想起了那个在帐篷里俯身检查自己是否还活着的护士。那张戴着口罩的白白的脸让她觉得安静、祥和，让她有想哭的冲动。

邮局里的安宁朝艾玛心头袭来，让她感觉这里好像被上天眷顾着。也许她该在这里多站一会儿，然后再转身走出去。

分发信件时，信封在信箱里发出的声音如此有节奏，也如此轻柔。艾玛闭上眼睛听着，她知道这里有人看顾。也许她需要的就是头顶上的这片屋檐。

“艾玛？”

她颤抖了一下，睁开眼睛，心怦怦地跳起来。

“你还好吧？”

她点点头，看到詹姆斯小姐站在那里。

“喝杯水？”

“好的，谢谢。”

艾里斯转身走进后面的房间。艾玛听到水龙头打开，水流出来的声音。她觉得身体好像被两堵墙夹住了，动弹不得。

艾里斯走了出来，端着一杯水。艾玛走上前去，感激地喝了起来。艾里斯就站在那里看着她喝完，放下杯子。

“威尔……”艾玛说，“他肯定出什么事了。”

“不会的。”艾里斯立刻说道。

艾玛抬起眼睛，盯着艾里斯的脸说：“你这么肯定？”

“艾玛——”艾里斯红着脸说，“我这里没收到消息。”

“让消息什么的见鬼去吧。”艾玛喃喃地说着，转身走了出去。

门在艾玛身后来回晃了两下。艾里斯静静地站在那里，听着艾玛的脚步声离开邮局外面的台阶。

她等了足足有一分钟，才伸手从裙子口袋里摸出香烟和打火机。香烟亮起小小的火光，她深深地吸了一口，然后又投入到自己的整理工作中去了。

第二十章

下午 5 点半的时候，邮局大厅的门“砰”的一声被撞开了。富劳尔先生走了进来，肩上扛着今天的最后一口袋邮件。

“医生有什么消息没?”富劳尔先生嘟囔着。

艾里斯没说话，指了指身后的两个袋子。富劳尔先生推开隔板，把肩膀上的袋子放在地上。艾里斯转身帮他把要寄走的信扛了起来，并帮他推开隔板，送他到大厅门口。

“瑙赛特的邮局总监米治·雅各布说有点儿事找你。”富劳尔说道，“叫你过去一趟。”

艾里斯抿了抿嘴唇。她觉得自己得跟米治·雅各布说一声，以后不要让富劳尔先生带这样的口信过来。

“谢谢你。”她说着，在他身后重重地关上门，看着属于自己这片领地。

她在门上靠了一会儿，听着富劳尔的脚步声消失在门外，然后取下脖子上的钥匙，过去打开邮袋，拿出信来。

信封上面有很多标志，其中有官方标记，也有沿途各个邮局盖的邮戳。邮政局长通过辨别它们，可以准确地分拣邮件。艾里斯在分拣室按照标志整理信件，突然发现有一封信上贴着米治·雅各布写来的便条。她看了一下手里的信封，记起来这封寄给本宁堡的马克·博格斯的信是她昨天晚上处理的最后一封信。

米治在便条上说这封信被退回的原因是没有日期，所以无法投递。“没有日期？”艾里斯下意识地叫道，“肯定是邮戳的墨没有了！”昨晚太累了，所以忘记了邮戳墨水的事——她想起了自己的疏忽。这个错误就这样出现在她面前，影响了整个系统的有条不紊，她有些不高兴。但是出现了错误就得及时纠正，艾里斯连忙去给邮戳加墨。

处理好邮戳的事，艾里斯继续分拣邮件。她按照姓名开头字母的先后顺序，将信分别放在桌子上不同的位置。

从邮戳上来看，这封信很可能是约翰·佛斯汉姆的姐姐写来的。有两封给贝思·艾尔登的信，艾里斯翻过信封看了看，上面都盖着博格斯家的名章。“真好。”她微笑着说。贝思·艾尔登——杂货店店主的女儿，长得很壮实，不是特别漂亮，但眼神很清澈。她早就和马克·博格斯谈上了恋爱。

很快，艾里斯被手上的一封信惊住了。那封信的收信人是费切太太，地址只写了马萨诸塞州弗兰克林镇。

“这不是威尔的笔迹，但信是从伦敦寄来的。”艾里斯在心里说。窗外吹进来腥咸的海风，拂起她脸上的头发。

“嗨！有人吗？”大厅里传来一个男人的喊声。

她慌忙把这封信塞进自己的口袋，转过身来时她的心跳得厉害。

“来了。”她喊道，“来了。”

这个男人是来买邮票的。她拉开抽屉，机械地去拿东西，手指碰上了蓝色的邮票。

“要多少？”她抬起头问。男人说要10张。她数了10张撕下来，递给他，并把点出的零钱放进他手里。

艾里斯关上抽屉，感觉信封正摩擦着她的裙子。那人点点头走了，她立刻把手插进了口袋里。谁知，那个人突然转过身来对她说：“哎，10张邮票应该是30美分，对吧？”

“是的。”她紧张地说。

男人走回来，把手里的零钱递到艾里斯眼前说：“那你少找了我5美分。”

“对不起。”艾里斯慌乱地找出5分钱递给他。她有些心慌意乱，因为她的口袋里有一封信，一封从伦敦寄来的给艾玛的信。

男人走后，又有几个人走进了大厅。艾里斯皱起眉头看着钟，心想：还有4分钟就要关门了，他们还进来干什么？

这几个人才出门，艾里斯就连忙去关门。一个肩膀晒得黝黑的年轻女人回过头来对艾里斯说：“这么急着关门干吗？”

艾里斯没有解释，她关上门，插好插销，然后从口袋里取出那封信来。

在邮局工作了这么多年，她一直小心谨慎，没出过任何岔子。她修改写错了地址的信封、补足邮资，确保所有信件都能顺利寄出并到达目的地。她骄傲地认为，整个波士顿也不会有人比她更仔细了。艾里斯觉得自己就像一只很好地保护着蛛网的蜘蛛，更觉得自己是别人情感的最忠实的守卫者。而让她可以如此骄傲的基石是：她从来不去窥探别人的秘密。她从来不会把信放到灯光前，看看里面说的是什么；更不会偷偷拆开人家的信，掌握一些不为人知的细节。她觉得自己有责任保护信件投递这一过程中的美丽和神圣。她不关心信里写了些什么，而关心火车是否能正常地运行，邮件是否能顺利地送达。所以，此刻她应该做的是骑上自行车，去山上的艾玛家敲门，然后把信送到她的手中。她知道自己应该做的是什么，可是她却没有去做。

艾里斯灌满了水壶，把它放在炉子上，然后等着水开。水壶响了，她打开水嘴，用蒸汽熏着信封的封口处。封口受了潮，很容易就打开了。她小心地从里面抽出一张纸来……

1941年6月18日

亲爱的费切太太，你好！

很抱歉，可能有不太好的消息要告诉你。自一个月前那次轰炸之后，我就再也没有见过你的丈夫费切医生了。这一个多月来，你的信不停地寄来，所以我想还是要跟你说一声。

我刚刚去了他的房间，发现他的钱包和证件都在，就放在书桌最上面的抽屉里。他这么久都没有回来取这两样东西，说明很有可能发生了什么不幸的事情。

很抱歉，亲爱的，我有一种很不好的预感。也许你应该写信问问医院。

费切医生是个好人，常常和我说起你。

你真诚的埃德温娜·菲利普斯

艾里斯放下信，走到大厅里，开始收拾那里唯一的一张桌子——她把各种邮递表格从左到右码放好，然后给蘸水海绵里加了点儿水，又擦了擦胶水头。

她推开隔板走回柜台里，到墙边撕下了一页日历。日历上写着：7 月 8 日，星期二。“明天就是 7 月 9 日了。”她想。于是，她回身拿起邮戳，把日期那一栏拨到“9”上。

拉开抽屉，她看到了医生留给自己的那封信；推上抽屉，她愧疚地抬起头来。接着，她又突然把抽屉拉开，从里面取出信来。艾里斯盯着上面的笔迹，想起那个男人站在自己面前，手里拿着这封信时的样子。这回忆是如此真实，她想不看清都不行。

“要是我死了的话，你要确保她能收到这封信。”艾里斯记得他是这么说的。她盯着这信，知道这个消息得由她来说，因为医生只放心由她来告诉艾玛。

“可他没有死，他只是失踪了。”艾里斯把信扔进抽屉，猛地关上。

她又拿起房东太太的那封信读了一遍。“信里是这么说的。也许威尔受伤了，住在某个医院里。他伤得很严重，什么都记不起来，而身上又没有证件，所以……一定是这样！”想到这里，艾里斯紧皱的眉头舒展开了一些。艾里斯想象着房东太太把艾玛的信扎成整齐的一小捆，放在医生房间里的情景——那些信应该有四十几封了。

弗兰克林的每一封信都是艾里斯亲手盖上邮戳装进袋子里的。艾玛写的信，还有其他寄给远在异乡的男人们的信都是她经手的。所有那些寄进来的信，也要通过她来送达，谁也无法对她隐瞒消息。镇上的每个人都知道，他们离战争越近，就越有可能在某一天迎接来敲自己家门的那个人。这个人站在门外，却比门里面的人更早地知道某个消息。

艾里斯的哥哥死的时候，来报信的是个水果贩子。那个男人走进她家时，她们刚刚把灯点上。灯火在艾里斯身后跳动，把她的影子映在窗子上。她一抬头就看到水果贩子站在门厅里，紧接着母亲也看到了他。“博妮……”他走近一些，脱下帽子。“不——”艾里斯的母亲冲他叫道。

那些日子，水果贩子是最受人们关注的一个人，要是他在自家的店里做生意，就说明一切安好。要是他走出了店铺，就说明又有什么消息了。那时，人人都会盯着他，看他要去敲响谁家的门。

艾里斯把房东太太的信放回口袋里。她不想现在就去告诉艾玛什么，因为这种不确切的消息得到还不如不得到。要是威尔真的死了，肯定会有人来报信儿。要是有什么事情发生，迟早会有消息来的。可是，这消息可千万别在孩子还没出生的时候来。等那个可怜的女人生下孩子，做好心理准备了，这个消息再来也不迟。

想到这里，艾里斯有些释然了。她关上房间里的灯，推开隔板，走出大门，走进了邮局外面溽热的夏天的傍晚。这时，她看到哈里正站在那儿。

“你好。”她迟疑着说道。

“有什么好消息要跟我说吗?”

“什么?”

他的手扶着旗杆，沉默着。

“哦。”她咽了一下唾沫说，“没有，还没有得到回复。”

“艾里斯，”他平静地说，“你再问问吧。”

她点点头。她知道自己得说点儿什么，可必须等心跳渐渐平稳下来才行。

他朝台阶下走去，以为她会跟上来，可他并没有听到脚步声。

“你怎么了?”他停下来回头望着她，“你的脸色不大对。”

她摸摸口袋里的信，心想：要是我把这信带出邮局，就变成小偷儿了，不是吗？我是个小偷儿。

“哈里，要是做一件事能让别人免受伤害，你会做么？”她问。

“什么伤害？”他疑惑地看着她。

“你就说你会怎么做嘛！”她催着他回答。

他皱起眉头说：“你能做一件事让别人免受伤害吗？”

“当然能。”

“你打算做什么？”

“保持沉默，不让别人知道真相。”

哈里沉默了。

艾里斯站在门廊里，沉浸在自己的思绪中。哈里掏出一根烟来点燃，朝她看了一会儿，然后伸出手来说：“艾里斯？”

她回过神来，慢慢朝台阶下面的哈里走去。她知道自己做的是不对的事情，她一生中从来没有做过这样的事情。

哈里牵住她的手，领着她朝拥挤的街道走去。他们默默地在这暮色里走了一会儿，艾里斯突然抽回自己的手，插进了口袋里。

艾里斯大步朝前走去，哈里扫了她一眼，跟了上去。

“只要沉默，什么都有可能！在沉默中人们可以冷静，可以拥有希望！” 艾里斯的语速很快，不敢去看旁边的哈里。

“然后呢？”

她咽了一口唾沫，问道：“你说那种冷静到底是好还是不好呢？”

“哪种冷静？”

“虚幻的冷静。”

“虚幻？”

“没有来由的冷静。”

他默不作声。

“冷静本来就是这样的，不是吗？”过了一会儿，他说道，“冷静其实就是在真相到来之前的片刻喘息。”

“哈里，真相会是什么呢？”艾里斯停下了脚步。

她的声音听起来是如此悲伤，哈里走近了一些看着她，她也望向他。

就在这一瞬间，哈里意识到自己心中那扇门一下子完全不设防地打开了。这感觉是如此细微，如此不易察觉，但他却真实地体会到了。他活了半辈子，终于明白了什么是爱。是面前这个脑子里想着什么心事的红头发女人站在世界的尽头教会了他一切。

他轻轻地把她的手从口袋里拉出来，直截了当地说：“我也不知道是什么。艾里斯，不管是什么，你都无法阻止。”

艾里斯感觉他握住自己的手是如此温暖。这时，她又想起了医生说过的话，想起了艾玛走进邮局时挺得直直的背。“他害怕艾玛受到伤害，所以才让我去告诉她这个消息。就是这样。”艾里斯在心里对自己说，“他说完那些话就放心了。他把信托付给我是因为他觉得这样艾玛就不会受伤了。”想到这里，艾里斯做出了决定：把时间推迟一点儿，让那个小妇人迟点儿知道消息。至少要等到孩子出生以后。她觉得这也是医生的意思，他希望有人看顾艾玛，而这就是艾里斯要做的。这样做是对的，一定是对的。

艾里斯拿起哈里的手，贴在脸上，感激地看着他。她微笑的脸上满含着爱意，他的心都要融化了。

“好的。”她说着。

“这样就好了。”他咧嘴一笑，“我们走吧。”

他们朝防波堤走去，两旁的房子渐渐消失，大海在眼前铺展开来。

两个人走到大西洋面前。科德角的最后一道弯就在他们前面不远处。兰德角的白色灯塔已经开始闪烁灯光，水面平静极了，什么动静都没有，就像是一块奶酪或者孩子丢下的一块积木。

“我想结婚。”他站在她身后说道。

“你是该考虑这件事了。”她木木地回答。

“我是说和你。”他大笑起来。

她红了脸，转过身来。

“呃——”她傻笑着看着他。

“同意了？”

“嗯。”她答道，“是的。”

他们离开海滩，回到镇上。一路上艾里斯的手都插在哈里的口袋里，和他十指相扣。他们再次融入拥挤的夏日人群中时，路旁的屋子里都亮起灯来，像低垂的星星，身边不时有自行车在昏暗的街上驶过。

这是一个平常的傍晚，大家都出来散步。有人挥手和他们打招呼，有人则把脸转过来好奇地看着他们。经过邮局时，艾里斯看到一群人正在那里闲聊，有奈勒思夫妇，还有克里普斯太太。她知道他们都看见了——邮政局长和机修工手牵着手。

哈里牢牢地握住她，她微笑着。就是这样，他们就是这样。他们要结婚了。他们就这样在众目睽睽之下在一起了。

很多年之后，艾里斯还能想起他手掌的温度和照在他脸上的最后一抹夕阳。她也还能记得有些人在开口之前的那片刻沉默。那个盛夏的那一刻，那饱满充盈的一瞬间，永远印在了她的记忆中。

第二十一章

中央车站的酒吧里，旋转门吱吱地转着，不停有人走进这满是烟雾和人声的房间里来。《纽约论坛》的总编马克斯·普勒斯科特注视着人们“走进”酒吧上方狭长的镜子里——穿着西装的男人冲侍者举起手指，表示人数；女人走进来打量着房间。有些人——比如他自己——是一个人来的，所以直接走进来，脱掉外套，叠好放在膝头。门不停地转动着，把外面火车咔嚓咔嚓的声音带了进来，这里的午餐时间永远穿插着工业时代的特殊伴奏。现在正是仲夏，天热得要死。头顶上的电风扇吹得人的衣服都飘了起来，但只能勉强带来那么一丝凉意。

“老板，你好。”弗兰基坐到他旁边的凳子上。

她就这样突然出现了——虽然他等的就是她——就像凭空冒出来的一样。

弗兰基灵巧地转向老板问：“你喝什么？”

“波旁威士忌加水。”

“下午6点之前不应该喝波旁威士忌。”

虽然她嘴里这么说，但仍冲侍者点点头说：“跟他一样就行。”

“那苏格兰威士忌呢？”马克斯问。

“苏格兰威士忌？那是仆人喝的。”她举起空酒杯朝他轻碰。

马克斯打量了她一下，发现她瘦了，看上去很疲惫，好像刚刚侥幸逃生的一只猫。

他听到了她那最后一次播音，是两个月前在法国的那次。当时的广播听上去有点儿异样，因为“啪”的一声就中断了。不过他也没去多想，直到她妈妈着急地来找他打听——她已经两个星期没有接到弗兰基的消息了。于是他打了个电话给莫罗，可是自从吉姆·荷兰在里昂见过她之后，就再没有人看到过她了。欧洲有他们那么多耳目，还有那么多管理着媒体的警察，却没人知道她的下落，一点儿关于她的消息都没有。大家觉得除了她被关在一个不为人知的小牢房里外，似乎没有别的可能了。她一定是在错误的地点出现在了错误的人面前。马克斯知道肯定是这样。所以，昨天在电话里听到她的声音时，他立刻转头去看窗外，想确认一下自己不是在做梦。“我回来了，马克斯。”她没有任何开场白，就这么说道，“我逃出来了。”

他们默默地喝着酒，他们已经习惯了这样静静地坐着，除非有什么非说不可的话。而他们常常除了那四五句工作上的事，就没什么其他话可说了。他周围的很多人——包括他妻子——都不能忍受一个小时只说四五句话，可是弗兰基·巴德就像一头骆驼，能好几天都不和他说一句话。

“我都快不认识这里的生活了。”

“什么生活？”他抬起头，看到她盯着镜子里面来来往往的人。

“这样的。”她指指镜子，“人人觉得安然无虞的生活。”

“他们把危险丢在了门外。”他说。

“不，不是的。”她用下巴指指那些人，“他们根本不觉得有危险。”

马克斯从镜子里看着自己身后的一个男人，他正靠向女伴，在她耳边说着什么。女人的脸颊转向他动个不停的嘴唇，但眼睛却盯着面前的菜单。周围的喧嚣就像一把大伞将他们保护起来。

“人性啊。”他感慨道。

“不，马克斯，”弗兰基抱起手臂，看着酒杯，“只有美国人才有这种天性。”

他不自在地笑了笑，说：“你好像觉得他们应该受到惩罚。”

“是的。”她点头。

“为什么呢?”

“就为这个。”她耸耸肩膀，再次用下巴指了指那些正在吃午饭的人。

一个侍者手里高高地举着一个盘子，穿过缭绕的烟雾朝厨房走去。他走过的时候，人们纷纷侧身。房间里持续着喁喁私语的声音，还有玻璃杯相撞、刀叉和瓷盘相碰的声音。

“人们无法想象自己没有经历过的事情。”他答道，“这也正是我们存在的意义。”

“不好意思，马克斯，恕我不能苟同。”

“你看到了那些他们无法看到的事情。”他说道，“但你不能因此就责怪坐在这里的人。”

“你觉得我为什么会回来?”她冷冷地问。

“你待的时间足够长了。”他回击道。

她一口气喝完了杯里的酒，侍者连忙侧过身子来斟满。马克斯太了解弗兰基了，知道她不会解释什么，在那里发生的一切她也许都不会说。

她转过身来看着他，挤出一贯的笑容来。

他拿过侍者放在自己面前的酒，建议道：“做个深呼吸。”

她摇摇头说：“我想下车。”

“就这么一个故事了，弗兰基？”

“去他的故事。”她答道。

“我不明白。”

“也许我再也不会讲出来了。”她耸耸肩，盯着镜子看。

“瞎说。”这老男人抬起下巴。

弗兰基没答话。

沉默了一会儿，她说：“以前我觉得写故事就像猎人扔出长矛一样简单。只要看准目标、抬起胳膊、用力一扔，然后矛落下去那么一击。从开始，到中间，到结束，都很简单。”

他盯了她一会儿，说道：“搜集起来越难，讲出来的故事就会越好。弗兰基，差不多了。”

她也看着他说：“这么大的题目，一旦做起来就根本没办法后退或者回头。就那么一头栽进去，听啊看啊，然后记录下一切，这就是工作；看，然后复述，这就是目的。一切都是计划好的。”

“弗兰基——”他在椅子上晃来晃去，有些不安。她掏出一根香烟，他举起打火机。她弯腰凑上去，吸了一口。

“有一天，我在一趟就要离站的火车里，竭力地想要改正，想要纠正错误。当时我觉得自己像上帝一样能够拯救别人，好像我一个人就能改变这故事——一切都错了，错得可怕。”她转身看着他，耳边又响起托马斯的声音。

“然后，我亲眼看着一个男人被杀了。”

“弗兰基——”

“马克斯，这究竟是些什么玩意儿啊？这不仅仅是一枪的问题。不管我说不说出来，战争都在继续，现在我也卷入其中了。”

马克斯注视着她，等她说完。

“我一直在那里，”她的手从酒杯的边缘滑落下来，“想让故事停止或者变得美好，可这并不是想做就能做到的事。故事就这样在黑暗里渐渐无声。接下来呢？接下来会怎么样？我无法忍受了。”

她突然停住了，因为想起了自己不耐烦地打断威尔·费切的声音：“好了，听着！”

紧接着，她微笑了，眼里满含着泪水：“天哪，马克斯——你听我说，别去管这些了。”

他转向她，她哭了起来。

“好吗？”她推开他递来的手帕，用手抹了抹眼泪。“好吗？”她重复着，快要笑出来了，用手捂住了脸。

后面有人说了一个笑话，屋子里突然迸发出一阵笑声。弗兰基转过身，看到一个女人走进酒吧。她的步子很轻快，走路的时候裙边轻扫着小腿。马克斯也转过身来，他们两个看着这女人坐下来，胳膊支在桌子上，下巴搁在手上，光溜溜的长腿交叉在了一起，一副热得没精打采的样子。

只要有人，他们就会这么看酒吧里一个漂亮的女人。弗兰基想着，觉得这世界是那么冷酷。她看了一眼镜子里的马克斯，弯腰从她的包里取出用布包裹着的一包东西，打开。她把火车上录的那些碟片放在桌子上。

“这是什么？”马克斯问道。

“我录的碟片。”

“在欧洲时录的？”

她点点头。

她从巴黎回到伦敦后直接回了公寓，带上了哈莉特记录的那些故事，然后从桌子上胡乱抓了几页纸，塞进自己的包里。她关上身后的门，把钥匙从房东太太的门下塞进去。这一切她都做得飞快，好像一个犯罪要逃离作案现场似的。她跑到广播大厦的前台那里，把录音机丢下，没有上楼跟一个人说话。她得赶紧走。她径直跑到码头，买了船票。几个小时后船开了，她坐在甲板上的吧台里，看着水管冲刷船身——水流如注，洗刷掉船上的盐渍。

“你打算怎么办？”马克斯问。

她摇摇头，耸了耸肩膀。

“弗兰基——”他又要开口。

“什么都不重要，马克斯！”她打断了他的话，“可是这个——这些，很重要。”她把碟片朝他推去。布一下子散开，一座黑黑的“小塔”露了出来。

“这里面录了什么？”他看着她。

“没什么。一些人，一些活着的人。”她悲伤地笑了。

“都是些什么样的故事？”

她盯着面前杯子上的弧线说：“马克斯，没有什么故事。”

“总得有点儿什么故事吧？”

过了好长时间，她答道：“我已经忘记了。”

他在椅子上扭动了一下说：“你是打算彻底沉默了？”

“我不知道。”

“你不能这样沉默，”马克斯说，“你会把自己搞垮的。”

“你明白的。不管我们多么希望那里不是现在的样子，但那里也已经是一个无人看管的地狱了。全是敌人，马克斯。”她脱口而出。她只是想要喊出来，发泄一下，不管自己这样显得有多疯狂。

“弗兰基，我知道是这样。”

弗兰基看着他高贵的面孔——他长得很帅气，秘书处的那些女孩子都喜欢在背地里议论他。弗兰基挤出一丝微笑说：“事实就是如此。没有人在听，没有人关心这些。我录下的也就是一些在旅途中消失的声音。他们不知要去往何方，就那么消失在苍穹之下。我觉得整件事就是这样了。”

“哦，马克斯，接下来是什么？”她停下来，揉揉眼睛，显得有些孩子气。

“我们也要参战了。”

她点点头，喝完杯子里的酒。

“寻找真相，报道出来，减少伤害。”弗兰基站起来说。她拾起自己的外套，迎着镜子里他的目光。

“听我的话，”马克斯说，“回去看看你母亲，休息休息。然后到曼哈顿或者泽西海滩去散散心。千万别走太远，让我能找得到你。”

她笑了笑说：“我今天下午打算去波士顿。”

“这个心散得可真够远的。”

“也就是马萨诸塞州嘛。我得去送封信。”她凑过来在他的面颊上吻了一下，“这可能是这几个月我能做的唯一一件正确的事了。”

他伸出手去，却没看她。她没有握他的手，就那么沉默着走了。她一离开桌子，他就后悔了，想要把她叫住。可是，看到她像一只灵巧的小鸟般穿梭在桌椅之间，敏捷而轻快，他又作罢了。

他知道，她去那里看了，把消息带给了坐在桌子前的人们，让他们接触到了最真实的东西，这就足够了，不管那意味着什么。

马克斯示意侍者来结账。他抬头看着酒吧上方的镜子，在镜子里，白色的桌布在诡异的灯光下连成一片波浪，仿佛酝酿着一场风暴。没有什么能一眼就看清，他知道。

弗兰基逃离了老板，走进了中央车站的人流里。她走近那些焦急等着上下车的旅客，走近那些吻别的声音。最后，她站在屋顶下，泪水滑过脸颊。她面前是时刻表，黑板上写满了白色的字，人们走到她身边，停下，看看，再走开。在车站，她看见的就是这些——箱子、陡坡、售票亭旁边的花盆里婷婷地立着的夏日百合。没什么好看的，没什么值得看的。

她吸了吸鼻子，用手抹了一下脸，盯着钟上的指针一格一格朝前走去。过了一两分钟她才缓过神来，找到了去波士顿的火车。

一个月前，弗兰基走下客船的甲板，跳进母亲的怀里。母亲带她回家休息。

回到家里，楼下时不时传来母亲和管家的声音，夏日的喧嚣穿透窗户而来。她盯着天花板，胳膊挨着身上的毯子，她知道自己又回到了吵闹的纽约。

她弄来一台留声机，放在她从小到大一直住着的房间里。她的裙子挂在床柱上，拖鞋整齐地放在地上，她坐在那里听着火车上录下来的声音，整整听了一周。

母亲走进来，坐在她身边。她闭上眼睛，眼前又出现了那些情景——她和哈莉特共同生活过的公寓、比利的妈妈、在防空洞里遇到的医生以及他临终前看着自己的眼神。她的思绪还回到了火车上，看到了托马斯还有那些孩子，也看到了没能跟她一道的孤独的男孩。她有太多的回忆。

她在思绪里前后搜寻，最后就像沿着一条蜿蜒的河流走到了尽头。她看见一幅画面——医生的妻子站在一扇门前，自己把她丈夫的信交到了她的手中。然后，医生的妻子好像也给了她什么东西，于是她们微笑了。

在瑙赛特，弗兰基没用多长时间就找到了去弗兰克林的巴士。她上了车，坐在椅子上，用力拉开窗户……

汽车颠了两下，停住了。弗兰基的脑袋撞到了窗子上，醒了过来。

窗子外面的街道上有人行走在黄昏的空气里，不时大笑着。弗兰基伸了个懒腰，站了起来。弗兰基走下巴士，打量着街道两旁的建筑。她走到邮局门口的一棵树下，等着司机把行李拿下来。

这是 8 月的第二个周末，整个镇子似乎热闹非凡。在海滩上晒得油光闪亮的游客洗过了澡，穿着麻布的和绸子的衣服都跑到外面来了。这些人到处溜达、聊天儿、逛小店，就像树枝上抽出来的小嫩芽一般生机勃勃。虽然现在才 6 点，但咖啡店已经挂出了写有“龙虾和饼已售完”字样的小黑板。

弗兰基站在那里，听到一声喊叫和轰响，接着是金属撞击的声音。就在这时，港口附近的旅馆里传来小号迷人的乐音，一场小型演奏会开场了。

也许她不该来这里。她这样想着，弯腰去拿自己的行李，心里忽然不安起来。在欧洲时虽然到处都是割据和侵占，但她至少还能辨清方向，可是在这里——她朝街上望去——净是些无聊的东西，她不知道自己该往哪里走。

那边有一个影院、一个舞厅，里面传出欢笑声。她拿起箱子，把包搭在肩膀上，等着那些雪佛兰和普利茅斯汽车开过去，准备过马路。

这时，邮局里走出来一个高个子的红发女人，她的邮局制服很合身。这女人解开绳子，要把在邮局门前高高飘扬的旗子降下来。弗兰基看着她心里想：她的嘴唇通红通红的，一定是个精力充沛的女人。红嘴唇有什么不好的呢？算了，别琢磨这些无聊的问题了。弗兰基看着女邮政局长松开绳子，那旗子翻飞着落下。

弗兰基过了马路，看到几个年轻人追逐着跑过来，朝港口走去，全是兴高采烈的样子。弗兰基漫无目的地跟在他们身后。

白天的暑气还没有散去，那些年轻人一路跑到沙滩上，脱下帽子和衬衫，直接冲进水里去了。他们的裤子滑落到屁股上，幸亏有皮带才不至于掉下来。他们在水里喊叫着、追逐打闹着，他们的胸膛和胳膊在海水里翻滚，就像是桶里活蹦乱跳的鱼。弗兰基想：他们每个人的名字一定都被征兵处登记在册了。走过他们身边，弗兰基朝前街走去。转到亚罗路上后，她开始一心一意地朝远离镇子的山上走去。

黄昏的余晖照下来，照亮了她右手边沙地里斜斜地伸出的一丛破败的玫瑰。灌木那边的悬崖下面，潮水渐渐退去，沙滩被留了下来。腥咸的海风混着玫瑰的味道迎面扑来，时不时还有几声海鸥的鸣叫。

很快，一排像积木一样的小木屋出现在不远处。此时的弗兰基就像等着上台去跳最后一支舞的小姑娘般，心里有些紧张。

一路听着屋里传出的脚步声、孩子的哭闹声、母亲严厉的呵斥声，她来到一栋木屋前。一个女人坐在隔壁的门廊里，抽着烟，脚搁在栏杆上，露出晒得黝黑的大腿。她看看弗兰基，随意地朝她挥了挥手。

弗兰基也冲她挥挥手，然后拉开纱门，走进屋里。屋里的基调是明亮的白色，窗上挂着厚厚的窗帘。一切都是那么新鲜，一切都是那么自然。前厅有一张小小的沙发，一个茶几，茶几上高踞着一台留声机，房间的两边还各放着一把椅子。她推开窗子，海风迎面扑来。水池上面的那扇窗户正对着高高的小丘。幽蓝的天空下，沙地里的绿草根根直立，闪着银色的光芒。

弗兰基放下行李，到水池边接了一杯水，望向窗外。她现在已经站在了弗兰克林的最高处，整个镇子一览无余。渔夫们把渔具扔回到甲板上，发出劳动结束之后的那种欢呼，打破了之前的宁静。这寻常的生活就这样忽然间展现在她的眼前。

这时她想起来自己曾经跟马克斯闲聊了一会儿，说了一些乱七八糟的话。真希望自己没说过那些话，她有些怨恨自己。

她走到门廊里，转头朝两旁望望。左边有一个老男人，坐在走廊的长椅上打盹，鼾声正浓。他穿着整洁的浅色裤子，一件白衬衫，深色运动衣，胳膊搭在扶手上。

回到屋里，她坐在椅子上，有些厌烦地想着过去的几年里自己做的那些广播节目。她不知道自己写的那些稿子起了什么作用。最后朝窗外看了一眼伸向镇中心的那两排整齐的房子，她心想以后还不如对着墙广播算了。

第二十二章

第二天早晨，好几个年轻人走进咖啡馆，他们之中有三个人穿着高筒胶鞋。这几个人坐下来，紧紧地握着咖啡杯，屋子里非常安静。

弗兰基坐到柜台旁边的凳子上，冲倒咖啡的女人点了点头。“谢谢。”弗兰基拿起她面前满满的一杯咖啡说道。

“早上好。”她身后的一个年轻人笑着和她打招呼。

弗兰基认出他是昨天游泳的那帮人里带头的那个，于是淡淡地回了一句：“早上好。”

门开了，一个男人出现在门口。因为逆着光，弗兰基只能看见一个黑黑的身影。男人进来点头跟大家打着招呼，然后走到弗兰基旁边的凳子上坐下。他穿得很整洁，长得矮矮的但很结实，花白的头发剪得很短，贴着头皮。他把脱下的帽子放在柜台上的盘子旁边，谨慎得像个法官。

“哈里，你好。”弗兰基身后一个年轻人和他打着招呼。

“你好，强尼。”男人说道。

屋子里的收音机响起报时的声音，人们顿时安静下来。气氛有些紧张，好像哪里着火了一般。

“英国和苏联已经攻入伊朗。”收音机里播出了一条消息，“德国的担心不是多余的，英国和苏联今天已经决定对伊朗的石油供给进行保护。英国在两个方面加强了对阿巴丹至巴格达西北，以及克尔曼沙阿区域石油安全的保护。与此同时，苏联正向大不里士进发，伊朗几乎未做什么抵抗。”

强尼·克里普斯忍不住叫起来：“真他妈的好啊。”

弗兰基啜了一口咖啡，两手围住杯子，像其他人一样不动声色地继续听着战争的消息。

广播里给大家描述着前沿的情形：“周末，在法国的德占区发生了偷袭事件。目前两千德国铁骑正在整个巴黎四处搜查。德军首领威胁说，要是再有袭击事件发生的话，他们就要射杀人质了。列宁格勒的人也面临相似的威胁，但他们还在抵抗。”这段消息过后，收音机里传出了贝蒂·邦妮轻快的歌声。

强尼站起来，嫌恶地伸出手把柜台上的收音机关掉了。“不知道什么时候会派我们去?”他喃喃自语着，又坐了下来。

他旁边的那个人摇摇头说：“可能上头自己都不知道。”

“急什么？反正迟早是要去的。”另一个人很肯定地说道。

“唉，反正我不想去。”又有一个人说。

在这群交谈的年轻人旁边，坐着一些年纪稍大一点儿的人，他们盯着手中的杯子，默不作声。弗兰基想：战争就在这些人的沉默里。这时，她发觉身旁那个叫哈里的人一只手撑在柜台上，抽着烟，好像在思考什么。

“就算欧洲有成百上千的犹太人，又关我们什么事啊？”哈里一旁的一个男人突然插话道。

弗兰基转过头来，盯着手中的咖啡。

“他们怎么逃得了呢？”

“没空位了。轮到他们的时候就没空位了。”

“反正麻烦是他们的麻烦。德国人杀犹太人也只是一种手段，不是根本目的，他们真正要搞的是恐怖主义。欧洲有过这样那样的战争，自从——”

“所以我们才要抢占先机。”有个人插进来说，“我们也才刚刚打完仗不到80年。”

“这次，德国人要把仗打到这里来了。”哈里平静地说着，眼睛直直地盯着前面。

那群有点儿年纪的人抬头看着坐在柜台旁边的哈里，哈里缓缓地转过身去。弗兰基注意到，一些人朝他点了点头，一些人则低头看着自己的杯子。

“哈里，德国人来不来我说不好。那日本人呢？”

“日本人怎么了？”

“我们该担心日本人吗？”

“嗨，这个就让罗斯福总统担心去吧。”哈里摇摇头说，“日本离我们太远了，我没空去担心日本，我只知道德国的潜水艇就在大西洋里。要我说，在日本人读到罗斯福总统的宣言之前，德国人的枪炮就已经打到我们头上来了。我只担心眼前的危险，它就要来了。”

弗兰基看到强尼和另一个年轻人迅速交换了一下眼神，然后强尼说：“可是哈里，难道不应该先等等看有什么确切的消息再发表这种言论吗？”

“要打就打来了，德国人不会先做个预告再打的。”哈里的态度很坚决。

弗兰基看得出来，哈里是那种有能力让别人听自己说话的人，可是那些人不想听他说这些。

“你怎么这么肯定？”强尼问。

“我不是很肯定。”哈里耸耸肩膀答道。

在哈里说到日本的时候，一个男人曾经摇了摇头。这时，他的鼻子里哼了一声。

“你们最好别管什么眼前的危险了。”弗兰基尽量用平静的语气说，“在欧洲，犹太人被赶出家门，不是成百上千，而是成千上万。”她说这话时，特意朝刚才提到犹太人的那个人摇了摇头。

“大批的犹太人流离失所，到处都是排队等待离开的人。他们挪动脚步，挤开领馆和使馆的大门。”弗兰基越说越激动。

“我知道很多人都要去——该死，我昨天才读到的——他们要去哪里来着？”一个人懊恼地说。

“已经太迟了。”弗兰基语气中的沉痛让那男人收了声，“对大多数人来说，一切都太迟了。现在，他们被困住了，情况越来越糟。有好多别动队在四处搜捕犹太人，只要抓住就全部杀掉。”

接着，弗兰基从凳子上站起来，义愤填膺地说：“而你们却坐在这里袖手旁观，说风凉话！”

“放屁。”强尼嘟囔着。

弗兰基颤抖着望向哈里，她本来不想开口的。

她打开口袋找钱付账。这时哈里问她：“你去了那里？”

她点点头。

“都去了哪里？”

“哪里都去了。大部分时间在伦敦。”弗兰基说着，在盘子里放了一些硬币。屋子里静悄悄的，所有人都在看着她。

“你在那里做什么？”

“新闻报道。”弗兰基朝哈里伸出手来，“我叫弗兰基·巴德。”

“我是哈里·瓦勒。”哈里吹了声口哨，接过她的手握了握。

“你就是收音机里的那个女的？”强尼插话进来。

她点点头。

“来这里度假？”

“待两天。”弗兰基答道。

“在我们这里做一个采访？”

“这里有什么好采访的？”弗兰基冷冷地问道。强尼周围的人“哧哧”地偷笑起来。

弗兰基又坐回到凳子上，咖啡馆里恢复了之前的气氛。她啜着自己的咖啡，心里想着一件她似乎永远都没办法知道的事——她从来没有在收音机里听过自己的声音，她不知道自己的声音是什么样的，不知道自己会给别人留下什么印象。上周，在纽约的大街上，她走过一家商店的时候，听到里面传来莫罗的声音，她一下子就愣住了。她知道他坐的那间播音室是什么模样，她知道他像孩子一样用两只手握住话筒底部的样子，她知道他一说话就闭上眼睛听自己的心跳……而现在，他的声音就在这样一个阳光灿烂的8月的下午，突然出现在喧嚣的人群里。她从没想过别人会在这样的情形下听到自己，认识自己。

“那么，你觉得德国潜水艇在这里登陆的概率有多大？”哈里问道。

“你是认真的？”弗兰基说。

“你说呢？”他的目光落在她的脸上。

她摇摇头说：“我觉得他们不会来美国。他们现在在苏联打仗，战线已经拉得够长的了。”

也许她的话叫哈里失望了，不过从他的脸上倒是看不出来什么。

“有牌吗？”门外进来一个人，他的帽檐下面露出来厚厚的金发和长长的发卷。这个人慢悠悠地朝里面走来，脚下的地板发出“吱呀吱呀”的响声。他走到柜台前面，手搭在柜台上，望着柜台里贝蒂·博格斯身后的那一排咖啡杯说：“有牌吗？”

“要什么牌？”贝蒂问。

“就是玩儿的牌。”

弗兰基听出这人说话有德国口音。

柜台下面的一个大碗里放着火柴和扑克牌，贝蒂伸手把牌拿出来放在柜台上。见盒子上面印着德国飞机的图案，这人皱起眉头说：“只有这一种？”

“只有这个。”贝蒂说。

弗兰基和其他人都注视着他，只见他拿起盒子来反复地看着。盒子上有一架飞机，飞机的肚子下面印着一行黑色的字——德国梅塞施米特 ME-110 战斗机。飞机的旁边是这架飞机的剪影，它正在俯冲，好像马上就要投下炸弹了。

那个人站在那里，弗兰基觉得他知道咖啡馆里的人都在看他。

“要还是不要呀？”贝蒂平静地问他。

他抬起头来看着贝蒂说：“嗯，我要了。”说完，他在柜台上放下 25 美分硬币。

“谢了。”她点点头，走到柜台里面的收银机前，然后两手扶在上面，站在那里等着他离开。那人没有在咖啡馆里流连，径直走出大门，过了马路。

“他是什么人？”弗兰基问。

“德国佬。”强尼朝弗兰基挤挤眼睛说，“你也看到了。”

“什么意思？”弗兰基严肃地说。强尼说话时的兴奋劲儿让她感觉很不舒服。

“他不是我们这里的人。”强尼旁边那个人解释道，“他叫奥都·斯切林，去年春天才来的。”

“最近他在给费切医生家刷房子，刷得好亮。瓦勒先生，这个你担心不担心？”强尼皱着眉头说，“那房子现在树在那儿，特别惹眼。”

哈里摇摇头。

医生的名字忽然出现在耳边，这让弗兰基没法再保持平静了。她现在只想闭上眼睛，让自己冷静下来。她觉得胸口仿佛翻飞着一群鸟，搅乱了她的心智。

“你在担心什么？”弗兰基严肃地问强尼。

“德国人会把那房子当成海岸线上的一个攻击标记的。”强尼说，“悬崖边的一个大大的白色记号。”

站在强尼肘边的汤姆·杰克斯说：“你听到费切的老婆那天在集市上是怎么跟贝思说的了吗？她说她要确保医生回家的时候，从大老远就能看见自己家的房子。”

“什么？”弗兰基失声叫道。

“汤姆，闭上你的嘴吧！”贝蒂恨恨地说着，把咖啡壶放在柜台上。

“什么意思？”弗兰基咽了一口唾沫，明知故问道，“费切医生去哪儿了？”

"伦敦。"强尼回答。

"他去前线帮忙了。"贝蒂坚定地说，"自从麦吉走后，他过得一直不好。"她说这些话时，像是在自言自语。

"吉姆·汤姆现在怎么样了?"哈里身后的一个人问道。

"不比你们谁差。"贝蒂回道，"不过他一个人要带那么多孩子，也够受的。就算有他妈给他帮把手，也很辛苦。"

"不过，"贝蒂冲弗兰基点点头说，"费切医生就快回来了。"

弗兰基从凳子上跳下来，抓牢自己的包说："好的，谢谢你。"

"再见。"贝蒂把弗兰基放在柜台上的硬币胡噜到围裙里。她口中同弗兰基打着招呼，脸却朝着哈里微笑。

弗兰基推开纱门，又回到了熙熙攘攘的前街上明亮的早晨里。到处都是游客在逛街，她的血一下子涌到脑袋里。她在心里对自己说："那次轰炸过去好久了，医生已经死了。"对面走过来一个人，迎着她的目光，抬了抬帽子。弗兰基点点头，挤出一丝微笑来。"现在是 8 月了，医生 5 月就死了。他死了，是你看着他死的。"一个声音仿佛在对弗兰基这样说着。

她抬起头来，看到人行道另一边的阳光下是那个买牌的德国人，他正慢慢地朝邮局的方向走去。她跟上了他，不知道自己这是要干什么。直到那个男人走进邮局旁的加油站，消失了好久，她还一直呆呆地站在邮局的台阶前。她从来没有想过，医生的死讯会拖了这么久，最后由自己带到这里来。

在那里站了好久，弗兰基才抬头看了看邮局门前阴凉的门廊。她来这里是因为她手里有一封信，她想明白了。她有封信，所以她得来寄信。她带着这信从伦敦去了柏林，又回到这里。她把它从这个口袋里装到那个口袋里，穿过欧洲大陆，然后又漂洋过海来到这里。它一如既往地躺在她的口袋里，和香烟一道。她要做的就是把它拿出来，寄出去。当然，她当然可以就这样寄出去，而不需要当面去通知艾玛·费切，对吧？

“哦，上帝啊！”弗兰基喘着粗气，生气地喊着，三步并作两步上了台阶。

大厅里很安静，一切都井然有序。柜台后面的女人站在那里，头低着，但神态依然像船头的雕饰那样骄傲。

“早上好。”艾里斯说着，拿起退信的邮戳，重重地盖在面前并排摆放的三封信上。她迅速地扭了一下身子，把信扔在身后。

弗兰基看着信件一封一封无声地落到自己该去的地方，她希望就这样一直下去，不要停止，但最后她还是开了口：“你好。”

艾里斯点点头，继续手头的工作。过了一小会儿，她见弗兰基没有走过来，也没有离开，便抬起头来询问：“有什么事吗？”

“是不是镇上的每个人都有一个信箱？”弗兰基开口问道。她看着面前的那些信箱，人还是一动不动地站在大厅中间。

“是的。你问这个干吗？”艾里斯皱起了眉头。

“我就想问问大家是不是都从这里拿信。”

“是的。”

“你是这里的女局长？”

“局长。”艾里斯纠正她，“局长就是局长，没有什么女不女的。”

“在英国他们就叫女局长。”

“你去过英国？”

“嗯。”弗兰基慢慢地朝柜台走去，“刚从那里回来。”

“来这里待两天？”

“来休息休息。”弗兰基答道。

艾里斯警觉地点点头，因为她觉得这个女人看上去不像是来休息的样子。

弗兰基很想说自己有封信，想放在邮箱里。但她开口时却变成了：“我想问问是不是这样——”

艾里斯等着她说出下面的话。

“——是不是每封信都会经过你的手？”

“什么意思？”

“外面来的所有消息都会先到你这里，对吗？”

“你具体指的是什么？”艾里斯有点儿不客气地问道。

弗兰基摇摇头说：“我就是随便问问。”

“是的，镇上所有的消息都会先到我这里来。邮局就是干这个事的，政府就是这样安排的。有人寄了一封信，经过一系列程序，分拣、投递、再分拣，然后送到收信人手中。”

“明白了。”弗兰基疲惫地说，“就是说如果发生了什么事情，你会最先知道，对吗？你这里是第一站？”

“什么站？”艾里斯咽了一口唾沫说，“什么事情？”

“不管什么事情。比如说，有人死了之类的。”

“你是谁？”

“我不是谁。”弗兰基答道，“就是个记者。”

“你是来搜集故事的吗？”

弗兰基摇摇头。

“没有什么人死了。”艾里斯平静地说。

钟响了一声，10点半了。

“嗯，”弗兰基答道，“好的，再见。”

弗兰基正走下台阶时，路上“轰隆隆”地开过一辆普利茅斯牌汽车。这辆蓝色的普利茅斯，是一个戴帽子的男人开的。她看着那车在炽热的街上缓缓开过，露出对面咖啡馆外几个坐在长凳上的人来。她盯着那些人看，心里在想：这一切怎么会同时存在？就在她面前，就在这被暴晒的炎热之下。

弗兰基突然感觉一阵眩晕，就像那次一样——哈莉特死去的那个早晨，她送比利回家，等着比利转过身来看着她。她觉得当时比利已经明白妈妈死了，他一定在脑海里抹去了“家”这个字眼。妈妈没有走进那屋子，她没在。“家”对他来说已经是来自另一个世界的词汇，是另一种语言，它只属于每天早晨起来伸个懒腰就能看见卧室窗外清澈的天空、听见小鸟啁啾的那些人。

她回到住地的时候，已经快 11 点了。一些去沙滩上日光浴的游客已经回来，正坐在门口的长廊上等着吃午饭。她推开门走进屋，拿起之前买的一瓶威士忌和一只杯子，站在那里就喝了起来。

医生的身体飞向空中，小男孩挤在人群里，托马斯临死前看了她一眼，最后一班车上那个不知名的男孩在走进门里之前最后转过身来……她眼前就像放电影一样，一幕一幕地闪过，镜头一个接着一个无声地出现。一个，再一个，再一个——它们像断了线的珠子般在她眼前坠落。她站在水池边，双腿瑟瑟发抖。她看着眼前的一切，用手捂住嘴，靠在了桌子上。

她身后，放着那台黑乎乎的留声机。她转过身来，盯着它看了几分钟。火车上录的那些碟片她复制了一份，现在就在她的包里。她拿出一张来，轻轻地放在留声机上，然后扭开开关。碟片颤了一下，然后缓缓地转动起来。她用小指头挑起唱针，小心地把它放好。

“对着这里说，说出你的名字。”弗兰基听见了自己的声音。她坐了下来，继续认真地听着。她的声音后面是火车开动时的“哐当”

声。接着，那个姑娘羞涩地回答：“英伽。英伽·博格。”

英伽紧张而瘦削的面容再次浮现在弗兰基面前。“我叫里特曼。”她弟弟的声音也传了出来。弗兰基闭上眼睛，重温当时的情景——先是那姑娘，然后是她弟弟，接着到托马斯。

唱针走到最后，机器响起了“嘘嘘嘘”的声音。她坐起来，提起唱针，把碟片翻了个面，又把唱针放好。

一个老人用磕磕巴巴的英语开始说话：“我就这样看见我的妻子坐在台阶上。她是那么……”老人开始咳嗽了，弗兰基这时对他低低地说了句什么。“迷人”——弗兰基想起来了。她还记得那老人是独自一人坐在车站里的。

“他们叫醒了我们。”一个女人用法语说道，“但我已经没时间给孩子找些吃的东西带上了。”“你的名字是——”弗兰基问。“我叫汉娜·墨瑟。”女人回答。

碟片里什么样的声音都有，老的少的、高的低的、快的慢的——就像这样。她听见自己在指导着什么人说出他想说的话。很多人说着弗兰基根本听不懂的语言——匈牙利语、塞尔维亚语、克罗地亚语……

弗兰基一张一张地听着，各种奇怪的重音和花腔跌落在空气里。人们大多数都是在报出自己的名字。有个还不会说名字的小孩——每次她问起来，他就笑了，弗兰基也跟着笑起来。她咯咯地笑着，又问了一遍：“你叫彼——”然后录音就停止了。

她把唱针放在最后一张碟片上，也就是她重复录音的那张。一开始就是这样的声音：“杰斯巴。我叫格里塔。我去找他。什么？街道尽头那间最小的房子做了记号，可是我。鲁斯，还有沙巴斯蒂安……”这些声音疯狂地朝她冲过来。她坐在那里，听着这最后一张碟片里一片奇异的混乱——“汉娜，我叫。不，不，我说没有。这是什么？马铃薯。不！”——一个声音里混着一个声音，高的、低的、德语的、法语的，它们互相都想压过对方，谁都不甘示弱。

当空气里挤满了人们的声音时，机器突然又发出”嘘嘘”声。弗兰基听着这压倒一切声音的静默，回想着自己曾和他们一起，也曾站在那队伍里，看着他们穿过那些门，爬回到火车上。“小姐，谢谢你。”他们说。“不用谢。”她用法语说。这是这张碟片里的最后两句话。

第二十三章

“在那里！他在那里！”

弗兰基一下子醒了过来，心都快要跳到嗓子眼儿了——她听到有人在喊叫。过了一会儿，她才反应过来那声音是自己发出来的。这时，她觉得嗓子干得发痛。

躺在被子里，她蜷起膝盖，盯着床边桌子上的镜子看。她发现镜子里有一个白白的脸上像是没有眼睛的女人看着她。弗兰基用力地眨了两下眼睛，那女人模糊的脸消失不见了。她从床头柜上摸到香烟和打火机，把枕头垫在身后，心还在怦怦地跳个不停。

弗兰基好像爬了长长的一段路才回到现实里。她抬头看看钟，发现自己睡了整整一个下午。她在床上闭着眼睛又躺了一会儿，听着外面女人的叫喊声和其他嘈杂不清的声音。她睁开眼睛，坐起来，在床边伸直了双腿。

从床上她可以一直望到客厅的门口，门外就是走廊，有人正坐在那里的一把椅子上。她静静地站起来，走到门前，可是高高的白色椅背挡住了她的视线，她看不见椅子上是谁。

她推开纱门，看到咖啡馆里见过的那个德国人连忙从椅子上站了起来。他脱下帽子，点点头，弗兰基闻到他身上有一股淡淡的松节油味道。

“你好。”她很警觉。

“你还好吗？”

“什么意思？”她皱起眉头。

“刚才你在叫喊。”

她没回答。

“我听到你在叫喊。”他盯着她脑袋后面的门，似乎无意窥探她的隐私，“是在梯子上听到的。”他转身指着这排小木屋旁边那栋大房子前立着的梯子。

“进去坐坐吧。”她平静地说道。

“不了。”他的视线收了回来。

“好吧。”她说着，坐到椅子上，留下他站在原地。

“你好像吓到了。”

她听得出来，他是想说一个问句，于是点点头，并冲他指指旁边的椅子。

“我做了个梦。一个噩梦。”

“梦到德国了？”

“什么？”

“你从欧洲回来。”他说，“镇上的人这么说的。”

她点点头。

他猛地在她旁边的椅子上坐下。

“你是从德国过来的?”弗兰基平静地盯着他说。

“奥地利。”他摇摇头，“去年4月的时候。”

他双手插在口袋里，身子朝前倾着，下午的阳光照在他破旧的衣服上。弗兰基觉得他和在她的话筒前说话的那些人没什么两样。此时，他看起来是如此熟悉。自回到美国以后，她第一次觉得一个人如此真实。

“进来，给你看样东西。”她伸手拉拉他的衣袖。

弗兰基头也不回地站起来走进屋里，从留声机上拿下那张碟片，然后找到录有托马斯声音的那一张放上去。她扭开开关，碟片缓缓地转动起来。她用小指提起唱针，小心地把它放到正确的位置。

托马斯的声音首先传了出来：“我叫托马斯·克兰曼……”接着是片刻的沉默，应该是他和弗兰基在握手。很快，弗兰基向他自我介绍道：“我叫弗兰基·巴德。”下面就是托马斯大段的叙述：“我从奥地利来，以前和父母一起住在基茨比厄尔的山间……”

奥都走进来，站在门口。他们两个就这样一直听着托马斯的声音。碟片放完了，奥都走了进来，朝弗兰基走过来，停住，看着留声机。

“你还有很多碟片?”

她点点头。他坐了下来。她小心地给碟片翻了个面，放好唱针。她拿来酒和两只杯子，坐到沙发上。他们就这样听完了第二张、第三张、第四张。当第四张的反面听完时，奥都像个牧师一样有礼貌地站了起来，提起唱针，换了一张碟片。

“这都是最原始的声音，我没有剪辑过。”各种声音充满了整个房间，弗兰基这样想道。

“我叫玛塔。”一个女人说道，“我刚刚离开古尔。”听到这里，奥都突然从椅子上弹起来，提起唱针，轻轻地把它放回去一点儿。那个女人含含糊糊的声音又播放了一遍：“我叫玛塔。我刚刚离开古尔。”弗兰基觉得她的英语说得很好。

“前天他们忽然打开了门，离我们最近的一栋楼里的一个女人冲到我们这边来说：‘快，快。’然后我们四个站起来就跟着她跑。他们似乎对整件事情感到厌烦了——女人和孩子等在那里，快要死了——他们对我们失去了兴趣，就那样把门大开着。‘你们这些犹太人走吧。啰啰啰，带着这些小猪快走吧。’他们仿佛在这样大喊。于是，我们就带着一些衣物和旧纸头来到了另一边——法国。过了很久，我回想起来，才发现那些旧纸头就是我们的一切——证件、列车时刻表——是我们用来逃命的东西。它们是水，是空气，是唯一值得我们拥有的东西……”她的声音戛然而止。“谢谢。”这是弗兰基的声音。

奥都一动不动，他盯着碟片空转了几圈，然后低下头，手松松地垂下来。

弗兰基关上机器，心跳得厉害。

“这是我妻子。”良久，他说道，“原来她曾经在那里，古尔。”

艾玛站在厨房的窗子前，看着外面两块小小的草坪，看着他们两个坐在走廊里的椅子上。他们面对大海，一直交谈着。艾玛看了好久，她看到那个女人过去碰奥都，而他看上去就像要崩溃了一般。见那个女人的手再也没有离开他的胳膊，艾玛产生了一种冲动，这冲动是突如其来的，就好像耳边有个人在说：“去吧，去打断他们！”艾玛屏住了呼吸，那个女人让她觉得很不舒服，无论是她修长的双腿还是戴着围巾和墨镜的样子。现在他们两个头碰在一起，但是没有说话，从艾玛这边看过去，就好像是一副哭泣的天使图。他们仿佛都知道将要发生的事情，好像心灵相通。

她的目光落到窗台上的相框上，相片里她的父亲抱着她坐在一把椅子上，后面站着她的母亲。她伸手把相框拿了起来。曾有人呵护她、看顾她，这照片就是证据。她看着父母的脸和父亲怀中的婴儿，深深地吸了一口气。她把照片放回原处，将视线转移到旁边威尔从医学院毕业时拍的照片上。她把两个相框轻轻地对放着，好像在为它们介绍着对方。她又抬起了头，可是走廊上的那对“天使”已经不见了。

大概有一个小时的时间，艾玛就那么站在窗口，看着奥都消失的地方，似乎觉得不管那屋里发生了什么事情，都跟自己有关。同时，艾玛也感觉他们一出来就会带给自己什么消息。所以，当他们走出来，奥都把艾玛的房子指给那个女人看的时候，艾玛突然害怕了。她转过身去，走进屋子的前厅，想要把门锁起来，到楼上去躺着，让他们别来找她。可是，艾玛没有那么做。

他们已经穿过花园那边的大门了，她呆呆地站在纱门后面，看到奥都朝自己招招手。

“艾玛！”他喊道。

“滚开！”她想这样喊，可实际上却沉默着打开了纱门，看着他们两个从小径上朝她走来。

“艾玛！”奥都从没有这么激动过，“艾玛，这个人是从那里来的，这个人去过法国。”

“法国？”艾玛呆呆地看着奥都，又看看站在她家台阶下面的那个女人。她看上去有点儿病怏怏的。

“她去过那里，她还录了音。”

“是的。”弗兰基说着，感觉喉咙里干干的。

“告诉艾玛你跟我说的那些。”奥都对她说。

艾玛低头扫了他一眼，问道：“她和你说了什么事啊？”

“古尔放了一批难民出来。”弗兰基一个字一个字地挤出来两句话，“几个月前。”

奥都朝艾玛点点头，急切地说，“听到没？”

艾玛皱起眉头，不解地问：“什么意思。”

“我的安娜已经不在古尔了！”奥都的兴奋让弗兰基移开了视线，“所以她没再写信给我，她不在那里了。巴德小姐录下来的那个就是安娜。”很明显，他的最后一句话是想强调什么。

“巴德小姐？”艾玛朝弗兰基说。

“你好。我是弗兰基·巴德。”台阶下面的女人上前两步，她的脸色惨白惨白的。

艾玛正要朝前走，却一下子愣住了。因为她想起来弗兰基·巴德就是收音机里的那个人。她怎么会是眼前这个不知道从哪里冒出来的，穿着白褂子和裙子的女人呢？

“怎么会这样？”

“什么怎么会这样？”

“你明明是在收音机里。”

“现在我来了。”

艾玛突然颤抖了一下。

这几个月来，弗兰基一直想象着医生妻子的模样，想象着自己把信带给她时的情景，也想象着自己站在她面前，给予她最需要的安慰时的样子。而现在，她就站在这里，站在医生家的台阶下，面对着这样一个瘦弱的孕妇——她小小的身体上挺出来一个大肚子，像是揣着一个大球的卖火柴的小女孩。

“预产期是什么时候?”

“下个月吧。”艾玛小心地答道。

“我走了。”弗兰基不知道是在对谁说话，“也许我在这里让你觉得不自在。”

“没事的。”艾玛红着脸解释道，“只是你一直都是在收音机里，所以……我和丈夫之前常常一起听你的节目，我们还说起过你讲的那个故事。”

弗兰基站在那里动弹不得。她要做的就是看着艾玛，说出这些话：“我知道，我知道你听过我的节目。我碰到他了。我跟他说了话。他现在已经不在了。”可是她说不出来，她几乎无法呼吸了。

“她那个机器里录了别人的声音。”奥都插了进来，“艾玛，她能告诉你那边是什么情况。她能告诉我们很多!”

“好了。”艾玛走了过来，手搭在奥都的胳膊上，“好了，奥都。别说了。”说着，她看了一眼两臂紧紧抱在胸前的弗兰基。

“谢谢你，巴德小姐。我可能显得有些粗鲁，但是请你理解，因为我不想听到那些事情。”艾玛高声地说着，语速很快，“知道那里打打杀杀的事情，知道哪里丢了一颗什么样的炸弹，对我一点儿帮助都没有。我不想知道他在那里经历着什么。我的意思是，我希望知道，可是我不想——”她停了下来。

“巴德小姐，我不想听到什么消息。” 过了一会儿，艾玛才平静地把话说完。

“费切夫人——”弗兰基突然有了勇气。

“别说了。”艾玛打断了她，“我有好几个星期没有收到他的信了，一点儿消息都没有。”

弗兰基咽了咽口水。

“这些天来，我一直在努力，很努力。”艾玛轻轻地说，“每一天，我都努力地说服自己，让自己相信他还活着。我闭上眼睛，想象着他在哪里，想象着他会遇到什么样的危险。不过我也会往坏处想，想到他被倒下来的墙给埋住了，想象人们找到了他的尸体。但我想的最多的还是他至今仍安全地在那里工作。”她的声音颤抖了。

艾玛把手放在肚子上，从弗兰基和奥都身边慢慢地朝院子外走去。弗兰基没有说话，转过身来跟着她。艾玛走到花园的尽头，停了下来，手搭在开着的院门上，等着。弗兰基意识到，她这是在送客了。

第二十四章

如果说弗兰基有什么值得骄傲的地方的话，那就是她一直敢于第一个说出事实真相。她勇敢且充满激情，从来都是冲在最前面的那个。不仅是她自己，每个人都这样看她。可是，今天她站在医生家门口时，却把张开的嘴又闭上了。这么长时间，她不停地录着声音，看着那些人的脸，担心着他们未来会面临什么样的结局。而现在，她就是结局，她就是站在门边的那个坚定的妇人的最终结局。她才发现自己是一把锋利的剪刀，而以前她还以为自己是一根线。想到这里，她几乎要大笑起来，她觉得自己是一个天大的笑话。

如果她把信交给艾玛，告诉她发生的一切，告诉她威尔因为走路不当心，所以才发生了那样的事情——她如骨鲠在喉的不就是这件事么——对一切有什么帮助？如果，一切都取决于如果。如果威尔没有看那个过马路的女人，如果他不是在每个女人的脸上寻找艾玛，他也许就不会走神儿，不会没看到那辆出租车了。这就像如果弗兰基没有在车厢里大叫，他们就不会发现托马斯一样。

她热得睡不着，便踢开毯子走进厅里。她推开窗户，让晚风吹进来。艾玛的卧室里灯还亮着，那是在漆黑的夜晚里一团小小的黄光。弗兰基转过身来，拧开了留声机。随便放哪张都是一样，她把唱针放在碟片上，关上了房间里的灯。

那些她以为自己拥有的骄傲和勇敢，现在在这里，在祖国边境的一个小镇上，全都消失了。她说不出话来，除了反复地听这些录音，她不知道自己还能做什么。

艾玛的灯灭了。弗兰基在黑黑的屋子里点了点头。她感到惭愧，因为她甚至都没有能力去送一个信儿。

接下来的几天，弗兰基不跟任何人说话，就是睡觉、醒来；走到咖啡馆，然后再回来。快到艾玛家门口的时候，她总会停一下，而大部分时间她都能看到奥都站在梯子上粉刷着。下午的时候她会出来走走，沿着黑色的柏油马路走到镇子的外头，朝左转，走到小丘和海滩那里。她在小丘旁边会陷入沉思，思绪就像飞进无垠天空里的小鸟。

弗兰基每天循环做着这些事。她发现自己陷入了一种熟悉的、无尽的恐惧中，这就和每次播音之前，她会感到时间变得越来越沉重，直到她开口这种恐惧才会消失一样。

现在，弗兰基感到时间突然静止了，然后世界迅速往后退去。她回到了那个孤独的小男孩走进那扇门里去的那个时候，回到了托马斯消失的那个时候，回到了威尔死的那个时候。在静默里，弗兰基看不见后面的路，前方的也是。

隔壁的纱门开开关关，屋里传来嘈杂的声音。它们提醒弗兰基她被一群陌生的人包围着，是何等孤独。

阳光和灯光轮番映照着沙滩；码头伸到海港里，围起浅浅的一湾水，船在陆地和大海之间往返；大片的云朵下，潮水冲上岸来，再退回海里；邮局的旗子每天早晨7点半准时升起，晚上6点再降下；医生的信放在桌子上的镜子旁，每天早晨睁眼时和每天晚上关灯前，她都能看见。

一天，弗兰基正要进门时，刚好看到要回家的艾玛。

“你好。”弗兰基朝她挥挥手，感觉血好像一下子全都流到了脚上。

艾玛心不在焉地挥挥手。

“我决定在这里多待几天。”弗兰基走到她面前停下，嘴里解释道。这时，她的心都提到了嗓子眼儿。

艾玛点点头说：“看得出来。”

“希望对你没什么影响。”

“能有什么影响？”

弗兰基没说话。

医生的妻子背靠着自家紧闭的大门，盯着她说：“你不像我想象得那么高大。”

“是吗？”弗兰基掏出烟来，然后又拿出了打火机。烟“嗞嗞”地点着了，艾玛深深地吸了一口气。

“你听上去像是一个个子很高的人，反正比你现在这个样子要高。而且我觉得你是那种——”说到这里，艾玛吐了口气，“不怎么有耐心的人。”

弗兰基笑了。

“你在那里怕不怕？”

弗兰基没作声。

“对不起。”艾玛立刻小声说道，“我不是想要刺探什么。”

“上帝，”弗兰基无力地答道，“求你——多问点儿吧。”

“听上去你并不害怕。”艾玛想了想说。

“那是怎样的?”

“我也说不好。有点儿愤怒，但头脑清楚。”艾玛朝别处看去，轻轻地说，“有时候还有点儿高兴，就像我丈夫。”

弗兰基屏住了呼吸，她努力集中注意力去看艾玛的脸。

“高兴。”弗兰基喃喃道。

“不好意思。”艾玛红着脸推开家门，“我没打算耽误你这么多时间，我说得太多了。”

“没事，”弗兰基清清喉咙说，“费切太太。”

艾玛转过身来，期待着。

她不想听到什么消息，弗兰基记得她说过的。可现在，艾玛就这样面对面地看着她，让她觉得自己该说点儿什么。可是，她在瞬间又失去了勇气。

“没关系。”弗兰基挤出一丝微笑说，“你没耽误我什么时间。”

艾玛盯着弗兰基的笑容看了一分钟，然后点点头，转身回家去了。

弗兰基打开自己屋子的纱门时，心还在跳个不停。她径直走进卧室，盯着那封信。她的脑子都快僵住了，是因为转得太快了才僵住的。她感到四肢沉重无力，甚至连信都拿不起来了。她不能在艾玛面前“杀”了他。她丢下信，转身走进前厅。

她的职业生涯才开始时，马克斯曾经给过她一句忠告：让故事自己讲述。也就是说，只需要循着线索理清头绪，故事自然而然就会自动还原给听众。如果讲述者忘记了这一点，过多地注意措辞、使用比喻，那么故事就会不知不觉地变味儿了。以前她一直遵循这个原则去做，但是现在面对这个故事时，她彻底迷惑了。

弗兰基眨了眨眼睛，径直朝艾玛的房子看过去。她真的不知道该如何去说她要说的事情。即使那样做有什么好处，她也做不到，更何况她看不到这样做的任何好处。不知道哪天她才能直接去对艾玛说出发生了什么，当面把信交给她，然后及时关门走掉。而不是像一个没有信心的弓箭手那样把弓拉得越来越紧，但就是不把箭射出去。

她坐在那里，心跳渐渐平稳下来，时间也渐渐流逝了。

隔壁的屋子里有人打开了收音机，里面传来兴奋的、断断续续的声音："……被占领了，是的……俘获了 570 艘潜水艇……在冰岛的一次常规南巡中，一艘德国潜水艇突然浮出水面，发射了一颗导弹……消息称，德方指挥官已经投降……潜水艇在去往冰岛的路上……"收音机被关了。一个穿着浴衣的男人走下台阶，带着一把遮阳伞，显然是要到沙滩上去。

天气很热，一缕阳光从窗户里照进来，落在桌子上，像一只懒洋洋的猫咪。这是 8 月 28 日，一个热浪滚滚的下午。

弗兰基仰头朝窗外看去，好像除了天空她还能看到别的什么似的。弗兰基知道从冰岛坐船大概三四天就可以到达这里，她头一次觉得市政厅里的那个哈里·瓦勒说的也许是对的。也许那些潜水艇正在海底悄悄地朝这边驶来。虽然美国政府并没有控制媒体，但她知道想掩盖事实仍然很容易。弗兰基一直是能接触到最真实消息的人，她知道事情是怎样在谣言中越传越走样儿的。谣言、八卦新闻，还有一些记者不负责任的报道，人们收集起这些信息，然后越来越担心会不会有一天不知从哪里就冒出什么东西来了。如果缺少了一些话语，没有客观的观察、谈论和分析，人们就会以为什么都有可能发生，什么都有可能到来。

现在午休的时间还没过，她看到远处港口的海滩上躺着很多人。他们深深的静默让她感到有些急躁，于是拿上衣服出了门。

一直走到镇上，弗兰基才知道自己要去找谁了。她走进绿荫里，来到市政厅的大门前。她还没进入大厅，就觉得哈里·瓦勒一定会在楼上，在那里用望远镜看着。

她推开市政厅厚重的大门，走了进去。右边，通往市政办公室的门开着，里面传出来一些声音，好像有人把两块木板放在一起摩擦。她转过墙角，一个正在修指甲的女人抬头看了她一眼，然后低头继续忙活着，一会儿也没停下。

“你好。”弗兰基开口道，“我想去找一直在这里看着海面的那个人。”

这个女人的脸圆圆的，个子很小。她放下锉刀问：“谁？”

“就是那个民防队的人，每天都在楼上的那个。”

“你是说哈里？”

弗兰基点点头说：“对，哈里·瓦勒。”

那女人扬起下巴，朝弗兰基身后指了指。“从那儿上楼。”她说。

“谢谢。”弗兰基说着，转身要走。但她很快又转过身来问：“他现在在那里吗？”

那女人看了弗兰基一眼，做作地耸了耸肩膀，好像是在舞台上演戏。“我要是告诉你，”她得意地笑着，“那不就泄密了吗？”

“泄什么密？”

“你搞不好是个德国佬。”那个女人一边分析一边又拿起了锉刀，“我可不想因为我走漏了风声而出什么岔子。”她冲弗兰基咧嘴一笑。

“我要是德国佬，你早就死了。”弗兰基不客气地说。

“嗨，说话干吗这么冲？”这女人圆圆的脸涨得通红。

“冲”，弗兰基想着这个词，转身朝楼梯走去。她想对那个女人说：“你什么都不知道！”她身后是一片寂静，直到她走到楼梯口的时候，锉指甲的声音才又传了过来。

弗兰基飞快地爬着楼梯，一次跨两级，一圈一圈地绕上去。她推开楼上的门时，已经累得都快要喘不过气来了。

“是你啊，巴德小姐。”哈里·瓦勒转过头来，看着她说道。

弗兰基站在门口，闻到一股海腥味儿。她看到哈里·瓦勒坐在一把直背椅子上，椅子放在三扇窗子的正中间。下午的阳光倾泻进来，他逆着光，手里拿着一副望远镜。她进来的时候，他放下了望远镜；现在他又缓缓地转过身去，把望远镜举到眼前。他的背没有靠在椅子上，而是直直地挺着，像一名正在出操的军人。她注意到他旁边放着一把椅子、一盏煤气灯，靠墙有一张小床，上面放着一床毯子。弗兰基觉得瓦勒先生好像已经住在了这里。除了这些东西，屋里还有一顶备用帐篷。虽然屋子里空空荡荡的，但弗兰基觉得这里什么也不缺。

“可以吗？”她指着他旁边的椅子问道。

“请坐。”哈里说。

弗兰基走到窗边，顺着哈里的视线望去。这里视野开阔，不光是镇中心，连进镇的那条路和整个海港都展现在她眼前，她甚至都能看到艾玛家的屋顶。从这里，哈里·瓦勒可以像全能的上帝一样俯瞰一切。

“呃，”她评论道，“这个位置真不错。”

他点点头，继续望向外面。

她从口袋里掏出香烟来点燃，突然想起了邮局外面的旗帜在屋顶上空高高飘扬的样子。

“是你想把旗杆弄得短一点儿?”

“你从哪里听来的?”

“咖啡馆。”弗兰基吐了口烟。

“没人看看这水里有什么,”哈里答非所问地说,“于是那些人就这样来了。”

“这是民防办的人说的?”

“是我说的。”

“那民防办怎么说?”

“我看他们都在胡扯。”

“那他们到底怎么说的呀?”弗兰基追问道。

“他们说要注意天空。他们说要把望远镜朝上看,在天空中进行定位。”

“你很自信。”

“巴德小姐,我们参加一战是为了什么?”他的语调很轻柔,令她解除了戒备。

她转过头来看着他,他也不经意地回望着她。

“为了和平。”她对他说。

“可不是,”他说,“现在还是这样。”

“呃——也许并不完全是。”

“想过要去跟民防办的人说说吗?”

“我?说什么?”她转向他,“广播里说得已经够清楚的了,但人们相信谣言就跟相信谎言一样。”

他嘟囔着表示同意,然后走到另一扇窗子前举起望远镜,朝外望去。

这群孩子大笑着拔腿就跑，只留下弗兰基呆呆地站在那里。这时，奥都走了过来。

弗兰基抬起头，关切地问："你还好吧？"

他耸耸肩，微笑着。

杂货店店主的女儿贝思·艾尔登刚从集市上回来，站在门口看着他俩。

"奥都。"弗兰基低语着，"你干吗不告诉他们？"

"我为什么要告诉他们？"他平静地反问。

"你应该告诉他们你是犹太人，告诉他们你的妻子还在那里。"弗兰基尽量让自己平静地说出这些话。

他抬起头，朝集市那边望去。

"奥都——"她催促道。

他摇摇头说："我不会跟任何人说任何事的。"

"可是他们不理解，他们不知道你是谁。"

奥都抬起眼帘，看着弗兰基的眼睛。他盯着她看了很久，她的心跳得很快。

"那又怎么样呢？"他的声音稍稍高了一点儿，"说出来？跟谁说？怎么说？要我站到公园里去说吗？站在那里演讲？告诉所有人——我是犹太人！"他说最后一句话时用的是德语，但弗兰基听懂了。

"是的！"她说。可是他却从激动的她身边走开，迅速朝前走去。他没有跑，但走向镇外的速度依然很快。

弗兰基站着一动不动，看着他朝山上走。最后，他终于停了下来，转过身看了她一会儿，然后又转身走开了。

弗兰基眨眨眼，回不过神来。

"巴德小姐，"女邮政局长从门廊的阴影里走了过来，"有你一封信。”

“刚才你看到没?”弗兰基转身问她。

“什么?”

弗兰基气得说不出话来。她走到邮局下面的台阶那里骂道：“那些混蛋孩子！那些男孩子在斯切林先生后面用石头打他。”

“没，”艾里斯摇摇头说，“我没看见。”说完，她走进了邮局，门在她身后重重地关上了。

“上帝!”弗兰基扶住栏杆站了一会儿。她看到奥都已经转过街角，消失在远处。

“万能的主啊!”弗兰基喘息着说道。

第二十五章

弗兰基推开大门，走进空荡荡的邮局大厅，看到艾里斯正站在柜台的窗口前。弗兰基站在门边，看着她把三封信排成一排，用力地盖上退回的邮戳，然后飞快地扭一下身，把它们扔到身后。简洁、有效、专注，女邮政局长总是如此称职和忠于职守。

弗兰基看着信封一个个落进袋子里，忍不住问她："你漏掉过什么吗？"

"从没。"艾里斯头也不抬地回答。

"一次都没有？不可能吧。"

"当然了。我和乔·狄马乔一样出色。"她抬起头，咧嘴笑了。

弗兰基移步进来，知道她在说那个棒球英雄。

"不过有时候，"女局长坦陈道，"我也担心会漏掉什么。如果真的漏掉了，我不知道应该怎么办——是不是就该随它们去了？"

"你在开玩笑吧？"

“不是。”艾里斯拉开抽屉，坚定地答道。

“你有没有动过什么？比如一封信——”弗兰基试探着问道。

“从没。”艾里斯猛地推上抽屉。

“我能问问你是怎么当上邮局局长的吗？”

“我通过了考试。”

“考什么内容呢？”

“你说局长的考试？”

弗兰基点点头。

“数据收集和分类。”艾里斯说道。

弗兰基知道，一个人不可能只因为数学好就能当邮局局长，这点她可以肯定。

“你喜欢负责这些事？”

“你是在采访我吗？”艾里斯反问道。

弗兰基摇摇头说：“我只是好奇。”

“是的。”艾里斯对她说，“我喜欢把什么事都处理得井井有条，喜欢把东西归置整齐。”

“可是当局长不止是把东西弄整齐这么简单，不是吗？整个镇上的信息都在这里交通，你手上掌握着所有信息的源头。”

“这些他们都知道。”艾里斯温和地答道。

“他们是谁？”

艾里斯的下巴朝镇上指了指，继续说道：“他们相信我，似乎我能改变或者促成什么。”

“也许他们是希望你能照看着点儿。”

“照看什么？”

“照看他们。照看他们的生活。”弗兰基耸耸肩。

艾里斯抬起眉毛，沉默着走进分拣室。

“你会照看他们吗？”等她出来，弗兰基追问道。

“你说什么？”

连弗兰基都听出了自己话语里的迫切，她有点儿窘，于是换了一个说法：“呃，想想看，你手里有那么多的秘密，所以……”

“除了邮件，我手里什么都没有。”艾里斯打断她，把一大袋子报纸和信件放在柜台上。

“可是想想看，你完全可以阻止或者修正一些事情，你可以改写整个故事。”弗兰基注意到艾里斯的脸上飞过一丝红云，“或者说，你就是故事的作者，可以选择让谁收到信，让谁——”

“就算我可以，我也不会的，巴德小姐。因为这违背了我尊崇的原则。”艾里斯再一次打断弗兰基。她不知道这个记者跑到这里来不停地问这些问题算什么，究竟想干什么。

弗兰基盯住她问：“什么原则？”

“秩序、稳定、各归其位。”艾里斯答道。

“听起来不错。”弗兰基靠在柜台上说，“好极了。”

“没什么好不好的。”艾里斯抬起头，看着弗兰基，“请你不要用这种居高临下的语气和我说话。”

女局长的表情让她看上去像墙上的圣母。弗兰基的眼中突然滚出眼泪来，没有任何预兆。

“詹姆斯小姐——”弗兰基语塞了。

“别人拿起笔来，写下他们想说的话，然后放进信封里，贴好邮票，带到这里来交给我。”艾里斯看也不看她，继续说道，“他们把信交给我，我把信放进邮袋里，富劳尔先生开车把邮袋带到波士顿去。在那里，信被分拣，然后送往全国或者世界各地。信件，信件是一切的基础。”

“什么一切？”

“所有的一切。”艾里斯放慢了语速，“我们的生活是有秩序的，有理性的，送出的每一封信和收到的每一封信都在证明这个。一些事情开始、结束，一些信息传递、到达。每天，每时每刻，只要这些信——”

“瞎说。”弗兰基打断了她，“哪有什么高高在上的秩序和理性？在这里的是我们，做着这些工作的是我们。”

“你当然不会相信。”艾里斯说得很简单，“我知道你不会相信的。”

“你不知道我相信什么。”

艾里斯转过身子，指着邮袋上方的那个匣子说：“上个月，我听到你在这里面说，要关注。我就站在这里，听到你的声音传出来，你说我们所要做的一切，就是去关注。”

“是的。”弗兰基咽了口唾沫。

“我们要去关注些什么呢？你还想要我们关注什么？”

弗兰基屏住了呼吸。

“在这里工作没有什么特殊的，只要注意看，每时每刻都注意发现就可以了。”

“注意看什么？发现什么？”

“错误。”艾里斯迅速作出回答。

“错误？”

艾里斯认真地看着弗兰基说：“你一定知道忒休斯的故事吧？”

“忒休斯？那个古希腊英雄？”弗兰基感到有些惊讶。

艾里斯点点头。不知怎么，她很想把眼前这个女人的气焰打压下去，让她别再没完没了地问那些尖锐的问题了。

“忒休斯出去打仗的时候和父亲约定过，要是他活着回来，就在船上挂上白色的船帆，否则就挂黑色的。在儿子离家后，年老的国王每天都要爬上悬崖眺望远方，日子就这样一天天过去。”

她停了下来，不去看弗兰基。这个故事是她念书的时候听到的，是她听过的最糟糕的故事。

“然后有一天，船帆露出了海平线。国王等了这么久，儿子终于回来了。”她长出了一口气，继续讲道。

弗兰基不说话。

“可是那船帆是黑色的——阴沉沉的黑色。于是国王走到悬崖边，纵身跳进了海里，而他的儿子忒休斯此时正扬帆凯旋。忒休斯忘记了自己和父亲的约定。为什么船上没有人抬头注意船帆，发现这个错误？要是他们注意的话，这个错误是可以改正过来的。”讲到这里，艾里斯涨红了脸。

弗兰基望着女局长，心里生出一个主意。

“我永远不能原谅这种错误发生。”艾里斯平静地说。

“可是这个故事自己很明白。”弗兰基说。

“你说什么？”

“这个故事自己很明白，要是没有这个错误，它就不存在了。要是忒休斯把船帆换了过来，就没有什么故事好讲了——一个英雄凯旋的故事远没有这个吸引人。是这个错误成就了这个故事，也可以说错误就是故事本身。”

艾里斯愣住了，她惊讶地说：“你怎么这么冷血？”

“詹姆斯小姐，这只是个神话故事。”弗兰基疲倦地说，“而且，错误时刻都会发生。”

“你说得没错！”艾里斯的声音有些颤抖，她指着分拣室说道，“那里面的东西记载了每分每秒发生的错误。”

“可那不是你的原因，对吧？”

“怎么不是我的原因？事情随时都会发生错误，它们的发生不是因为我，可是它们一旦到了我的手上——”艾里斯的身子向柜台上倾着，“我就得明白，是我的原因。是我任由那些错误就那样过去的。每一个错误、每一次事故、每一个小小的细节，上帝都会看在眼里。”

“确实。”弗兰基说着，拿起面前的报纸，她的脸颊涨得通红。她要走了，她觉得这次对话也只能这样了，没什么意义。难道不是吗？和威尔·费切被车撞飞、托马斯在她眼前被枪毙、犹太人每天都在成百上千地死去比起来，这里的生活以及人们的喜怒哀乐又有什么意义呢？

就要走到门口时，弗兰基觉得脑子里模模糊糊地还有一些什么话要说出来。于是，她转过身来。

“你听我说，”弗兰基开口道，“几个月前，一个美好的春日，我坐在一条长凳上，旁边是一个母亲带着一个孩子。‘小狗。’孩子对妈妈说——”

“巴德小姐——”艾里斯想打断她。

但是，弗兰基盯着艾里斯，那眼神让她没法再说什么。

“‘是的。’妈妈说。‘狗。’那小孩好像才学会说话不久。妈妈点点头说：‘我们走吧，好吗？’‘走？’小孩说。‘嗯。’妈妈说。‘走吧！’小孩笑着说。这时，警报响了起来，我们都抬头看着天空。那时是白天，中午。怎么会在中午投炸弹呢？我想拉警报的人肯定是搞错了。”

“巴德小姐！”艾里斯没法忍受了。她想：难道这个记者觉得她不知道什么叫恐惧，不知道什么叫痛苦吗？

弗兰基没有理睬艾里斯，继续旁若夫人地说下去：“爆炸就发生在那一瞬间。我朝着面前的方向开始跑，我想不起来一路上我看到了什么，只记得我一直在跑，闭着眼睛跑，就像一只田鼠根据气味和记忆逃命一样。我跑进旁边公园的一个门里——是一个地窖还是防空洞？我不知道，反正就那样一下子蹿了进去。紧接着，我们刚才坐的那个地方被倒下的楼房埋住了。可怕的声音一声接着一声传过来——玻璃破碎的声音、砖块撞击的声音、建筑倒地的声音、枪炮声、哭喊声和各种尖叫声，简直像地狱一样。警报解除后，我爬了出来，看到灰烬像雪一样纷纷扬扬地落下。这时，我听到有人朝我走来，那步伐很稳健，就好像是一路穿越枪林弹雨从苏格兰走到这里，要走到世界的另一头去一样。我回过头去，看到了那个母亲，她的怀里紧紧地抱着那个孩子。她一边穿过那些从地上爬起来的人，一边在孩子的耳边喃喃地说着，喃喃地说着。孩子的脸对着她，血顺着母亲的衣服流下来。‘宝贝，宝贝，宝贝！’她不停地在孩子的耳边说着。”

艾里斯在柜台上重重地拍了一下，大声喊道：“够了！别说了！妈的，你怎么就停不住？”

弗兰基眨眨眼睛，闭上了嘴巴。她抬起眼睛，似乎在往艾里斯身后的日历看去，那样子像是在仔细地计算着行程。接着，她缓缓地回过身，慢慢朝外面走去。

“我说，是因为它发生了。”弗兰基平静地说着，穿过大厅，走出门去。

门在她身后“砰”的一声关上了，艾里斯站在那里，愣了几分钟。她闭上眼睛，感觉整个世界都消失了。不知过了多久，她才又听到了周围的声响，闻到了拂面而来的咸咸的海风。她站在那里，一动不动，想让心跳恢复正常，更想让那女人刚才描述的画面赶快从眼前消失。

艾里斯看到的是那个母亲的脸，她不停地朝前走，眼睛里全是绝望。她对着那个快要死了的孩子轻唤着："宝贝，宝贝，宝贝！"

艾里斯捂住了嘴巴。在弗兰基的声音里，她看到了如此鲜活的画面。以前她在收音机里听到自己觉得有点儿承受不住的地方时，就会关上它。但是刚才，她做不到。

钟又响了起来，还有人们鞋跟踢踢踏踏的声音，风也吹了过来。艾里斯转身朝分拣室走去，富劳尔送来的两袋子信还等在那里，水壶在炉子上，窗帘里斜斜地透进来夏日黄昏的阳光。

艾里斯的手碰到了口袋里的那封信。她站在桌子边，站在黑暗中，欺骗着时间。她刚才应对记者发难的那些话，每一个字都发自肺腑，而她仍然违背原则，藏起了这样一封信。

"那故事自己明白。"艾里斯重复道，她觉得这话很有道理。

"为什么忒休斯的水手没注意到那个错误然后报告给他？"当年她听完故事曾非常困惑地问过老师。

"这就是故事令人悲伤的地方。"老师温柔地答道，"他们就是没发现。命运就是要让父亲看见那黑色的船帆。"

"可是，命运又是谁？"年幼的艾里斯追问道，但老师再也没有回答。

第二十六章

9月11日，罗斯福总统宣布：美国海军将护送往来于大西洋上的美国商船，时刻警惕德军的袭击。“如果看到响尾蛇做出要进攻的姿势，就立刻拧断它的脖子，否则就要被它咬了。”罗斯福总统这样警告道。现在，那些德国潜水艇成群结队地来迎战美国海军了，还有苏联。站在正义一边的人们拒绝投降，上帝保佑他们。

度假的人们坐在车里、船里，排成长龙往波士顿和纽约开去；孩子们穿好了及膝袜，因为又开学了；舞者、小商贩、咖啡店店主纷纷到海滩上躺着，享受着夏日的尾声。头顶上的天空还是那么明艳，可是假期已经结束了。游客们走了，当地人的荷包满了，这个夏天是弗兰克林自经济大萧条以来收成最好的一季。还有，邮局总监拒绝了哈里·瓦勒的请求，邮局上空高高飘扬的旗帜似乎是对德军嗤之以鼻的冷笑，同时也像愉快的女孩子正冲着那些船只招手。

小镇静静地回望着自己的这个夏天，而弗兰基仍然留在这里。

“你说，她在这里干吗呀？”

“谁呀？”哈里说。

“那个记者兼播音员。”艾里斯用香烟朝弗兰基住的小木屋指去。哈里转过身，目光越过三座小木屋，朝草坪看去。

“度假。她是这么说的。”

艾里斯犹疑地点点头。接着又说：“一个战地记者竟然不在战场上。”

“她也许辞职了。”

艾里斯摇摇头说：“我看不像。”

哈里扬起眉毛问：“你怎么这么了解她？”

“我什么也不了解，这正是我担心的地方。”

“她那是战地后遗症。”

艾里斯冲哈里皱起眉头。

“要不她来这里干吗呢？”哈里握住她的手说。

艾里斯从椅子上站起来，走下台阶，走到小草坪的另一头，在一大片海面前停住。她知道弗兰基·巴德是来报什么信儿的。她有什么消息还没有说。关于这一点，艾里斯很肯定。

弗兰基走出房间，“砰”的一声把门关上。她心里想：费切家的那个女人每天就这样走出来，在门口迟疑一会儿，然后走到小丘那里，再走回来。简直想象不出来，除了每天重复这种睡觉、吃饭、走路的模式，她跟这个世界还有什么联系。

暮色四合，空气清冽，水天相接在一起，蓝蓝地互相映照着对方。弗兰基沿着一条周围全是山毛榉的小路朝镇子后面的小丘走去。很快，她发现前面弯曲的树枝下有个人，是艾玛。她正心不在焉地走着，像在履行什么义务似的。

过了一会儿，艾玛转过身来，强装出几分欢快的样子对弗兰基说：“你好。”

“你好。”弗兰基应着，走上前去，“感觉怎么样？”

“挺好的。”艾玛说着，眼睛朝上看去。

“听起来不是特别好啊。”弗兰基说。

艾玛没说话。

“我陪你走走好吗？”

艾玛依然沉默着。

树林的尽头就是黄黄的小丘。虽然已是黄昏，那里看上去还是挺热的。她们俩一前一后地走着，沉默了有20分钟。艾玛穿过小丘朝海边走去，走到小丘尽头的时候，她沿着旁边的路滑到了下面的沙滩上，弗兰基也跟着下去，站在她身旁。艾玛把胳膊摊开，躺在那里。

“来吧。”她说着，瞥了一眼站在旁边的弗兰基，“来躺下。”

“在沙子上？”

“是呀。”艾玛笑了，“把四肢伸展开来，你就能听到海浪的声音。”

“我现在也能听到。”

“来呀。”艾玛劝说着，闭上了眼睛。

弗兰基又站了一会儿，她没去看躺在那里的孕妇，蹲了下来，接着跪在沙滩上，慢慢地坐下去，然后伸直双腿，把它们并拢后躺了下去。她闭上眼睛，立刻听到了耳边呼啸的风声，感觉它们像是穿过了她的身体，而不是从耳边吹过。不知怎么，这让她觉得很舒心。

大海仍在咆哮着，风拂过她的皮肤，凉凉的沙子掠过她的膝盖，艾玛的呼吸在一旁起伏。弗兰基躺在那里，感觉海浪冲上来，又退下去，带来阵阵轻风。

“我能问你一个问题吗？”良久，艾玛说道。

“随便。”

“那天轰炸之后，你送回家的那个男孩——”

“他叫比利。”弗兰基看着她。

“当明白母亲死了的时候，他瘫倒了。”

“是的。”

“那然后呢？然后怎么样了？” 艾玛等着她的回答。

“我不知道。”

艾玛沉默了一会儿问：“你不担心吗？你不想知道他到底怎么样了吗？”

“我当然担心。我当然想知道了。”弗兰基叹了口气，“可是我后来再也没见过他。”

艾玛沉默了。

“所以你也只能看到一些片段。”

“什么？“

“就整件事情来说，那些都是片段。”艾玛自顾自地说起来，全当弗兰基不存在一样，“事情发生前总是有些迹象的，或者有些你无法理解的暗示。”

艾玛坐了起来，接着说：“比如说，麦吉死了，威尔觉得这是他得去英国的一个暗示，就像一个预兆一样。其实她本身已经有病了，她一定——”

说到这里，她停了下来，好像突然想起来弗兰基在她旁边。她转向弗兰基说：“现在你看到了，他们都离开了，我怀孕了。最近我才想明白，我们之间隔着一条线，我得学着接受，是不是？虽然他们都离开了，一个接着一个，但接下来还有别的事情要发生。哦上帝，我累了。”她叹了口气。她没有对弗兰基提起那个预兆——上个月她从一件工装裤上清清楚楚看到的预兆。

“听着。”弗兰基坐起来，拉住艾玛的手说，“这一切都发生得太快了，没有什么预兆，也没有什么线把你们隔开。”

“还是有的，肯定有的。”艾玛摇摇头说，“其他的那些人呢？”

“什么人？”

“晚上有时候我能听到从你屋里传来的声音，奥都说那些都是在法国的人。”

“是的。”

“你把那些声音录下来，放给——奥都听。”

弗兰基看着她，觉得艾玛的话里透着绝望。

“这镇上还有谁比奥都更需要听这个呢？”艾玛轻轻地说道，“你说说看。”

弗兰基转过头去。

“我不知道。”弗兰基平静地答道。

“每个人都需要，你得把它放出来，让所有人都听到。”艾玛严肃地告诉她。

“是吗？”弗兰基带了些挑衅的意味说，“为什么？这里有谁想听这个？”

艾玛沉思了好久。弗兰基盯着威尔的遗孀，等着她开口。

艾玛看了她一眼，然后移开目光说：“巴德小姐，我不了解你做的事情，可是你讲过的那个男孩的故事，让我怎么也忘不了。”

“那又怎样？”弗兰基看着艾玛。

“你让远离我们的战争变得鲜活起来。”

弗兰基一下子躺倒在沙子上。

“他是如此真实，因为你的——”艾玛在脑子里找着合适的词语，“——心碎。你听上去是那么难过。”

弗兰基仰望着苍穹，没说话。

艾玛继续说：“火车上的那些人跟你说话，告诉你他们的名字，回答你的问题，是因为他们希望你能做点儿什么——所以你无论如何也要把他们的声音传递出去。”

弗兰基一言不发地站了起来，朝大海走去，海浪舔着她的脚尖，她停了下来。有那么一会儿，艾玛几乎以为她要跳下去游泳了。可是，弗兰基张开嘴巴，开始大哭。那哭声里满含着难以形容的东西，不知是苦痛还是悲愤。

艾玛又躺了下来，闭上眼睛，心怦怦地跳着，任凭那恸哭声敲击着自己的耳膜。这声音是如此悲伤，这让艾玛又想起了那个瘫倒在地上的小男孩。现在这个世界上有很多国度属于失去亲人的人，对于常人来说，很难想象这些国度的生活，就像健康的人无法想象疾病来袭时的感觉一样。艾玛知道，这样的国度就要属于她了。她的心脏猛烈地撞击着胸口，然后，她也听到了体内胎儿心脏跳动的声音。

她翻了个身，沙子摩挲着她的脸，咸咸的海风让她想起威尔临行前的一个早晨。那天他们来到这里，想在这里做点儿什么。他低语着，他的唇是那样温暖。她感觉自己的身体全部都向他张开。他一边吻一边微笑，抱着她滚到沙滩上，任由身体陷进沙子里。沙子在她的身下翻滚，他的呢子大衣挡住了冷风。威尔的脑袋后面是清晨的天空，那蓝色静静地注视着她。他呻吟着进入她的身体，她想象着上帝正看着他们，微笑着看他们在这里疯狂地嬉戏。

等她坐起来的时候，弗兰基已经不见了。黄昏的天空挂得高高的，矶鹞越来越肆无忌惮，低低地飞过空旷的沙滩，飞到她的身边。海浪就像被一只巨手推动着，涌上来又退下去，翻滚出无数浪花。

就在防波堤的边缘，有一艘灰灰的战舰，旁边紧挨着一艘小巧精致的巡逻艇。不知怎么，艾玛就是知道，除了它们，还有更多的船在这里进行演习。巡逻艇驶离了战舰，身后拖着一道水波，看上去就像是一把刀割开了蓝色的水面。她转过身，看到弗兰基坐在上面的小丘旁边，正朝下看着她。天空笼罩下的她被暮色包围着。旁边走过一个路人，弗兰基站起来，在高低起伏的沙地上走着，像是沙漠中央一块活动的路标。“这里!”她像是在对天空和大海说，也像是对她身后沙滩上的那个女人说。“这里，快过来啊。”弗兰基朝她挥挥手。

从下面的沙滩朝上面爬，难度不亚于爬过一道瀑布。脚下一踩就是一个洞，很难找到着力点。艾玛朝上看看，觉得自己好像正从一个陷阱里往外爬。

艾玛一步一陷，沙沙地朝上面爬着。爬到一半的时候，她觉得有什么话想对弗兰基说。她想表示自己明白弗兰基站在那里大哭的含义？或者想随便说点儿别的什么？也许她只是想轻轻地摸摸弗兰基，什么都不想说。

最后，艾玛什么也没做，只是安静地在弗兰基身边走着，和她肩并着肩。

天快黑的时候，她们离开了小丘，开始往家里走。此时路边的窗户和门里已经射出了隐约的光芒。在路的尽头，她们都认出了那一排木屋中属于自己的那座。

进门前，弗兰基挺直了身子。她转过身去，看到艾玛正朝着路那边自己的家走去，而哈里和艾里斯正坐在她家的门廊里，显然是在等她。

“要是我刚才没有走回来，要是我刚才转身滑进那些沙丘里，要是我一路再走回去，走到水边，跳下去，我就能游到尽头，找到威尔。那样他们的话就永远也无法说出口了。”艾玛在心里对自己说着。

“我在这里。”弗兰基追上艾玛，搀扶着她，坚定地说。

第二十七章

艾玛能体会到，他们对自己都是如此温柔——弗兰基、艾里斯，还有哈里。虽然从很远的地方就看到了他们，但当艾玛走上三级台阶，面对等在这里的艾里斯和哈里时，还是愣住了。

哈里走上前来，轻声说道："来，过来抱住我。"她望向他的脸，什么都明白了。她感觉很累很累，所以举起胳膊，任凭自己像个孩子一样被拖进屋里。她闻到哈里身上有一股机油、皮革和老帆船牌护肤品混在一起的味道。他让她躺在沙发上，轻轻地唤着她，用毯子盖着她，细心得像个母亲。

"来了一封电报，出了点儿错所以延误了。费切医生在5月18日被一辆出租车撞了，28日在布朗普顿公墓下葬。非常非常抱歉。"艾里斯涨红着脸说。

艾里斯把那封信放在艾玛的手上说："费切医生说要是他……要是他死了的话，就让我把这个交给你。"说这话时，她的脸更红了。

艾玛在沙发上坐起来，在艾里斯、哈里和弗兰基的注视下看着信封。“艾玛。”上面写道。她仿佛又听到他坐在隔壁的房间里喊着：“艾玛。”

弗兰基想要站起来，可是她不敢起身，她生怕艾里斯也要站起来跟着走掉。

艾玛打开信封，拿出信来。

弗兰基的血一下子涌上了头顶。她站起来，跌跌撞撞地冲到窗边。她在窗边站定，看着防波堤上的路灯在远处闪烁，脑子里一片空白。飞速运转之后，脑子里通常都会是一片空白。弗兰基倾了倾身子，拉开灯，接了一点儿水放到炉子上去烧。找不到香烟，也没有多少茶了，她把瓷罐里仅剩的一点儿全都倒了出来。她拉开冰箱，用屁股抵住门，拿出牛奶，又让门自己撞上。水烧开了，她沏好茶，和牛奶一起端着走回去。她看到他们三个在原地动也没动，艾玛的手上拿着哈里的手帕。

弗兰基坐在桌子旁边，往杯子里倒了一些牛奶，然后把银质的滤网放在杯子上，把茶水倒了进去。蒸汽冲到她的脸上，一片水雾。她知道艾玛在看着她。

艾玛把信递给弗兰基，平静地说：“你读。”

“我不能看你的信。”弗兰基的声音颤抖着。

“读吧。”艾玛的手没有缩回去，弗兰基只好接下。

“我亲爱的，要是这封信出现在你的手里，就意味着我再也无法握住你的手了。”读完开头，弗兰基闭上眼睛，垂下了手。

“念完了？”

“我不能……”

“求你了，巴德小姐。”艾玛坚持着，“他，在那里——在那纸上。我希望你能见见他。”

1941 年 1 月 3 日

我亲爱的，要是这封信出现在你的手里，就意味着我再也无法握住你的手了。一想到这个，我就觉得无法忍受，更觉得不可能，因为你是如此真实，而我也是——我一只手扶住信纸，一只手正在写字。

如果我说我是自己一步一步走到这里的，那是在撒谎。因为如果有什么计划的话，那也是我们一起制订的——我们伸出手来，去够什么东西，然后静静地沿着这条路走下去，看看究竟会发生什么。

我的父亲放下了他的武器，我捡起来，继续朝前走。所以我才离开了弗兰克林，去念大学，成为一名医生。然后在一个冬天的下午，我走进一间屋子，看到了你。哦，我的爱，再没有比爱上你更美妙的事了，而我现在却要离开，甚至说不出来是为了什么。

我亲爱的，在童话里，死去的人总是看顾着尚在人间的人。所以，现在，你读着我写的信，我们便又在一起了。这不是讲故事，我真的就在这里。我的笔在纸上写下你的名字——艾玛，艾玛，艾玛。啊，我有多么爱你，你是知道的。

最后我要说的是——现在，朝前看。别再看这封信了，朝前看。我想，此刻詹姆斯小姐应该和你在一起。她会把这封信交给你，她还会等你打开它来看。她会等着的，她会看顾你的。还有其他人也一样。你不是独自一人，我们都在你身旁。死去了亦是活着的。

记住，朝前看——

你的威尔

弗兰基颤抖着读完了这封信。

“我笑，是因为这里的一切都那么有意义。”弗兰基耳边响起了威尔说过的话。她抬起头来，看到艾玛正望着她微笑。在惊愕中，弗兰基感觉到一阵轻松，因为不需要她来通报这个消息了，她不需要把那封信交给艾玛了。她把那封信带来了，但还要再带回去，因为消息已经到了——威尔·费切死了。除了那天晚上威尔在她身边说的那些高兴的话，弗兰基没有什么好转达的，但她不能把它们说出来。她起身走过去，坐在这个瘦小孕妇旁边的椅子上，伸出胳膊搂住她。

弗兰基心里沉睡的种子发芽了，她心里的白色花瓣一片片缓缓张开，不停地翻飞。有些真相不必讲出来，独自在心里咀嚼就够了。留住它、看着它、守护它，这样做的人不是懦夫。这就和直面野兽，即使感觉到它扑面而来的呼吸也不退缩一样，是让生活继续的一种方式。

此后的几天，艾里斯和哈里经常来看望艾玛。

虽然艾里斯知道哈里急着要去市政厅观察海面，但她仍然不想让他离开。她想要他在这里再待一会儿，或者去邮局后面的办公室里坐着，等她降下旗子再送她回家。她希望他能一直在自己身边。

艾里斯跟在哈里身后走出艾玛家。在台阶下面，他转过身来，仰头望着她。她笑了笑，点了点头。看得出，她因为身后屋子里还有人而有点儿害羞。

这世上他唯一的爱，就站在台阶上面，站在这里。他看着她，脑子里突然冒出“永远”这个词。他们在卡车旁停了下来。“晚上见。”他对艾里斯说着，打开卡车的门，钻了进去。

哈里迅速爬上市政厅的台阶，什么也不想，好像急着要去见什么人。来到顶层的阁楼里，他停下来大口地喘着气。这时，他头顶上的钟开始半点报时。听着钟声渐渐消失，哈里闭上了眼睛，他想起了去世的威尔·费切，也想起了艾玛。

已经是星期四下午的5点半了。草坪旁艾尔登商店的灯亮了起来，街两旁关上的门窗里透出黄黄的光亮来。

朝楼下看时，哈里看到杂货店店主的女儿从邮局的方向走来，把头发塞进围巾里。她很恼火，因为邮局关门了。哈里的目光一直尾随着她到了港口的渔屋那里。海浪映在窗玻璃上，她的影子也跟着荡漾起来，好像在水上浮动。在深绿色的沙滩上，她的红色围巾时隐时见。他像一个守灯塔的人那样看着她，看着她走上前街，一直到消失不见。

他收回视线，越过镇上人家的屋顶，朝海港和海面望去。接着，哈里站了起来，回头目测了一下从阁楼的另一端到对着海的窗户之间的距离——大概有10米。他也不知道自己为什么要这么做。

他拿起望远镜，胳膊支在窗台上，将望远镜放在眼前。太阳就要落山了，海面跳跃的浪花就像是一块块白色的头巾。渔船们纷纷满载着鱼儿往码头驶去，有人在抓跳上甲板的马鲭鱼。他收回视线，把望远镜朝东移了10度，朝前倾了倾身子。

在遥远的地方，那些渔船之外，有一个像是鲸鱼般的东西正破开水面，露出灰灰的身子。它缓缓地前进，把高高大大的炮塔伸向空中。在静静的水里，那深灰色的庞然大物只露了一半身子在外面。

“是德国潜水艇。”哈里喘着气说。

很快，潜水艇灰灰的艇身颤动了两下，停住了。那些舱里的德国人肯定不知道他们开到哪里了，还有多久才能登陆。

哈里放下望远镜，几乎不能呼吸了。

他稳定了一下情绪，又举起了望远镜。这次他看到一个德国水手从舱里爬了出来，后面还跟着一个军官。

“来吧。”哈里的心又跳得快起来，他几乎想要大笑——他们来了，而他就在这里，远远地在这高高的窗子后面。

“来吧，你们这些混蛋。”他看到那个水手站了起来，摇晃了两下才站稳。军官举起一副望远镜，开始勘察岸边的情况。

“来啊，再过来一点儿。”哈里低声说着，“你们这些混蛋终于来了！你们就要完蛋了！”

心中的激动让他放下望远镜，抓住了窗台。

又是一阵激动袭来，他几乎要瘫倒下去。他张开嘴想喊：“来了，他们来了！”可是却发不出任何声音，好像有什么东西堵住了他的喉咙。他呜噜了几声，激动的感觉如电流一般一阵阵传遍全身。他闭上眼睛，慢慢平静下来。接着，他朝阁楼的另一端跌跌撞撞地扑过去——系着塔楼大钟的绳子就在那里，他知道。

他又呜噜了两声，感到胸口一阵疼痛。他挣扎着拉住那绳子，拼命拽了起来。他大口地喘着气，听到了一阵并不怎么响亮的金属撞击声。他使出全身最后一点儿力气拉了一下绳子，顿时感到眼前一黑。朦胧中传来一声巨响，接着又是一声。最后一声响起时，哈里再次感到胸口一阵剧痛。

他一直都知道，他们会来的。

第二十八章

哈里的葬礼举行时，人多得把教堂外面都站满了——有些人甚至是从瑞士伯尔尼那么远的地方赶回来的。他一直都是一个人生活，没有一个亲人，可是来参加葬礼的人却有这么多。他们坐在长凳上听瓦因牧师念悼词，每个人都觉得那满篇的赞誉之词还是没有写尽哈里的好。

他一直在那里坐着，坐了那么久，以至于人们现在已经无法记起他不坐在那里侦察敌情时是什么样子了。还有，现在人们才知道他一直都是对的。

哈里在倒下之前敲响了钟，当时好几个人朝市政厅的塔楼那里看了一眼，不过都没把钟声当回事。哈里敲响大钟时，汤姆·杰克斯和强尼·克里普斯正开着船在海面上闲逛。他们很快看到了浮出水面的德国潜水艇，赶快逃了回来。上岸后，他们直接跑到了市政厅里，结果在钟绳旁边发现了已经死去的哈里。他们看了看他，然后开始没命地拉绳子。“哈里，哈里，哈里！”——那天傍晚钟一直这么响着。后来转了风向，那钟声还是这么响着，穿过了海港。

瓦因牧师的悼词念完了，强尼·克里普斯、弗兰克·奈勒思，拉尔斯·布莱克，还有汤姆·杰克斯走上前来，抬起了棺材。众人跟在后面朝外走去。

弗兰基跟在艾玛后面，众人鱼贯而出。他们站在台阶上，看着棺材被放上灵车。静默的人群里走出两个人，到灵车旁边护灵，大家跟着灵车朝墓地走去。这时，起雾了，人们的肩膀和头发上都闪着微光，像点点泪水在闪烁。

半路上，弗兰基转过身，朝来的路上走去。

艾里斯从教堂里走出来，独自站在那片浓雾重重的草地上。她站在整个镇子的中心，感觉一切都在眼前渐渐远去。她昂起头，迎着落下来的湿湿的雾气。

看着她，弗兰基想：要是哈里在天有灵，一定会看见这个站在一片蒸腾迷雾之中的黑黑的身影，它在这流动的空气里显得如此悲伤和肃穆。

此时，光秃秃的枝丫之间，市政厅顶楼的窗户里一点儿光亮都没有，那里的灯熄灭了。

死亡就是这样一次接一次地到来，流畅得就像一卷散开的书页，无声地落进海里。这亦是死神——如果你能看到的话——脸上带着微笑的明证。

等弗兰基再看时，艾里斯已经不见了，邮局那个方向响起一阵持续而单调的声音。起先弗兰基还以为是网球撞击在墙上的声音。“砰，砰。”她静静地站在那里听着。“砰。”那声音停了一下，接着又响起来，弗兰基决定过去看看。

来到邮局附近，弗兰基发现艾里斯正举着一把斧子对着旗杆挥舞。

“你在干什么?”弗兰基喊道。

艾里斯像是没听到一样，继续砍着。

“住手!”弗兰基朝着拿斧子的女人跑过去。这时，女局长又把斧头对准了刷得白白的旗杆，猛地砍了下去。木头裂了，里面的铁杆也弯了，旗杆发出“吱吱呀呀”的声音。

“住手!”弗兰基站在邮局前大声喊着。

艾里斯没有理睬弗兰基，而是把斧子举过肩头，又砍了下去。“旗杆马上就要倒了，就快弄好了。”她这样在心里说着，猛地拔出斧头。旗杆响了一声，在空中画出一道弧线，倒了下去。这时，艾里斯才发现旗子还在旗杆上面飘扬——她竟然没想到要先把旗子降下来。巨大的旗子在旗杆上裹了几圈，然后和旗杆一同跌在邮局的台阶上。

弗兰基听着旗杆发出骨头裂开般的声音，感觉它就像一个侍女的发髻般轰然散落。

艾里斯扶着斧柄站在那里大口喘着气。接着，她丢下斧子，一言不发地走到旗子那里，解开上面的绳索。弗兰基走过来，想要帮忙，可是艾里斯一把推开了她。艾里斯把旗子团成一团，夹在胳膊下，走进邮局，关上了门。

没有了旗子，倒下的旗杆孤零零地躺在邮局前面，光秃秃的样子可笑极了。

女局长又走了出来，站在门口，盯着倒下来的旗杆。

“艾里斯?”弗兰基不知道她要做什么，下意识地喊了一声。

艾里斯走过来，走到刚才扔下斧子的地方。然后，她又举起斧子挥舞起来。

她朝旗杆的断口不停地砍下去，胳膊上的肌肉绷得紧紧的，一下比一下有力。她的脸上流下汗来，然而丝毫没有停下的意思。很快，旗杆上下两部分彻底断开了。艾里斯把上半部分朝台阶那边踢开，然后又对着剩下的那部分旗杆砍起来。斧子在艾里斯手中不停地起落，像是在拼命地补偿着什么。最后，剩下的旗杆几乎看不见一点儿痕迹了，好像从未存在过一样。

弗兰基难过地转过身，朝镇上走去。路旁的灯光一直照着她走到空荡荡的路口。前面的三盏灯分别来自艾玛家、她的小木屋和女局长家。她停住脚步，转过身来。

她面前是浓浓的黑暗，在这黑暗中点缀着人们屋里的各色灯光。她拉了拉衣服，再次转身，并听到身后响起卡车发动机的声音。弗兰基走到旁边的草丛里，让出路来。卡车慢慢地朝她开来，慢慢地靠近了她，接着沿着山路朝前开去。开过费切家时，车子没了声音，然后又启动起来。它就这样一路爬着，一路加着速，渐渐驶离了小镇。它的声音越来越高，越来越远，直至消失。

弗兰基一直徘徊在这静静的黑暗里，不知道自己该往哪里走。

“开始吧。”弗兰基突然听到从自己屋子里传出来她的声音。

“我叫托马斯·克兰曼……”

“我叫弗兰基·巴德。”

“我从奥地利来，以前和父母一起住在基茨比厄尔的山间。”

听着这些熟悉得不能再熟悉的声音，弗兰基喃喃道：“是奥都。”

奥都从门廊里走下来，胳膊抱在胸前。

托马斯的声音渐渐消失在空气中，然后是那个小男孩在回答弗兰基的问话：“弗朗兹。”

“弗朗兹·霍夫曼。”他的母亲轻声补充道。

他又说了一遍：“弗朗兹·霍夫……”

里特曼对小男孩说：“弗朗兹·霍夫曼，接着说呀。”

“你呢?”是弗兰基的声音，她的德语磕磕巴巴的，“对着这里说，说出你的名字。”

“英伽。英伽·博格。”

“我叫里特曼。”他是用英语说的，节奏就像鼓点儿一样铿锵有力。

“你们从哪里来?”弗兰基问。

“我们有证件的。”英伽的声音很紧张。

这些声音飘到空中，在弗兰基的身后飘散开去。

接着，声音又传来了。

“请告诉他们。”弗兰基记得这是米卢兹咖啡馆里一个男人的声音。

“告诉他们什么?”弗兰基听到自己在问。

“告诉美国人！说说我，就说说我!”男人大喊道。

接着，弗兰基又听到了这几个月来她听了无数遍的声音——

“我叫苏珊娜，这是我父亲，他叫吕西安。吕西安·贝赫高拉。”

父亲低声地对女儿说了些什么。

“好的，爸爸。我爸爸说他叫吕西安·亚历山大·贝赫高拉。我们从……”

她的小木屋就像一张嘴，正在不停地说着。奥都就站在它面前，不让任何人去打断。可是，这些声音最终还是被风声盖住了。

这里——弗兰基转身去看艾玛的屋子——我们在这里，我们都在。

代后记

我回来了，从那些书页中回来了。

我记得威尔曾说过："虽然故事结束了，我们永远不会知道结局，但我们仍然会去思考，思考故事里的那些人以后会怎么样。"没错，故事就像一张快照，是被记录下来的一瞬间。它不停地在人们心中传递，可是里面的人还在继续自己的生活。所以，"接下来会怎样？""会发生什么？"这些问题在故事里是永远无法得到答案的，我要说的就是这个。

"只有故事自己明白。"很久之前我是不是就说过这句话了？我是不是对那女邮政局长吼过这句话？我想用这句话证明她对秩序的迷恋是不对的？这些都记不大清了，看来我是真的老了。

威尔爱艾玛吗？我敢说他一定是爱的。当他握住我的胳膊，轻声说出"她的这里总是让人想要摸一摸"的那一刻，我就知道了。就因为这句话，后来每当有人碰到我胳膊的时候，我都会颤抖。因为我记得他的手碰到我的时候，那声音里流露出来的渴望——他是那么渴望能触摸到自己的妻子。他全心全意地爱着她，可是却无法留在她身边。他人生中的斗争决定了他得背过身去，离开家乡，离开爱人，走上战场。为什么呢？这也是一直困扰着我的问题。它使我一生中都在街上来来回回地走着，望着进进出出的人们和他们的生活，寻找着答案。

我要走了，可是我还有最后的故事要说。

我从伦敦带走了医生的信，带着它穿过欧洲大陆，带着它回家，带着它来到收信人的家门口。我敲了门，她来开门，我看着她，没有说话。我带着信，却从来没有送出去过。它现在还在我的抽屉里躺着，从未开封。

眼睛的一睁一闭，使得这一刻有别于下一刻，使得很多东西变得不同。看见的，有的记住了，有的忘记了；有时我们能一次就看清全部，但有时即使穷其一生也很难明白一件事。我们的生活在前后摇摆，所以当得起“芥子须弥”这一赞誉的故事既可以传承，也可能消亡。

这就是我要写的，这就是我要讲的，这就是故事自己所明白的。

——弗兰基·巴德

于美国华盛顿特区

附 注

没有资料表明德国潜水艇曾在科德角登陆，只是有许多传言罢了。早在 1941 年 2 月，德国海军上将邓尼茨就要求做一个关于潜水艇突袭的可行性研究。到了 1942 年 2 月，第一艘德国潜水艇就在未被察觉的情况下出现在纽约港附近。1942 年的大部分时间里，德国潜水艇都在靠近美国东海岸的水域里监视着轮船、汽车、房屋、道路以及在海滩上散步的人们。一艘艘满载着食物和供给的轮船朝欧洲进发，它们的蒸汽机冒出的烟雾和明亮的灯光成为炫目而明显的攻击坐标。仅 1942 年上半年，美国就有 397 艘船被德国潜水艇击沉，其中有 171 艘是在缅因州到佛罗里达州的大西洋沿岸水域遇难的。有些船遇难时，人们甚至在岸边就能看见德国潜水艇。

虽然书中提到的那种便携式录音设备是在 1944 年才风行全美的，但我在创作时还是用上了这个元素。这种设备使记者们能够方便地记录战场上鲜活的资料，使第二次世界大战成为第一场可以通过收音机对大众进行播报的战争。我使用这个元素就是想强调声音的力量，强调声音可以传递那些无法言说的东西，比如那些犹太难民是以何种态度面对即将离开的世界的。

第二章、第八章等章节中的广播内容和评论都摘编自马克·伯恩斯坦和亚历克斯·鲁伯托兹的《广播中的二战：爱德华·R·莫罗和吸引全国的广播》（2003年原始资料）。

第十一章瓦尔特·李普曼关于战争的评论引自《大西洋和美国：为何以及何时介入干预》一文，刊载于1941年4月7日的《生活》。

第十六章玛莎·盖尔霍恩在弗兰基的学校做的演讲，是从她给《战争的面目》（作者：西蒙和舒斯特，1959年著）一书撰写的引言里概括出来的。

致　谢

我在创作这本书的过程中，得到了很多人的鼓励和支持。从一所乡村邮局的管理员到一艘潜水艇上的机修工，从医院的儿科专家到播音专业人士，他们都给予了我热情和无私的帮助。在这里，我想感谢鲍勃·史密斯、比尔·麦支列维奇、惠特尼·品格、BBC 公司的贾斯汀·韦伯、NPR 公司的凯文·克劳斯，还有马里兰州鲍伊的广播电视博物馆的比尔·古德温和布莱恩·比朗吉。感谢你们不厌其烦地回答我的各种问题。

另外我要感谢的还有莫德·凯西、肖恩·恩莱特、琳达·库尔曼、苏珊娜·摩尔、丽贝卡·尼克尔森、霍华德·诺曼、琳达·巴歇尔、克劳迪娅·郎肯、约书亚·怀纳。他们不仅认真地阅读了我的草稿，还给我提出了很多中肯的意见和建议。是他们促成了本书，他们所给予我的，已经无法用语言来表述。

在本书创作进入至关重要的阶段时，维吉尼亚创造性艺术中心给了我足够的时间和空间，对此我表示十二万分的感谢。

最后我想说的是，如果没有幽默风趣的斯蒂芬妮·卡波特的坚持和艾米·艾因霍恩绝妙的洞察力，这本书也是无法和读者见面的。

另外，还要感谢以下作品为我的想象提供了依据和素材：

Mark Bernstein and Alex Lubertozzi's World War II on the Air;

Penny Colman's Where the Action Was: Women War Correspondents in World War II;

Stanley Cloud and Lynne Olson's The Murrow Boys: Pioneers on the Front Lines of Broadcast Journalism;

Michael Gannon's Operation Drumbeat: The Dramatic True Story of Germany's First U-Boat Attacks Along the American Coast in World War II;

Martha Gellhorn's The Face of War;

Doris Kearns Goodwin's No Ordinary Time: Franklin & Eleanor Roosevelt: The Home Front in World War II;

Gavin Mortimer's The Longest Night: The Bombing of London on May 10, 1941;

Laurel Leff's Buried by the Times: The Holocaust and America's Most Important Newspaper Reporting World War II: Part One: American Journalism 1938-1944 (Library of America, 1995);

Nancy Caldwell Sorel's The Women Who Wrote the War;

Mary Heaton Vorse's Time and the Town: A Provincetown Chronicle.

故事背后的故事

住在科德角的一个小镇上时，我常常看到女邮递员背着邮袋送信。我好奇她是否读过那些明信片上的字，因为那样做很容易；我也好奇她是否能保守那些关于我们的秘密，因为那样做很不容易。有一天下午，我看见那个女人站在邮局后面的分类箱旁边，手里拿着一封信。她站在那里，低头看着手里的信，仿佛在下什么决心。最后，她把信放进了自己的口袋里。于是，我的脑子里开始浮现出一幅鲜活的景象，女邮政局长艾里斯·詹姆斯由此诞生。

我还记得当时自己很兴奋，我在心里说："太好了！这就是我的下一部小说！"

那是谁的信？她为什么要把它放进口袋？我意识到，这部小说里得有这样一个关子。因此，故事得设置在一个没有收到信便会显得至关重要的时期，也就是信件的延误可能会带来混乱的时期。

二战的时候我的祖父去太平洋上当过海军，我收藏了他那时写给我祖母的一沓信。这沓信给了我灵感，于是我决定以二战为背景创作这部小说，而那封匿而不发的信也被我设计成了一个男人从前线写给家里妻子的信。

虽然有了故事大纲，但仍然没有什么创作的头绪，我需要进一步搜集资料。我花了好几个月的时间泡在战时的《生活》里，从战争的各个角度去搜集资料。在这其中，我发现了爱德华·R·莫罗关于伦敦大轰炸的报道；读到了在1941年的夏天一些犹太难民逃离欧洲的新闻；找到了一些关于1942年德国潜水艇顺利潜至纽约港并浮出水面侦察高速路上过往车辆的报道。

在搜集资料的过程中，关于二战时期一些事物的印象越来越清晰，小说的骨架和血肉也逐渐成形，于是我开始动笔写下艾玛和威尔的故事，当然还有艾里斯·詹姆斯和哈里·瓦勒不期而至的爱情。

到了100页的时候，我写的还都是那个小镇上发生的事，关于战争最直接的描写也不过就是那个坚信德国正在朝这里进发的男人的故事。也就在这时，弗兰基·巴德从汽车上下来了，她来到小镇上——毫无预兆地——走进了这个故事。

但是这些人物该如何组合在一起成为一个完整的故事呢？故事该如何发展，才能出现艾里斯站在信箱前，决定藏下一封信的情节呢？我还是没有头绪。

2001年的一个早晨，我打开报纸的图片新闻栏，看到一对巴勒斯坦父子在一个工事后面躲避巴以交锋中的袭击。那孩子趴在父亲的膝头，父亲搂着他，似乎想要保护儿子不受枪击的威胁。我觉得这张照片捕捉到的不是生，而是死。它表现的是父子俩在临死前那一刻对彼此的依恋，是他们被射杀之前那一瞬的不舍。当时，我正坐在芝加哥吃早餐，而我的儿子就在旁边看着漫画书。当时我就想把这种感受写下来，把战争可怖的一面展示给大家，希望人们一起来体会战争近在眼前时的感受。不知此时此刻，你们看到这些文字的时候，心里对战争有着怎样的想象。

几个月后，我家搬到了华盛顿特区，所以 2001 年 9 月 11 日，我在华盛顿。当时这座城市对袭击的反应是——好几个星期天上都飞着 F16S 战斗机，街上都是坦克，主干道上贴满了指明“撤退路线”的标志，《华盛顿邮报》上都是根据国际形势判断哪里要遭到恐怖袭击的分析——这一切都让我清晰地感受到了“珍珠港事件”后美国人的又一次恐慌。当美国人竭力通过各种分析来预测自己的安危时，究竟是怎样的一种心情呢？处于一个忽然成为攻击目标的国家里，我们如何知道自己何时会陷入危险？当我们意识到自己正处在这样一个时刻时，我们要怎么面对生活？

这时我意识到，我要写的不是发生在战场上的战争，而是在战争图景之外的战争，我要着力描写的是读到、看到、听到战争新闻之前或之后的人们的反应。

当时我已经读过了很多那个时代伟大的新闻工作者发表在平面媒体上的报道，觉得可以把它们当成故事的素材，但当我读到对哥伦比亚广播公司的相关报道时，我决定把故事的重心放在广播上而不是书面报道上。因为广播中的战争是如此真实，而且我也发现，那些记录、报道战争，做完广播节目之后依然生活在前线的人，才是我最想写的。

于是，我花了很多时间泡在马里兰州鲍伊的广播电视博物馆里，获得了大量的广播资料。在研究资料时我发现，现场报道的时效性是一柄双刃剑——一方面，它将听众带到了战争现场，让听众体验到了最真实的残酷；而与此同时，因为播音员的主观意识，很有可能对报道的客观性造成影响。所以，这就要求播音员必须就事论事，不能流露出自己的感情，要努力克制情绪，保持平静。当时我想：男播音员比较容易克制自己，但如果在播音室里进行报道的是女性呢？效果会怎么样？

虽然也有一些例外，但战争报道基本是男性的天下，在广播这个领域尤其如此。贝蒂·瓦松和玛丽·马文·布来津里治是早年在欧洲进行战地报道的两名女性，而布来津里治在伦敦大轰炸的前半年正是在为莫罗工作。这些都为我创作弗兰基·巴德这个人物提供了灵感。

我钻研得越深入，就越关心那些直面战争现场，看着一切发生却无能为力的人是如何将这一切呈现给听众的。弗兰基·巴德是这部小说的灵魂人物——当我让她看着人们死去，知道了一些她父母永远无从听说的结局，承载了太多沉重的悲伤时，我意识到，对弗兰基来说，她要承担的就是从欧洲带回那些她遇到的人的声音这份责任，那些她永远不可能知道结局的故事将会成为她生命中不能承受之重。而那台便携式录音机则是她救赎别人、救赎自我的一种工具。

而此时，我小说中的主题也渐渐浮出水面，那就是如何承受并传递那些消息。

我们说谎，是因为担心别人无力承受残酷的现实。比如说，人们安静地坐在这里吃着午饭，而世界上的其他地方，炸弹在爆炸，难民在逃生。此情此景，人们该如何面对？所以，当这些事件的报道还没呈现到大家面前时，谎言也许是解决问题的最好方法。

艾里斯和弗兰基正是因为善意的谎言背叛了她们原先所坚持的原则——信必须被送达，真相必须被说出来。而这也正是我想要讲述的故事——一个战争图片、新闻报道之外的故事，一个带着眼泪的关于欺骗的故事。